KB068886

신분 상승
가속자

신분상승 6
가속자

초판 1쇄 인쇄일 2016년 10월 25일 | **초판 1쇄 발행일** 2016년 10월 26일

지은이 철갑자라 | **펴낸이** 곽동현 | **담당편집 팀장** 이범수
편집부 신연제 이윤아 홍현주 김유진 임지혜

펴낸곳 (주) 조은세상 | **출판등록** 제 2002-23호
주소 경기도 연천군 미산면 청정로 1355
TEL 편집부 02)587-2966 | FAX 02)587-2922
e-mail bukdu@comics21c.co.kr

철갑자라 현대판타지 장편소설

6

NEO MODERN FANTASY STORY

신분 상승 가속자

북두
(주)조은세상

CONTENTS

NEO MODERN FANTASY STORY

1 장 - 결단

신분상승 가속자

1 장 - 결단

게 군주와 레비아탄을 포함한 모두가 인어왕의 말을 기다렸다.

인어왕은 결정을 내렸는지 천천히 입을 열었다.

옅어진 안광을 보니 기세등등하게 전쟁을 벌일 건 아닌가 보다. 누가 봐도 그가 심히 불리한 상황이었다.

"내가 예언의 주인인 줄 알았거늘……. 알겠습니다. 굴복하도록 하겠습니다. 대신 인어 도시의 주권을 제게 남겨 주시고, 그…… 삼지창을 제게 주십시오."

쿠르르르.

삼지창을 척 치켜들자 인어왕과 그의 뒤에 어느새 헤엄쳐 온 인어 군단이 움찔했다.

-이것 말이냐?

"그렇습니다. 대대로 가문의 숙제로 남아있던 문제입니다. 대체 어떻게 찾아내신 건진 모르지만, 저희 인어 왕족의 가보입니다. 오래 전 심해 괴물을 상대할 때 잃어버렸다고 합니다."

틀린 말은 아닌 듯 했다.

나도 심해 바닥에 잠들어 있던 거대한 괴물의 뱃속에서 꺼내든 것이었으니.

묵직한 음성으로 인어왕에게 물었다.

─그흐으음. 이것 하나 쥐게 된다고 전쟁을 벌일 생각은 하지 않겠지? 내가 조금만 발을 뻗으면 네 인어 도시의 성벽 대부분을 허물 수 있다.

"물론입니다. 비록 저희 인어보다 못하긴 하지만, 레바이탄과 게 군주를 이끄시는 걸 봤습니다. ……인정할 수밖에 없는 사안이군요. 미물들의 수장이라 도저히 설득하는 게 불가능할 줄 알았는데. 전쟁도 부담스럽고. 돌거인인 당신이 해내다니."

인어왕은 인어의 우월함을 드러내면서도, 오랫동안 해왕의 자리에 오르지 못한 것에 대해 절망해온 듯 했다.

그래서 해왕의 자리에 금세 가까워진 날 보곤 제법 빠르게 맘 정리를 한 듯 했다.

인어 도시를 유지하고, 삼지창을 되찾을 수 있다는 점에서 그리 큰 손해를 보는 것도 아니었다.

─그흐으음. 좋다. 넘겨주겠다.

쿠르르르.

삼지창을 놓아 땅에 찍어 박았다.

콰지지지직!

삼지창이 천장을 향해 수직으로 번개를 뿜었다.

전에 해파리 군집체에서 흡수한 전류인 거 같다.

콰르릉, 쾅쾅!

더더욱 격렬하게 번개를 뿜으며 삼지창이 점차 작아졌다. 계속해서 작아지다가, 끝내는 키가 5m 정도밖에 안 되는 인어왕이 잡을 수 있을 정도가 됐다.

"오오."

인어왕이 단신으로 헤엄쳐 삼지창을 잡았다.

그리곤 감탄한 눈빛으로 삼지창을 훑었다.

"과연 당신은 대단하긴 하군요. 삼지창은 그릇에 맞게 전류와 크기를 불린다고 하는데. 제게 넘겨주기 위해서 이렇게나 삼지창을 비워야 하다니."

인어왕은 나와의 차이를 실감하며 고개를 숙였다.

-부우우웅!

-대군주를 맞이하라! 해왕의 강림이다!

소라 나팔에 대고 인어 군단장이 외쳤다. 그에 수만 명의 인어들이 척 땅바닥으로 헤엄쳐 고개를 숙였다.

인어왕이 고개를 숙인 마당에 당연한 처사였다.

-그우우웅! 이제 내가 41층의 해왕인가!

"그러하옵니다!"

-파시시! 축하드립니다, 대군주시여!

"카바박. 생각지도 못한 분께서 해왕 자리를 차지하셨군요. 어쩌면 그게 더 적합한 걸지도!"

삼군주가 서로를 쳐다보며 마지막으론 날 올려다보았다.

이로써 퀘스트를 완료했다. 그와 함께 41층에서의 내 서열이 1위로 갱신됐다.

이번 층은 확실히 뭔가 독특한 방법으로 최고 자리에 올랐다.

단순히 서열을 올린 것이 아니라, 실질적으로 41층 전체를 장악한 상황이었다. 맘만 먹으면 41층의 왕으로 군림하며 살 수 있었다.

암석 필터링이 있으니 거의 반영구적인 수명을 가질 테지.

-그흐으음.

[퀘스트 완료! 추가 레벨 업을 진행합니다.]

쿠드드득.

몸이 꿈틀거리는 걸 느끼자 천천히 고개를 끄덕였다.

암석으로 이루어져 있던 온 몸이 반투명하게 변하기 시작했다. 그러더니 기괴한 소리를 내며 점점 더 진해지고 단단해졌다.

쿠드드득.

"해왕께서 기이한 반응을 보이신다!"

-해왕 등극에 맞춰서 변이하시는 건가!

"오오! 보라! 단순히 바위를 넘어서는 모습이시다!"

-그우우웅.

포효를 내뿜으며 훨씬 가벼워지고 단단해진 내 몸을 어루만져 보았다. 흑요석과 비슷한 재질로 몸이 완전히 뒤바뀐 모습이었다.

그야말로 전보다도 더더욱 신화적으로 강해진 그릇이었다.

힘의 균형이 한쪽으로 치우쳐진 키메라와 달리, 모든 면이 압도적으로 우월한 몸이었다.

쿠르르르.

몸을 움직여보니 믿기지 않을 만큼 크기에 비해 속도가 빨랐다.

이 정도면 인어 도시를 홀로 초토화시킬 수 있을 정도였다.

-그흐으음. 버리고 올라가기가 아까울 정도구나.

게다가 41층의 주요 군대가 전부 내 아래에 집결해 있었다. 위에서 소규모로 분대를 보낸다 해도, 완전히 소멸시킬 자신이 있었다.

41층에 머문다면 적어도 목숨은 부지할 텐데.

늘 상 해오던 생각이다.

언젠가는 멈춰서 느긋하게 만족하고 즐기면 어떨까. 이제 낮도 밤도 모두 만족스러운 상태였다.

단순히 고통을 넘어선 것을 제외해, 즐거움과 누림이 가능한 경지에 올랐다.

전체 중에 최고는 아니었지만, 내가 충분히 만족할 만한 계층 내에선 최고였다.

-그흐음.

[퀘스트: 곧 내려올 위층 지배자들의 회유에 순응하는 척하라. 보상: 엘리베이터 프로젝트에 초대.]

뫼비우스 초끈이 정확히 내 생각을 읽는 거 같진 않았다. 전부터 내려온 퀘스트는 그렇다고 하기엔 다소 모호했으니까.

대신 내 감정을 읽는 듯 했다. 그래서 그것에 기반을 두어 상황에 맞는 퀘스트를 내리는 듯 했다.

심연의 목소리가 보통 존재는 아니니, 내 상황에 걸맞게 온갖 계산을 돌리는 게 가능하겠지.

-그흐음.

"대군주시여. 머무실 장소는 정하신 겁니까?"

-아직. 인어왕이여. 게 군주와 그의 군집체에게 예전의 영지를 되돌려 주어라.

"예? 하지만…… 제가 아끼는 인어 정원이 위치한 곳입니다."

-명령이다. 내 아래에서 조화롭게 살아가려면 반드시 따라줘야 할 사인이다.

내 거대한 음성에 인어왕이 고개를 숙였다.

굳이 보지 않아도 게 군주의 금속 재질 표정이 꿈틀거리는 게 눈에 선하다.

[자연 각성 완료! 심해 골렘의 궁극 특성인 그릇 초월을 터득했습니다. 그릇 초월은 다른 개체의 영혼과 골렘의 몸체를 공유 및 교환하는 게 가능합니다. 단, 몸체를 넘겨주고 난 뒤엔 몸체를 보유한 존재가 주도권을 얻습니다.]

—그흐으음. 잠시 대기하고 있어라.

나는 훨씬 가볍고 단단해진 몸을 이끌고 한적한 곳으로 이동했다. 그리곤 잔뜩 웅크려 심해에서 생각에 잠겼다.

마침 신분상승을 제안하는 문구가 나타났다.

하지만 퀘스트 내용을 유추해보면, 아직 신분상승하는 건 성급한 판단이었다.

—위 층 지배자들의 회유라.

게다가 자연 각성으로, 이 대단하고도 아까운 그릇을 누군가에게 넘겨줄 수 있게 됐다.

41층에서 유일하게 믿을 법한 개체가 하나 있다.

부디 살아 있으면 좋겠는데.

—달텅.

쿠르르르.

힘껏 일어나 41층 전역에 크게 외쳤다.

—달텅! 내게로 나아 오거라! 나 카몬은 41층의 해왕이 되었다! 그러니 두려워 말고 모습을 나타내도록 해라!

우우웅!

내가 뿜어낸 소리가 충격파가 되어 41층 전역에 울려 퍼졌다.

머지않아 저편에서 한 무리의 포식자들이 다가왔다. 무리는 눈에 띄게 커진 달텅이 이끌고 있었다.

"캬라악! 카몬님! 서, 설마 카몬님이십니까?"

나는 흑요석 재질의 얼굴에서 초록빛 안광을 뿜어냈다. 그러면서 달텅에게 대답했다.

-그러하다, 달텅. 이번엔 더더욱 거대하지?

"이럴 수가……! 머리부터 발끝까지가 41층의 천장과 바닥에 닿아있습니다! 처음엔 산인 줄 알았는데, 눈과 목소리의 출처를 보고서야 얼핏 추측했습니다."

-그러하다, 달텅. 용케 41층을 버텨냈구나.

"항상 누군가를 잡아먹어야 하는 건 불편하긴 하지만, 그래도 잡아먹히는 쪽보단 편한 거 같습니다! 제 원래 고향 층처럼 급박하지도 않고요."

-수고 많았다. 달텅. 본래는 이번에도 너를 위층에 데려가려고 했다.

"저는 얼마든지 따라갈 의지가 있습니다! 카몬님만 허락하신다면!"

-하지만 잠시 네가 머물러서 맡겨야할 그릇이 있다.

"그릇이라 하시면……?"

나와 달텅이 대화를 나누는 동안, 달텅을 따르는 포식자들은 완전히 겁에 질려 벙어리가 된 상태였다.

안 그래도 존경하던 달텅을 더더욱 달리 보는 눈빛들이었다. 달텅은 혹시라도 내게 도움이 될까봐 그간 부단히 자기 무리를 모았던 거 같다.

-그러하다. 바로 이 몸을 너에게 맡기려 한다. 곧 말이
야.

"캬라악! 하지만 그토록 대단한 그릇을 제가 맡아도 될
런지요. 게다가 전 그런 힘을 얻기보단, 계속 카몬님과 같
이하고 싶습니다!"

달텅의 애정과 충성심이 느껴져 사뭇 기특한 맘이 들었
다.

이런 신화적인 몸을 얻기보단, 나를 따르는 게 낫다고 말
해주었다.

그럼에도 데리고 올라갈 맘이 생기지 않았다.

이제부턴 통상적인 상승 패턴을 따르기 힘들 테니.

-달텅. 언젠가 다시 내려올 수도 있을 것이다. 위층 존재
들 중에, 맘대로 아래층을 오가는 존재들을 본 적이 있어.
그러니 너무 상심 말거라.

"캬르르륵. 정말 안 되는 겁니까."

-네 문제가 아니다. 이 그릇을 맡겨두어야 나중에 용이
할 거 같아서 그래. 네가 크게 도울 일이 있을 거 같다.

"캬르륵. 알겠습니다! 그럼 다시 돌아오시는 거라 생각
하고, 잠시 맡도록 하겠습니다!"

-좋다. 내 주변에서 대기하다가, 내가 신호를 주면 은밀
히 다가와 주변을 헤엄치도록 하라.

"알겠습니다, 카몬님."

-아주 좋아. 그럼.

달텅을 뒤로 하고 다시 인어왕에게로 향했다.

레바이탄은 귀환한 상태였고, 게 군주는 당당하게 인어 도시에 입성 중이었다.

인어 군단은 잔뜩 비늘을 세우긴 했지만, 내 명령 때문에 따로 대처를 하진 못했다.

분명 도시 안에서 여러 가지 갈등이 생길 터지만, 내가 그런 점까지 신경 써줄 여력은 없었다.

-부우우웅!

"위대한 대군주시여. 위층에서 귀빈이 찾아오셨습니다."

-그흐음. 그러한가.

퀘스트 덕분에 미리 맘의 준비를 할 수 있었다.

과연 130이란 숫자가 박힌 엘리베이터 캡슐이 인어 도시 밖에 박혀있었다. 다섯도 안 되는 걸 보니, 간단히 뭉개버릴 수 있는 수준이었다.

-이리로 모셔라.

"알겠습니다."

잠시 후 인어왕이 황금 갑옷을 입은 130층 마물들을 데려왔다.

까마득히 아래층에서 본 130층 마물들과 같은 모습이었다. 마력 랜턴을 들고 있는 걸 보니, 역시 뫼비우스 초끈을 찾아온 듯 했다.

쿠르르르.

주먹에 미리 감각을 불어넣었다. 아무리 위층 귀빈이라도, 지금 이 그릇이라면 1방에 저들을 묵사발로 만들 수 있다.

"캬! 정말 대단하군. 41층 해왕이 돼 있을 줄이야."

"제한된 인원으로 샅샅이 뒤졌는데, 설마 이렇게 빠르게 상승해 있을 줄이야."

"온갖 함정과 예측이 다 빗나갔어. 미리 감시자를 심어 놓으면 그 층을 생략하고, 느긋하게 기다리면 오차가 나서 놓치고!"

그간 순전히 운으로 추적자나 감시자들을 피한 게 아닌 듯 했다.

퀘스트와 심연의 목소리가 이끄는 대로 따라간 덕분에, 저들을 교묘하게 빗겨갈 수 있었던 거 같다.

당연히 내 공로는 아니었다.

"위대한 해왕이시여! 반갑습니다. 1층 때에 비하면 정말 대단한 발전을 보이셨군요."

130층 귀빈들은 자신들이 더 신분이 높으면서도 내게 존대를 했다. 힘으로선 안 되는 걸 알았기에.

게다가 그들은 수중 호흡이 불가한 듯, 작은 보호막을 두르고 공기를 공급받아 숨을 쉬고 있었다.

쿠르르르.

상체를 숙여 손을 뻗었다. 그리곤 덥썩 캡슐을 쥐었다.

─드디어 만나보는군. 보라색 유령도 너희들이 보낸 것이겠지?

"아아. 옛 일은 잊기로 하죠. 저희들은 제안을 하러 온 겁니다. 그러니 캡슐은 내버려 두십시오."

"당신도 아주 좋아할 만한 제안입니다. 카몬이라고 본인 이름을 지었나 보군요. 해왕 각하."

"위층 분들이 허가한 사안입니다."

-말해 보거라.

뫼비우스 퀘스트는 저들의 회유책에 넘어가는 척을 하라고 했다. 그렇기에 딱히 내가 어려워할 상황은 오지 않을 것이다.

"뫼비우스 초끈을 본래는 회수하여 윗분들에게 드리려 했습니다. 워낙 중요한 물건이라."

"하지만 당신이 독차지해주고, 더 이상 상승하지 않는다면 그것으로 만족한다고 하셨습니다."

살짝 130층 귀빈들을 떠보기로 했다.

-그흐음. 다른 곳으로 흘러 들어가면 안 되는가 보군?

"캭! 역시 아래층에서부터 쭉 상승해온 존재답게 눈치가 빠르시군요. 그렇습니다. 왜 굳이 다른 존재에게 그 좋은 보물을 줍니까?"

"당신이 가지도록 하십시오. 41층 해왕으로서 영원히 사는 겁니다. 나쁠 것 없잖습니까?"

-그흐으음. 그러하겠다.

내 말에 130층 귀빈들이 안도하는 표정을 지었다. 그러면서 슬금슬금 캡슐로 다가갔다.

나는 캡슐로부터 손을 거두었고, 130층 귀빈들은 헐레벌떡 위층을 향해 날아갔다.

"으하하하! 대단하십니다, 대군주시여. 저토록 까마득한 귀빈들도 조심할 정도라니. 본래 삼군주만 해도 암살을 두려워해 깍듯이 대하는데 말입니다."

-그런가.

엘리베이터 캡슐이 위층으로 올라간 뒤 한참 기다렸다.

그리곤 주변이 잠잠해진 걸 확인한 후 달텅을 불렀다.

-달텅.

내 부름에 은밀한 잠수로 달텅이 혼자 내게 다가왔다.

위층 존재들은 아주 정확히 뫼비우스 초끈을 추적해낼 능력이 없었다. 그저 계산과 예측, 그리고 제한적 관찰을 통해 날 찾아내는 것이다.

41층에 머무는 척 하며, 다시금 상승할 차례다.

끝내 저들이 날 추적하는 방법은 크게 두 가지였다.

서열 1위가 어떻게 바뀌나 집중적으로 마크하는 것. 그리고 전체적인 서열 변화에 이상한 패턴이 보이는지 감시하는 것. 그마저도 서열 변동이 큰 층에선 무용지물이었다.

그에 더해서 몰랐던 사실을 덤으로 알게 됐다.

그 동안 의외로 저들이 날 추적하려는 태세에 비해, 실제로 내가 발각당한 빈도수가 매우 낮았다.

이는 뫼비우스 초끈과 심연의 목소리가 내 상승 정도나 위치 등을 고려해, 저들의 동태와 빗겨가게 만들어준 덕분인 듯 했다.

─그흐으음.

이제 와서 생각해보면 무모하거나 허술했던 점이 여럿 있었다.

하지만 퀘스트를 따르며 자연스레 속도 조절을 한 덕분에, 쫓기면서도 제법 안전하게 상승했다.

이젠 저들과 협상을 해 뫼비우스 초끈을 독차지할 기회도 얻었고.

위층 존재도 어렴풋이 뫼비우스 초끈의 존재를 아는 듯 했다. 허나 정확히 이해하고 있진 않는 거 같았다.

심연의 목소리에게 초끈이 가면 안 되게 하려는 것 정도.

나는 올라갈 생각이다.

이제야 상황이 파악되기 시작했는데, 여기 와서 주어지는 혜택에 만족할 생각이 없다.

"캬아악. 여기 있습니다. 해왕 카몬이시여."

─그래. 자, 좀 더 가까이 다가 오거라.

나는 각성을 풀고 거대한 몸을 심해 바닥으로 웅크렸다. 그마저도 어둑한 심해에 몸이 완전히 잠기지 않았다.

다음으론 큼지막한 두 손으로 달텅을 감쌌다.

[그릇 초월 활성화.]

거대한 몸에 담겨 있던 내 영혼이 서서히 그릇으로부터 해제되는 게 느껴졌다.

그러면서 내 의지에 의해, 달텅의 영혼이 서서히 그릇으로 스며들어오는 게 느껴졌다.

이 순간이 중요하다.

달텅의 그릇에 넘어가지 않고 신분상승 해야만, 달텅의 몸에 들어가지 않고 위로 갈 수 있다.

-잘 부탁한다, 달텅. 웬만해선 죽을 수 없는 몸이니, 안전할 거야. 삼군주의 세력을 조화롭게 가꾸고 있거라. 그동안 나와 같이 하며 배운 터라 잘할 수 있을 거야. 위층 놈들이 모르게 내 흉내도 잘 내주어야해.

최대한 낮고 조용한 음성으로 속삭였다. 그나마 들은 존재는, 아무런 사전 지식이 없는 심해 바닥의 작디작은 조개 마물들 정도일 테다.

"캬악. 물론입니다. 반쯤 그곳으로 넘어간 게 느껴집니다."

-곧 넘겨줄 수 있을 것이다.

"몸조심하십시오. 점점 더 위험해진다는 느낌이 듭니다. 생존 자체는 아래층이 더 힘들었지만."

-고맙구나, 달텅. 덕분에 믿고 맡긴다. 내가 돌아올 때, 너 뿐 아니라 41층 군대의 도움을 받았으면 한다.

"최선을 다하겠나이다. 카몬님과 함께하며 전혀 새로운 차원의 리더십을 배웠습니다."

-그래. 달텅.

그간 같이 한 인연에 비해선 다소 조용하고 급작스런 이별이었다. 그럼에도 완전히 끝은 아니라 생각해서 서로 크게 섭섭해하지 않았다.

어느새 달텅은 나와 마찬가지로, 층을 초월해서 자신의 상황을 팔조하고 있었다.

-자, 때가 된 거 같다. 또 보자, 달텅.

[신분상승 선택.]

채 달텅의 대꾸를 듣지 못한 채 영혼이 잠에 빠졌다.

스네이커즈 간부였던 달텅. 나를 따라주고 본인도 특별한 잠재성을 보인 덕분에, 이제는 41층의 해왕(海王)이 돼 있었다.

적어도 41층 내에선 최강의 존재라 해도 과언이 아니었다.

이제 본격적으로 심연의 목소리에게 얘기를 들어볼 차례다. 내가 해왕 자리를 버리고 온 대가를 받아야겠다.

심연에서 눈을 떠 뫼비우스 주사위로 날아갔다.

이제 중요한 건 다음 층의 랜덤 서열 선정이 아니었다.

심연의 목소리에게 설명을 듣는 것이었다.

선택을 한 만큼, 나는 자격이 있다고 생각한다.

-아주 잘했어. 내가 뿌린 세 개의 뫼비우스 초끈 중, 유일하게 네가 나의 기준을 최대한 만족시켜주었다. 가장 노련도나 경험이 낮은 네가 말야. 그만큼 흡수할 틈이 많았다는 건가.

　안타깝게 이번에도 난 심연에서 마주 대답을 할 수 없었다.

　적어도 심연의 목소리는 내 답답함을 이해하고 있는 듯했다.

　궁금한 점을 속속들이 설명해주고 있는 걸 보면.

　-내가 뫼비우스 초끈을 주입한 다른 둘은 지금 시점에선 다 죽어버린 상태다. 지나치게 계산하고 따지다가 죽어버렸지. 살아있는 건 네가 유일해. 뫼비우스 초끈은 내 뇌세포이고, 주입 자격은 서열을 초월하는 무의식을 가지는 것이다. 어쭙잖은 자리나 힘을 얻었다고 변이되는 하찮은 정신을 가지지 않는 거지.

　심연의 목소리는 날 선택한 것이었다.

　내가 무작위로 납치당한 게 아니었다. 하지만 그러려면 낮에서부터 시작했어야 할 텐데.

　대체 날 어떻게 찾아낸 거지.

　-질문이 많을 거라 생각한다. 오늘 그 대부분을 답해줄 거야. 이제는 네 덕분에 여유가 좀 생겼거든.

　스르륵.

　과연 여유를 부리는 것 답게, 뫼비우스 주사위가 그 위로 사람의 형상을 띄웠다.

저 정도 조작이 가능하다면 역시 심연의 목소리는 단순한 도망자가 아니었다.

─나는 원래 이 방주의 제작자인 카트라몬이다. 마계의 최고 던전마스터였고, 마계가 멸망한 뒤에도 이렇게 수많은 개체들을 백업해두고 있다.

역시나였다. 버블과 마찬가지로 밤의 던전은 마족 개체들을 백업해두기 위한 공간이었다.

단지 아직까진 틈새의 괴수와 던전의 개체가 똑같이 겹친 적이 없어, 심증만 가지고 있을 뿐이었다.

─낮의 갑질 능력자들이 궁금하겠지. 나는 갑질 능력자들의 눈을 통해 아주 흐릿하게 낮 세계를 볼 수 있다. 그들은 내가 뇌를 개방시켜, 원래 잠재돼 있던 인간의 언령 능력을 활성화시켜 준 거야. 갑질 시스템은 내가 제작한 틀이지만.

이번에는 아예 예상 못한 일이었다.

낮의 갑질 능력자들마저도 카트라몬이란 존재가 직접 각성시킨 자들이었다. 그런데 그들은 고대 때부터 존재했다고 하는데.

─아주 오래 전부터 내가 너희 세계에 내 부하들을 잠입시켜온 방법이다. 그들도 본래는 퀘스트를 따랐지. 최근엔 이 밤의 던전과 낮의 세계 간 동기화 효율이 늘어 숫자도 좀 늘었고. 그래봤자─지만.

그렇다면 각성 초인들도 카트라몬이 만들어낸 존재들일까.

대체 저 대단한 존재의 목적이 뭘까.

도망치는 신분이라 차마 몰랐다. 던전의 주인일 줄은.

-말했다시피 나는 이 방주의 주인이야. 그리고 갑질 능력자들을 만들어낸 근본적 이유는, 던전이 유일하게 자급자족 할 수 없는 요소를 얻어내기 위해서지.

이제야 가장 큰 의문 중 하나가 풀리는 거 같다.

아래층에서 본 온갖 종류의 발전소와 생태계 조율 시스템들. 그것들로 해결할 수 없는 자원을 뽑아오기 위해, 갑질 능력자들이 존재하는 것이었다.

-바로 혼력이다. 영혼에는 큰 영향이 없어. 단지 육체와 영혼을 이어주는 중간 매체인 혼! 그것에서 에너지를 뽑아내 마물들을 재생성 시키는 것이다. 신분상승이나 재생성 때 영혼과 그릇을 동기화시켜야 하거든.

카트라몬은 정말 대단한 던전 마스터임에 틀림없었다.

반영구적으로 방주라는 이곳을 유지시키기 위해, 종국엔 인간으로부터 희귀 에너지를 끌어다 쓰는 것이었다.

-갑질을 사용할 때마다, 증폭된 혼력이 누적되어 밤에 이곳으로 전송된다. 끝내 밤의 던전은 필요한 모든 걸 얻게 되지.

이제 대략적인 밤의 던전에 대해선 알겠다.

결국 나나 다른 인간들이 연루된 건, 오래 전부터 방주를 생존시키기 위한 하나의 수단이었다.

낮 시간에 갑질 능력을 갖게 되니, 밤에 고생하는 것 외엔 무조건적인 손해는 아니었다.

한 번 더 의심은 할 수밖에 없었다.

그토록 대단한 던전의 주인이라면, 왜 지하에 갇혀 있었고 왜 아직도 몸을 숨기는 중이란 말인가.

이제는 나를 돕는다고 해서 무조건 믿지 않기로 했다.

어떤 배경이 도사리고 있을지 몰랐으니.

-말했듯이, 너는 내가 뿌린 뇌세포를 품고 있다. 너를 성장시켜주기도 하고, 결국엔 나를 위한 것이기도 하지. 오로지 바닥부터 시작해서 정신력을 쌓아 와야, 내 뇌세포인 뫼비우스 초끈에 압도적인 혼력이 쌓인다. 낮에서 찔끔찔끔 끌어오는 것에 비할 바가 아니지.

그럼 왜 그 혼력이 필요한 걸까.

지하에 갇힌 자신이 탈출해야 해서인가.

-아직 난 그 혼력을 전달조차 받지 못했다. 네가 아래층에서 벌여준 혼란들 덕분에 탈출할 수 있었지. 본래 이 방주의 주인이었던 난, 상위층 놈들의 반란에 지하에 갇히게 됐어. 내가 네게 일러준 사실들을 역으로 알아내고, 반란을 일으켰지. 밤에서도 권력을 쥐기 위해서 말야. 괘씸한 놈들! 누구 덕분에 세계를 주무르는 권력자들이 됐는데!

심연의 목소리는 곧이곧대로 내게 방주의 배경을 알려주었다. 하지만 그런 방식이 아니라, 다른 시스템적 우회로 알아내게 된다면 어느 정도 분노하게 될 법한 내용이었다.

오랜 기간 밤의 생존을 버텨내 와야 했다면 더더욱 그러할 테지.

주인이라고 앉아있는 카트라몬이, 상위층 존재들의 입장에선 혼력을 착취하는 괴물로 보였을 수도 있다.

나와 마찬가지로, 밤에서 눈을 뜨는 갑질 능력자들은 단순한 마물이 아니었다. 본래 인간이었다. 이곳으로 소환당하길 자처하지 않은.

세계를 주무르는 그들에겐 매우 분개할 만한 정보였겠지.

―아직도 네가 해줄 일은 많다. 이제야 반밖에 오지 않은 거야. 하지만 시간적으로 따지자면 거의 다 왔다고도 할 수 있어. 네가 41층에 머무는 척 해주는 덕분에, 저들의 추적은 많이 느슨해질 거다. 게다가, 앞으로 상승하기가 편해.

무슨 말일까.

상승하기가 편하다니.

―42층부터 55층까지는 전쟁과 불화의 층이라고불리는 곳이다. 4성 각성을 이용해서, 식사할 때 외에는 항상 피 튀기게 싸움을 벌일 수 있어. 게다가 그간 네가 연습한 대로 다양한 조직을 흡수해 패싸움을 벌일 수 있다. 1위를 포함해 항상 서열이 뒤바뀌는 곳이라, 추적자들의 눈을 피하기에도 좋지. 왜 41층으로 데려왔는 지 좀 더 감이 오지?

키메라를 얻은 층은 소환 전투가 일상인 생태계였다. 뼈를 처리하고 암력을 위층으로 쏘아 보내기 위한 층이었지.

이번에 펼쳐져 있는 층들은, 직접 전투를 벌이는 곳이라고 한다.

−이제부턴 한 밤에 3층 이상씩 상승할 수 있을 것이다. 어느 시점부턴, 이상한 점을 발견한 위층 놈들이 추적자를 다수 보낼 거야. 그 때마다 타이밍을 맞춰서 물리치면 돼.

나로서는 좋은 일이다.

코뿔소처럼 4성 각성을 이용하여 무조건 위로 돌진하면 된다는 것이었다.

50층대에 진입하면 더더욱 초월적인 5성 각성 능력을 얻게 되겠지.

−자, 추가적인 설명은 다음 번 신분상승 때 해주도록 하지. 오늘 대략적인 설명을 들었으니, 이제 날 도울 맘이 더 들었을 거다. 네가 앞으로 얻을 게 훨씬 많다는 뜻이야. 다음엔 엘리베이터 프로젝트와 네 낮에서의 숙제를 알려주지.

적어도 내가 단순히 생존해온 건 아니라는 뜻이라, 그간의 답답함이 좀 더 풀리는 기분이다.

당분간은 죽도록 싸우기만 해도 된다는 사실이 묘하게 반갑기도 하고. 단순히 같은 선상에서 싸우는 것이 아니었으니, 걱정하는 맘도 덜 들었다.

나는 눈을 감았다. 이제 58층까지는 계속된 전쟁이다.

남은 밤 시간동안 지독하게 전투를 벌였다.

42층은 틈새에서도 본 오크들의 층이었다. 전투가 미덕이고 살생과 경쟁이 호흡과도 같은 곳이었다.

오크들을 봤다면, 심연의 목소리가 말해주지 않아도 버블과의 연관성을 곧장 유추해냈을 거다. 오묘하게도 심연의 목소리는 그러기 전에 자처해서 내게 말을 해주었고.

정말 여러모로 계산에 뛰어난 존재임에는 틀림없는 거 같다.

그러니 하나의 작은 세계인 밤의 방주를 그토록 오래 운영해온 거겠지. 마계를 연장하는 느낌으로.

"후우우."

온 몸이 쑤시는 밤의 잔상을 버텨낸 후, 땀에 젖은 몸을 샤워로 씻어 내렸다. 처음으로 낮의 초인 몸이 밤의 마물 몸보다 초라하게 느껴졌다.

진짜로 힘을 대비해본 건 아니다.

허나 해왕이었던 심해 골렘 시절은, 정말 죽음이 어색하게 느껴질 정도로 강력함을 누렸었다.

초인의 몸이 초라하게 느껴질 정도로.

"음."

-과 내 3학년 이하 전부 집합. 최구온 선배님께서 방문하시니 모여서 해주시는 말씀 들을 것. 신입생들은 환영회

준비 회비 긴급 입금할 것.

과대표 이준혁으로부터 짜증스러운 문자가 와 있었다.

당연히 일방적인 통보였다. 내 의사를 묻는 구간 따윈 없었다. 게다가 말은 졸업한 선배의 말을 들으라는 거지만, 실상 내용은 돈을 입금하라는 것이었다.

돈이야 넘치도록 많다지만, 이런 대우를 계속 받는 게 거슬릴 수밖에 없었다.

억지로 수준에 맞춰주어 노는 게 벌써부터 지겹다. 지난 엠티 때만 해도 많이 참아준 건데 말이지.

내가 가진 거나 내 수준을 앞세워 남을 깔보거나 무시할 생각은 없다.

하지만 수준을 맞춰주기 위해 되도 않는 불합리함을 참아줘야 한다면, 그 때는 내가 할 수 있는 일들을 할 수밖에 없다.

"그렇지."

최구온이라고 했다. 신화적으로 우리 과 학생들이 존경하고 떠받드는 선배라고 했다.

머리를 치면 되겠구나.

그러면 그 아랫물은 알아서 제 자리를 찾아갈 것이다.

집합 장소로 가기 전 밑 작업을 좀 해두었다.

돈 몇 백이 간단히 깨지긴 했지만, 답답한 사회생활 일부를 개조하는 것 치곤 내게 비싼 비용이 아니었다.

집합 장소로 이동한 다음 곧장 과대표에게 향했다. 역시나 날 아니꼬운 눈으로 흘겨보고 있었다.

"어유, 돈 많은 신입 오셨나. 회비는 냈더라고. 안 왔으면 벌금 내게 하려고 했는데. 지난 번 이후로 정신 좀 차린 모양이지?"

"네. 선배님. 근데 집합 장소가 여기가 아닌데요. 여기로 선배님이 준비하셨잖아요."

조용히 과대에게 갑질을 했다.

내가 따로 마련한 호텔 세미나장으로 집합 장소를 착각하게 말이다. 과대표는 역시나 고개를 끄덕였다.

사회 서열이 나보다 한참 아래인 자였다. 최구온이라고 다를 바가 아니겠지.

"아, 그랬었지. 이런. 자, 다들 집합 장소로 이동한다!"

"뭔 소리야. 여기잖아. 우리가 과자랑 음료수까지 다 준비해놨는데."

"아냐. 여기가 아냐. 내 착각이다, 미안."

"아씨, 뭔 소리야."

과대표는 강한 확신을 가지고 과 사람들을 이끌었다. 모두가 투덜거리는 기색이었지만 티를 낼 수 있는 건 선배들뿐이었다. 그마저도 과대표가 우기는 바람에 어쩌지 못했다.

나와 과대표를 제외하곤 모두가 어리둥절한 상태였다.

"최구온 선배가 이리로 오라고 했잖아요."

"아, 그렇지."

과대표는 앵무새처럼 내가 주입하는 세뇌를 모두에게 반복했다. 최구온 선배가 불렀다고 하니 불만스러운 분위기가 확 가라앉았다.

우리 모두는 각자의 차량이나 택시, 혹은 버스를 타고 해당 호텔로 이동했다.

"햐. 역시 최구온 선배님이야. 집합이라기에 좀 짜증났는데, 간지 나게 호텔이라니!"

"그러니까. 역시 급이 다르지 않냐?"

나는 동기들을 내 차에 태워준 상태였다.

호텔이라고 하니 집합당한 학생들의 분위기가 사뭇 달라졌다.

모두가 최구온이 호텔 세미나실을 빌렸다고 생각할 것이다. 반면 최구온은 그곳으로 장소가 정해졌다고 과대표에게 전달을 받을 테고.

과방이나 학교는 따로 최구온을 요리할 여유 공간이 많지 않다. 내가 말을 거는 걸 보면, 선배들이 가만있지 않을 테고.

신입이 함부로 말을 걸 수도 없는 전설적인 존재가 최구온이었다. 그래서 틈과 허점을 만들기 위해 내가 넓적한 호텔 세미나실을 마련한 것이었다.

당연히 뷔페와 적절한 음료도 구비해두었다.

이동 시간 때문에 얼추 타이밍은 맞는 듯 했다.

"자! 모두 1층 1005호실로 들어가시면 됩니다! 깍듯하게 최구온 선배님을 뵈면 인사하도록. 학번대로 앉으면 됩니다."

과대표의 안내에 따라 우리 과 사람들은 기대하는 눈빛으로 호텔 세미나실에 들어섰다.

"우와아. 진짜 이걸 다 준비한 건가?"

"집합이 아니라 행사인데, 이 정도면?"

"장난 아니다. 이게 우리 과의 위엄인가!"

"아니지요. 최구온 선배님의 위력이지요. 역시 대기업 사원의 연봉! 캬. 씀씀이가 장난이 아니시네."

"역시 그릇이 크셔, 헤헤."

학번을 가리지 않고 모두가 행사 장소에 감탄했다.

보통은 학회에서나 빌릴 법한 규모의 행사장이었다. 나는 빠르게 눈동자를 굴렸다. 그리곤 조용히 과대표에게 다가가 속삭였다.

"최구온 선배님께 따로 과내 예산 문제를 논하자고 하세요. 최구온 선배님의 인사말이 끝나면 말입니다. 세미나실 밖에서."

"근데 이 새끼가 아까부터……."

과대표는 내게 설득을 당하긴 했으나, 뭔가 이상한 낌새를 알아차렸다.

그래서 추가로 한 마디를 더해줬다.

"전 형이 시켜서 상기시켜 드리는 겁니다. 비서처럼. 형이 과 일에 기여 좀 하라고 하셔서요."

"아, 그래. 수고가 많네. 처음엔 맘에 안 들었는데 제법이야."

과대표는 다시금 설득이 되어 고개를 끄덕였다.

이제 그를 따라가면 최구온과 말을 붙일 수 있다.

굳이 따로 만나도 되지만, 이왕 집합 당하는 거 오늘 승부를 보기로 했다. 모두가 보기에 어색하지 않은 틈을 타서.

노블립스에 소속되고 진석철 일을 도우며, 취향이나 성향이 좀 변한 거 같다. 시스템을 조작하거나 유도해서 목적을 이루려 하는 걸 보면 말이다.

"자! 여러분, 환영합니다! 이런 자리를 마련해줘서 고마워요. 저희 후배님들이 더 발전하는 거 같아 보기가 참 좋네요!"

곧 우렁찬 박수소리가 터져 나왔다. 다들 음료수를 한 잔씩 하고 있자 최구온이 단상 위에 올라온 것이었다.

역시 듣던 대로 제법 눈에 띄는 인물이었다.

일반적인 공대생 이미지와 다르게, 떡 벌어진 어깨와 큰키, 그리고 훤칠한 외모를 가지고 있었다. 젠틀하게 고급 양복까지 빼입은 모습이었다.

거기다 학부 때부터 화려하게 실적을 쌓은 대기업 사원이라고 하니, 누구나 호감을 가질 법 했다. 물론 내겐 해당 사안이 없었지만.

"요새 대기업 다이어트다 뭐다 해서 특히나 어려운 상황입니다! 그래도 항상 먹일 입은 많고 새로운 먹거리를 창출할 수단은 많습니다!"

학부생들 입장에선 최구온이 대단한 선배처럼 보일 테였다.

허나 결국 최구온도 까마득히 거대한 대기업 생태계의 일개 직원일 뿐이었다. 간부급도 임원급도 아닌.

그런데 말하는 것을 보면, 기업을 이끄는 간부직에라도 있는 것처럼 말을 했다.

아마 대기업에서 참아왔던 낮은 서열을 이곳에서 실컷 해소하는 것일 테지. 지금 하는 대단한 말들은 아마 부장이나 상사에게 전해들은 것일 테다.

평사원이 자신 있게 말하기엔 너무나 큰 범위의 말들이었다. 자신에게 인사권이 있는 것도 아닌데, 마치 대기업은 자기가 쥐고 있다는 식으로 말했다.

"이럴 때일수록, 믿을 수 있는 사람을 찾는 방법은 추천과, 이미 믿을 만한 사람의 보증입니다. 그래서 선후배 관계가 중요한 거고, 네트워크가 중요한 거에요."

"와아!"

다시 한 번 박수가 터져 나왔다. 전해 듣기론 곧 교수님까지 한 분 참가하셔서 자리를 빛내줄 거라고 한다.

그러니 더더욱 최구온이 대단해 보일 테지.

최구온이 실상보다 잘나 보이는 것은 아무래도 상관없다.

하지만 그 돋보여진 이미지로 쓸데없는 서열 문화를 더더욱 강조시키는 건 보고 있기가 힘들었다.

"주변, 특히 선배님들과 돈독하게 관계를 형성하세요. 회사에 나가면 결국 믿을 만한 자기편이 필요해집니다. 혼자 다 해 먹을 수 없어요. 다른 부서에 있더라도, 얼마든지 호의를 주고받을 수 있죠."

최구온이 말하는 바는 분명했다. 지금의 서열 문화는 다 이유가 있는 것이라고.

실력을 쌓으라고 하기 보단, 사람 관계를 통해서 이득을 보라고 말했다. 하지만 그걸 다른 말로 하면, 회사 내 학벌 문화를 조장하는 게 아닌가.

제법 거슬리는 기분을 느꼈다.

이미 명문대생이라 실력은 당연할 거라 생각할 테지만, 그렇다고 해서 실력은 적정 수준만 키우고 인맥으로 모든 걸 해결하란 건 잘못된 주장이었다.

적어도 난 그렇게 느꼈다.

머리가 좋으면 더더욱 잠재성을 발휘해서 비범한 실력을 돋보여야지. 학벌을 업고서 적정 실력으로 정치나 하라니.

그게 선배로서 해줄 최고의 조언은 아닌 듯 했다.

"흠."

어찌됐든 최구온이라는 사람이 얼마나 서열 문화를 조장하는 지는 잘 알게 됐다.

특히나 대기업에 들어간 터라, 더더욱 그 문화를 떠 받들게 된 거처럼 보였다.

"야, 진짜 멋있다."

"세상을 아는 분이시네."

"저 분 라인에 들어가면, 회사 생활도 쭉 피는 거 아냐?"

"당연하지! 우리 들어갈 때 쯤은 간부급이실 거 아냐? 실적도 좋다며. 그럼 진짜 좋겠다. 얼마나 든든할까."

후배들도 자기 실력으로 승부할 생각보단 벌써 줄을 설 생각을 하고 있었다. 아예 잘못된 건 아니더라도, 적어도 순서 자체는 잘못된 것이었다.

겉으로 번지르르하게 포장해서 그렇지, 여러모로 맘에 들지 않는 상황이다.

"자! 그럼 얘기들 나누시고, 즐거운 시간 보내세요. 취업 상담은 돌아가면서 하도록 하겠습니다. 좋은 아이디어 있는 분들은 제가 따로 명함을 드리죠! 후배 분들은 선배 분들의 가이드를 받아서 순서대로 오시길."

"와아아!"

그래도 한 가지는 인정해야겠다. 최구온은 어느 정도 실력도 있고, 사람도 다룰 줄 아는 자였다.

리더의 자리를 차지할 자질이 있긴 했다. 다른 졸업한 선배들도 많을 텐데, 유독 저 선배의 이름만 자주 언급되니말이다.

허나 내게 영향을 끼친 이상, 내버려둘 생각은 없다.

나는 내 방식의 사회생활을 할 셈이다.

이 부분은 굳이 자연스런 일상으로 남겨놓지 않아도 될 거 같다.

"자, 그럼."

최구온이 단상에서 내려와 교수님을 맞이하러 갔다. 그 틈을 놓치지 않고, 내가 시킨 대로 과대표가 최구온에게 붙었다.

돈 얘기가 나오자 최구온의 표정이 굳어지며 과대표를 세미나장 밖으로 이끌었다. 뭔가 연루돼 있는 게 분명했다.

안 그래도 지금까지의 행정 과정만 봐도, 과를 위해 모은 돈이 샐 여지는 얼마든지 많았다.

"……그래서 회계 장부를 좀 보여드려야 할 거 같습니다."

"뭐야. 저번에 얘기 나눈 거랑 별반 다를 바도 없잖아? 뭘 굳이 보여줘? 바쁜 내 시간 낭비할래, 이 새끼야?"

"아, 죄송합니다. 제가 정신없었네요."

과대표는 내가 시킨 대로 최구온에게 돈 얘기를 했을 뿐이었다. 하지만 최구온 입장에선 뜬금없는 시간 낭비로 느껴졌겠지.

"선배님."

"넌 뭐야."

과대표가 쫓겨나자마자 깍듯이 인사하며 최구온에게 붙었다. 슥 주변을 둘러보니 보는 눈은 없었다.

모두가 세미나장 안에 있는 상태였다.

"학번이 어떻게 되나? 이렇게 허락 없이 와서 말 거는 것도 예의에 어긋날 수가 있어."

본인이 대기업 회장이라도 되는 줄 아나 보다.

후배면 허락 없이 곧바로 자신에게 와서 말을 걸면 안 된단다.

그래서 제대로 서열을 인식시켜주었다.

"입 다물고 따라 와."

"읍."

최구온의 눈이 부릅떠졌다. 한없이 낮은 서열을 가진 그는 묵묵히 나를 뒤따라왔다. 나는 미리 잡아놓은 호텔 2층 방에 그와 함께 들어갔다.

역시나 따로 우릴 목격한 학교 사람들은 없었다.

"들어가서 저 침대에 앉아."

"읍."

최구온은 충혈 된 눈으로 침대에 가 앉았다.

이 상황이 믿기지 않겠지.

까마득한 후배가 명령질을 해대고, 자신은 곧이곧대로 그걸 따르고 있었으니.

난 졸업하고도 과에 더러운 영향을 끼치는 최구온을 조리하기 시작했다.

"연설은 잘 들었어. 세상에 찌들은 티를 잔뜩 내주더라. 회사 생활 하다보면 조직 문화를 따르는 건 어쩔 수 없을 수도 있어. 그래도 학교는 배우는 곳이야. 미리부터 찌든 문화를 굳이 왜 전파하지? 말해 봐."

내가 입을 열라고 허락하자 최구온이 욕설을 내뱉으며
대답했다.

그래서 따귀를 후려쳤다.

놈은 더더욱 분노에 찬 상태로 이를 악물었다. 그럼에도
몸을 움직일 수 없었다.

"욕 하지 말고 똑바로 대답해 봐."

"이, 이게 진짜! 그래야 나가서 고생을 안 한다고. 응?"

"그러니까 미리 찌들어야 나가서도 순응한다? 그래봐야
기업에 진짜 도움이 되는 인재가 될까. 물론 1인분은 하겠
지. 근데 시키는 것만 하는 기계를 만드는 거 아니겠어?"

"네가 뭘 안다고 그래? 보아하니 수능 친지 얼마 되지도
않은 놈이! 넌 세상을 몰라, 임마!"

최구온은 내가 어리고 경험이 없단 걸 공격했다.

일반적인 경우라면 먹혀들었을 것이다.

경험이란 것은 직접 겪어봐야 아는 것이니까.

하지만 난 이미 노블립스와 가디언즈를 겪어봤다. 무력
까지 연루된 비밀 집단이라, 어찌 보면 대기업보다 더 지독
한 곳이었다.

나는 조직에서 내 역할을 하기 위해 시키는 대로 해왔다.
그것도 갑질이란 초월적 능력을 발휘해서.

그럼에도 내게 많이 남는 것은 없었다.

적어도 확실한 건, 무조건 시키는 대로 맹목적으로 따른

다고 해서 무조건 배우고 무조건 맞는 게 아니었다.

애초에 시킨 사람이 맞는 지 아닌지 가치판단을 해야 하는 게 우선이었다. 결국 따르는 것도 주도적으로 선택해야 했고.

이제는 그걸 좀 더 알겠다.

"그렇게 말 잘 듣고, 조직 생활 잘해서 얻는 게 뭐지? 결국 남이 시킨 일을 잘하는 것일 뿐이잖아."

"마! 내 연봉이 얼마인지 알아? 응? 게다가 그 과정에서 얻는 인맥이 얼만데! 너 같은 새파란 놈은 몰라!"

"아아. 그러세요."

더 이상 들을 가치가 없었다. 결국 최구온이 가치로 내세운 것들을 나는 훨씬 더 많이 가지고 있었다.

최구온이 내세운 주장이나 생각들은 하나같이 초라한 것들이었다.

결국 내가 맞았다.

"자, 이제부터 내가 시키는 대로 해. 과대표랑 지금 과 행사 관리하는 놈들한테 전부 공지하고. 그리고 이틀마다 연락해서 확인해. 알았어? 이제부턴 완전히 다른 과 문화를, 네가 만들어 줄 거야. 이유도 내가 정해줄게. 잘 듣도록."

나는 세밀한 작업을 시작했다.

과를 서열 문화에서 해방시키기 위한 작업이었다. 더 나아가, 내가 생각하는 이상적인 과 문화를 최구온에게 전달했다.

과 내 문화를 내 취향대로 전달했다.

최구온은 기억을 지워 호텔 세미나실로 돌려보냈다. 행사 이후, 최구온은 과 내 핵심 멤버들을 모아 앵무새처럼 내가 전달한 문화를 교육할 것이다.

이틀마다 연락하며 잘 진행되는 지 확인할 테고.

본인은 물론, 과대표와 간부 학생들은 영문을 모르고 어리둥절해할 것이다.

기존 방식과 거의 정반대되는 문화였으니.

그래도 내가 생각하기엔 훨씬 이상적인 문화였다.

선배는 과하게 후배의 사생활에 간섭하지 않고, 개인적 친분이나 학업적 도움을 줄 때에만 접촉하고. 그 외엔 자유를 허락하는.

그게 정상적인 게 아닐까 한다.

학부 생활은 선배들에게 불려 다니기 보단, 공부와 동아리 활동 등에 집중할 때라고 생각한다.

"흠흠!"

호텔 방에서 개운하게 샤워를 하고 호텔을 나섰다.

더 이상 시간을 투자할 이유를 느끼지 못했다.

최구온에게 명령해놔서, 현재 과대는 이번 임기까지만 섬기고, 다음 임기부턴 백동훈이 과대를 맡아 과를 운영할 것이었다.

적어도 내가 본 선배 중엔 가장 갑질과 거리가 먼 사람이었다. 그간은 영향력이 없어 다른 선배들에게 찍소리도 못했었다.

하지만 갑작스레나마 최구온을 등에 업고 과대가 된다면, 시간에 걸쳐 과 문화를 개선하는 데 제법 기여를 할 것이다.

내가 최구온에게 전달한 문화에도 그나마 가장 맞는 사람이지.

띠리리리.

호텔을 나서 드라이브를 즐기는데, 전화벨이 울렸다. 내 개인 전화가 아닌 검은 스마트폰이었다.

여진이나 만날까 했는데 아쉽게 됐다.

"엇."

게다가 귀찮은 노블립스 중년들이 아니었다.

내가 유일하게 인정하는 남궁철곤이었다. 그마저도 요샌 의구심이 들지만.

"아."

그러고 보니 중년 3인 방 중 약쟁이 놈은 틈새에 들어가 죽었겠구나. 그로 인해 남궁철곤이 날 부르는 걸 수도 있다.

뫼비우스 초끈의 숙련도가 올라간 덕분에 내 서열도 이제 세자리 수에 접어들었다. 그럼에도, 남궁철곤에 비해선 아직 모자랐다.

변한 내 뇌파 강도를 분명 알아차릴 텐데.

여차하면 목걸이의 수면 가스를 해방시키면 된다.

내가 선택하는 것과 별개로, 만약 사이가 틀어진다면 언제라도 노블립스와 떨어져 대적할 맘의 준비를 해뒀다.

이미 많이 실망했기에.

오늘 남궁철곤을 만나 물어보고 싶은 것도 있다.

"네. 여보세요."

망설이다 전화를 받았다.

─그래, 준후 군. 그간 잘 지냈는가. 숙제는 훌륭히 진행했다고 보고 받았네. 예상대로 전쟁이 과열되면서, 공권력과 언론 측에서 관심을 가지기 시작했어.

"그렇습니까. 계획하신 대로 되고 있군요."

─그렇다네, 곧 점점 심해지면서 민생 안전에 대한 얘기들이 나올 거야. 지상파 9시 뉴스에서도 시끄럽게 떠들어 댈 거고. 그런 걸 보면 자네도 큰 흐름의 하나가 된 것처럼 느껴져 뿌듯할 걸세.

"알겠습니다. 안부 전화 주신 건가요?"

남궁철곤은 내가 반가워할 거라 생각하고 있었다.

쓸모없는 폭력배들을 대단한 일을 위한 체스 말로 사용한 일을 말이다. 하지만 내겐 더 많은 의문만 남길 뿐이었다.

어차피 노블립스의 방식으로도 악은 남게 된다.

게다가 조직의 명령 아래에 때로는 악한 부분이 더 크기도 하고, 불필요한 해를 끼치기도 한다.

어차피 없앨 수 없다는 점은 알겠다. 다 사형시켜버릴 수도 없으니.

하지만 이렇게 관리하는 게 과연 맞는 걸까.

ㅡ준후 군. 대학 생활은 어떻게, 잘 진행되고 있나?

"아뇨. 맘에 안 들어서 좀 관리했습니다. 좀 더 이상적인 소규모 공동체로 유도했습니다. 리더 역할인 사람을 이용해서요."

ㅡ으하하! 바로 그거야. 노블립스에 걸맞은 행동을 했구만. 잘했어. 다 좋은 연습이 될 걸세. 어때, 시간 괜찮으면 저녁 식사라도 같이 하지. 제안할 일이 있는데.

"그러시죠. 마침 선약이 없습니다."

ㅡ잘 되었네! 그럼 내가 주소를 보낼 테니, 그리로 와. 청와대 국빈들과 같이 식사를 할 자리니까.

"아. 알겠습니다."

ㅡ그래, 그럼. 연락함세.

남궁철곤과 통화를 끝마쳤다. 전과 마찬가지로 오묘한 기분에 휩싸이는 경험이었다.

확실히 지난 번 과제는 불쾌했다. 단순히 조폭 놀음에 연루 되서가 아니라, 남궁철곤이 말하는 노블립스의 정의가 그리 공감되지 않아서.

이번 저녁에도 분명 용건이 있을 것이다.

그걸 들어보고 어떻게 맘이 기우나 지켜봐야겠다.

가디언즈를 본격적으로 돕기 시작하면, 적어도 한국에 있는 노블립스에는 크게 타격을 입힐 수 있을 것이다.

그럼 조폭 전쟁에 서민들이 다치는 일도 없어지겠지. 뉴스에 나올 정도면, 멕시코 수준은 아니더라도 굉장히 심한 정도일 것이다.

음지에서 벌이는 싸움을 양지에서 진흙탕 싸움으로 벌이겠다는 것이니.

그게 아니더라도, 노블립스와 갈라서면 온갖 범죄자들을 자백하게 만들 수 있다.

신동재 검사라는 자와 결탁한다면, 부패척결을 내 독자적인 신념과 조직으로 진행할 수도 있을 테고. 검찰과 협력하여 말이다.

그를 위한 조직은 가디언즈가 도와주면 어느 정도 조직할 수 있다.

길드로 위장한 나만의 정화된 노블립스.

"캬."

생각보다 나쁘지 않았다.

적어도 가디언즈와 노블립스가 하는 말들은 공감이 갔다.

행동 면에선 아직 모르겠어서 그렇지.

"음. 가볼까."

아직 저녁때까진 시간이 좀 남아 있었다.

여진이와 시간을 보낼까 하다가, 남궁철곤의 별장으로 향하기로 했다. 내가 그에게 가장 충격을 받았고, 가장 매료되었던 그 지하 공간.

저번엔 중년 3인방 때문에 미처 들러볼 기회가 없었다. 직원들도 마치 그 장소가 없는 냥 별장의 양지에서만 활동했고.

"음. 왜 이러지."

여진이를 떠올리면 이제 조금씩 부자연스런 기분이 들었다.

언젠가부터 연애가 순탄해지자, 아이러니하게 부자연스러운 감정이 느껴졌다. 마치 그녀가 나한테 진실 되지 않은 것처럼 느껴졌다.

분명 이제는 갈등이 없다시피 하고, 여진이도 내게 불편한 반응이나 감정을 드러내지 않았다. 적어도 단기적으로 보면, 남궁철곤이 바랐던 것처럼 완전히 내게 동기화된 모습처럼 느껴졌다.

남궁철곤의 기준에선 나는 연애에 성공하고 있는 것이겠지.

"에휴."

그간 갑질을 아예 안 써온 게 아니었다.

정말 자제하려 했지만, 내가 통제할 수 없다고 생각하면 나한테 유리하게 갑질을 했다.

시간이 지나, 평화로운 연애가 계속되니 알겠다.

연애에 실패하기 싫고, 그녀를 떠나보내기 싫어 내린 이기적인 결정이었다는 걸. 정말 나랑 맞느냐를 생각하면,

이젠 확실히 대답할 자신이 없다.

그냥 돈 많은 사람이 돈으로 매춘부를 고용해 옆에 두는 것과 아주 많이 다른 걸까.

정서면에선 말이다.

내가 그녀를 돈으로 매수한 건 아니었지만, 그래도 강제성 면에선 완전히 자유로울 수 없었다.

"악!"

그래서 연애에 긴장하지 않고, 좀 더 여유롭게 대처할 수 있는 지금 되레 생각을 달리 하게 된다.

그렇다고 여진이가 싫어진 건 아니었다.

그냥 전처럼 막 좋아하고, 감정에 빠지기에는 이제 머릿속에 께름칙한 장애물들이 많아졌다. 한 번 만나서 이야기를 해봐야겠다.

일단 오늘은 연락만 해둬야지.

적절히 여진이가 보낸 문자에 답장한 뒤 남궁철곤의 별장에 차를 세웠다.

"지하 좀 둘러볼게요."

"이사님께 말씀 하셨나요."

"언제든 편히 둘러보라고 하셨습니다. 전에도 직접 보여 주셨잖아요?"

"알겠습니다."

갑질을 통해 직원을 설득했다.

지하로 내려가자 다시 그 하얀 복도가 드러났다. 깔끔

하면서도 공포스러운 공간이었다.

"오셨습니까."

복도를 걷자 전에 독살로 전남편들을 죽였다는 직원을 만났다.

무표정한 눈빛이 꽤나 섬뜩한 여자였다.

그래도 이제는 궁금함이 앞섰다.

뭔가 너무 답답해, 심연의 목소리가 들려준 것처럼, 마구잡이로 퍼부어지는 답을 듣고 싶었다. 그래야 잠시나마 답답함이 터지는 걸 막을 수 있을 거 같았다.

"잠시 얘기 좀 하실까요."

"네, 이사님의 귀빈이시니 잘 모시라는 지시를 받았습니다. 전에도 제가 음료수를 가져다 드린 적이 있죠."

"그렇습니다. 앉으시죠."

그녀의 이름은 묻지 않았다. 그냥 윤집사라고 부르면 된다기에 그렇게 부르기로 했다.

"윤집사. 정말 전에 전남편들을 독살 했습니까?"

내 말에 무표정하던 윤집사의 눈빛이 잠시 흔들렸다.

"그렇습니다. 여러모로 많이 고장 나고 힘든 시기였죠. 그냥 사랑받길 바랐을 뿐인데, 답은 전혀 다르게 나오더군요. 그걸 깨닫기까지 정말 먼 길을 걸었습니다."

"음. 이사님이 고쳐주셨다고 들었습니다."

"그랬습니다. 당시엔 지옥 같았는데, 막상 해방되니 정말 행복합니다. 사랑 받으려고 발악하다 뒤틀리기보단,

사랑해주면서 결국 자연스레 사랑받는 법을 배웠습니다."

"으음."

차 맛에 갑자기 단맛이 돌았다.

적어도 내가 걱정한 가짜는 아니었다. 남궁철곤은 과연 대단한 인물이었다. 연쇄 독살을 벌인 여자 입으로부터 저런 말이 나오게 하다니.

"휴."

"뭔가 근심이 있으십니까?"

"아닙니다."

허나 진실은 남궁철곤만 알 것이다. 저런 까마득히 빽빽하고도 정상적인 정신을 강제로 심은 건지, 아니면 진정 뉘우치게 해서 깨닫게 한 건지.

나로서는 모를 일이었다.

본인도 제대로 기억을 못할 테고.

설사 인공적으로 그런 정신과 가치관을 덧씌웠다 해도, 남궁철곤이라면 불가능할 거 같지 않았다.

"흠."

과연 그렇다면 진짜 뉘우치긴 한 걸까.

그냥 뉘우쳐진 정신을 세뇌당해 살아간다면, 그건 진정 뉘우친 걸까.

전에는 너무 충격을 받아 진지하게 생각해보지 못했다.

그저 감탄하기만 했다.

하지만 대화를 나눠보니 알겠다.

나는 그녀가 진짜로 뉘우친 건지 아닌지 알아낼 수 없다는 것을.

설사 갑질 심문을 한다고 해도, 그녀는 현재 품고 있는 정신을 기반으로 대답할 것이다.

그것은 뉘우친 척 하는 정신일 수도 있고, 아닐 수도 있다. 그녀 본인도 모르는 일이다.

"으으."

"약을 가져다 드릴까요."

"아닙니다."

적어도 하나는 확실하다. 내가 지금 머리가 아픈 이유는 윤집사가 차에 독을 타서가 아니라, 내가 골치 아픈 고민을 하고 있기 때문이었다.

그만큼 나는 윤집사의 행동에 대해선 확신할 수 있었다.

겉으로만 보면 분명 윤집사는 뉘우친 상태였다.

"저, 윤집사님."

"네, 말씀하세요. 손님."

"여기서 가장 뉘우침에 가까워진 죄수, 아니, 환자가 있습니까? 한 번 대화를 해보고 싶습니다."

"음."

"이사님께 허락은 받았습니다."

갑질로 윤집사를 설득하자 그녀가 한쪽 방으로 걸어갔다. 전에 남궁철곤이 보여준 방은 아니었다.

"요새 이사님께서 바쁘셔서 개인 치료를 많이 진행하지

못하셨어요. 헝가리에 있는 정신병원에서 이곳 치료를 대규모로 진행한다고 들었어요. 이사님과 친하신 높은 외국인 분들이 운영한다죠."

"헝가리요?"

"네. 저처럼 구원 받아야할 환자들이 아주 많은 곳이죠."

"어디든 안 그럴까요."

철컥.

윤집사가 병실 중 하나를 열었다. 그 안에는 온갖 장비에 구속당해 있는 소녀 하나가 있었다.

"수차례 성폭행을 당했다 아버지를 살해한 소녀입니다. 그 이후에도 남자에 대한 증오로, 성매매를 내세우며 남자를 꾀어내 살인했죠. 방법이…… 꽤나 거칠었습니다."

"그런데 현재 여기 있는 환자 중 가장 완치에 가깝다구요?"

"네. 곧 이사님께서 완치하셔서 제 후배로 세워주실 겁니다. 심심했는데 잘 됐지 뭐예요. 호호."

수줍고 맑게 웃는 윤집사를 보고 이상한 기분을 느꼈다. 적어도 내 눈으로 보기에, 그녀는 이곳 환자들을 섬기는 봉사에 진심으로 즐거워하고 있었다.

무료함을 달래줄 후배를 기다리는 미소가 꽤나 순수해보였다.

더 헷갈리네.

"그럼 잠시 대화 좀 해보겠습니다."

"네. 근데 절대 만지지는 마세요. 아주 민감하니까요. 여자가 만져야 화를 내지 않아요."

"네, 주의하죠."

윤집사가 마저 일을 보러 나간 사이 거리를 두고 소녀에게 다가갔다.

"너, 너 뭐야."

소녀는 남자인 나를 보곤 역시나 적대적인 모습을 보였다.

그래서 작은 눈속임을 세뇌시켰다. 눈속임이라기 보단 인식의 속임에 가깝지.

"나를 머리가 짧은 여자로 생각하렴. 운동해서 남자로 오해 받기도 해."

"언니는 누군데요."

소녀는 곧장 내 말을 믿었다. 그리곤 독기 어린눈빛이 한결 순해졌다.

"나는 네 이야기에 관심이 많은 사람이야. 아버지에 대해 일러주겠니."

내 제안에 소녀는 줄줄 자신이 기억하는 아버지와의 추억을 말했다. 역시나 조작된 기억이었다. 갑질로 물은 것이니 일부러 지어내는 것도 아닐 테였다.

이상하게 여진이가 생각났다.

그녀가 공유하는 나와의 연애 사에도 조작된 부분이 없지 않지. 적긴 하지만.

"음."

소녀가 나와 대화를 나눈 기억을 지웠다.

그리곤 씁쓸하게 그 방을 빠져나와 문을 닫았다.

"모르겠다."

소녀는 애초에 먼저 트라우마를 겪은 여자였다. 성매매를 시도한 남자들이 불법을 저지르긴 했어도, 성 고문을 당하며 소녀에게 죽을 잘못을 한 건 아니었다.

적어도 그 모습보단 현재 소녀가 드러내는 모습이 더 낫긴 하다.

인공적이란 게 거슬릴 뿐이지.

"안녕히 계세요, 윤집사님."

"네, 혹시 치료에 관심 있으시면 알려주세요. 이사님께서 준후 씨가 도와줄 수도 있다고 했어요."

"네."

나는 자신이 없다.

애초에 확신이 없기에.

일단 남궁철곤을 만나기로 결정했다.

그럼 더 생각할 거리가 많아지겠지.

남궁철곤과 합류해 저녁 식사를 했다. 고민에 가득 차 별 감흥이 없을 줄 알았는데 의외로 아니었다.

TV에서나 보던 고위 공직자와 식사를 하니, 새삼 정신이 아찔해지는 기분이었다. 그냥 보기에만 신기한 연예인이 아니라, 실권을 쥔 권력자들이니 말이다.

체하지나 않았으면 다행일 거 같다.

남궁철곤과 주고받는 경제이야기가 단순한 사담이 아닌지라, 더더욱 기분이 얼떨떨했다. 실제 계획을 논하는 것이었다.

또한 사회 서열 기준임에도, 한국 내에서 한 자리 수에 달하는 서열도 굉장히 인상 깊었다.

거리를 걸으면 보이는 줄줄이 늘어지는 기나긴 서열들과는 사뭇 느낌이 달랐다. 밤의 방주로 치자면, 마치 처음으로 리치 핏에 들어선 기분이었다.

돈만 많은 것과는 또 다른 느낌이네.

청와대의 보안은 내 생각보다도 더 철저하고 튼튼했다.

"어땠나."

"덕분에 특별한 경험을 한 거 같습니다. 감사합니다."

"하하. 그래. 과제를 잘 수행한 것에 대한 상이네. 잘 배워두면, 5년 내로 자네도 저 자리에 단독으로 초대를 받을 수 있을 거야."

"그런가요."

"물론이지."

남궁철곤과 리무진을 타고 청와대를 빠져나왔다.

그리곤 원래 만났던 고층 레스토랑으로 다시 이동했다.

후식으로 고급 케이크와 와인을 마시며 남궁철곤과 뒷마무리를 했다.

"그래, 학교생활은 잘 하고 있다고? 동기들이 청와대에 들어간 거나, 통장 잔고를 보면 어지간히 놀라겠구만. 어때, 자랑한 적이 있나?"

"그러진 않았습니다. 그냥 평범한 일상으로 남겨두고 싶어서요. 제가 관리한 부분은…… 지나치게 불편한 한 부분이었습니다."

"그런가. 아. 대충 이해가 가네. 유럽에서 그런 경우가 희귀하게 있지. 노블립스 회원이 구태여 돈도 많으면서 거지들 사이로 들어가 사는 것. 압도적인 우월감을 즐기기 위해서인가?"

"그런 건 아닙니다."

남궁철곤은 내가 우월감을 만끽하는 유희 때문에 일상을 남겨놓는다고 생각했다.

애초에 그건 조건과 서열이 사람을 만든다는 전제에서 하는 말이었다.

"원래부터 저는 제가 지키는 일상에 더 가까웠던 사람입니다. 그러니 아껴두는 것이죠."

"아. 그렇게 생각하나? 하는 일에 비해서 괴리감이 느껴질 텐데 신기하군. 그래, 굳이 정체성 부분까진 간섭하지 않겠네. 큰 맥락만 이해해주면 되니 말야."

"감사합니다."

나는 와인을 살짝 마시며 남궁철곤의 용건을 기다렸다. 철저히 합리적인 그는 아무런 이유 없이 날 부르지 않았을 것이다.

국빈 식사에 초대해준 건 운을 띄우는 정도겠지.

"준후 군. 며칠 학교에 빠져도 괜찮겠나? 내가 밤의 잠자리는 철저히 안전을 보장해주지."

"네? 무슨 말씀이신지."

"같이 좀 출장을 갔으면 하네. 그간 내가 작업해온 일들을 보여주려고. 아까 국빈 식사 때, 광석 발굴 공동 개발 프로젝트에 대해 들었지?"

"네. 수십 개 대형 회사들이 달라붙고, 창출 이익이 조 단위라는. 아프리카의 한 나라라고 들었습니다. 반도체에 반드시 필요한 자원이라고요."

"그래, 그 나라가 내가 작업해오던 곳이네. 자네에게 보여주면 좋을 거 같아."

"제게 말입니까?"

"그래. 이번에 말이지, 자네가 조폭들을 굴리며 다소 실망한 거 같아서 말야. 좀 더 크고 이색적인 규모를 보여주면 동기부여가 될 거라 생각했네."

남궁철곤은 역시나 내 기이한 기색을 읽어냈다.

판별은 틀렸지만 말이다. 규모가 작거나, 취향에 안 맞아서 불쾌한 게 아니었다.

본질적으로 의문이 들어서 그런 것이었다.

"음. 그럼 그냥 따라가면 되는 겁니까?"

"그래. 모든 걸 준비해두었네."

마치 당연히 나는 따라갈 거라 결론 내린 것처럼 말이지. 실제로도 난 거부할 자신이 없었다.

명분도 없었고.

가서 그가 하던 일을 보면 생각이 더 잘 정리될까. 밤마다 안전을 보장해준다고 하니, 크게 문제는 없을 거 같다.

어머니와 준수도 잘 생활하고 있을 테고. 사실 돈이 풍족해지니, 정말 대다수 문제가 해결되긴 한다.

그 점은 노블립스에 감사하게 생각하고 있다. 너무 모든 게 복합적이지만, 내가 진심으로 바라는 것은 핵심적인 가치에 대한 공감과 납득이다.

그러면 정말 불이 붙어서 충성스럽게 일할 수 있을 거 같았다. 가디언즈든 노블립스든, 나를 설득시켜주면 좋을 거 같다.

"예. 그럼 따라가겠습니다. 가서 보고 여러 가지를 느끼고 싶습니다."

"좋아. 아주 적합한 자세야. 보면서 자네도 미래에 국제적으로 일할 준비를 해야 할 걸세. 언제까지 한국에만 머무를 순 없지. 유학도 원한다면 지원하겠네. 돈 뿐 아니라, 제도나 환경까지."

"감사합니다. 그럼 언제 출발하나요?"

"이제 공항으로 가서 내 개인 전용기를 타면 되네."

"지금, 개인 전용기로요?"

"그렇다네. 당황스러운가?"

"아닙니다. 이사님 정도면 그런 전용기를 가지고 있을 만도 하죠. 게다가 갑자기 움직이는 것에도 그리 놀라진 않았습니다."

"그래. 애초에 일상을 따로 남겨둔 것 자체가, 자네도 큰 뜻을 위해 생각이 깨어있다는 뜻이네. 평범하게 생각하지 않기 때문에 일부러 평범함을 따로 의식해서 지키려는 게지. 그 심리는 자네의 온전한 것이지만."

"음. 무슨 말씀인지 알겠습니다."

남궁철곤과 와인 한 병을 다 비우고 리무진을 통해 공항으로 향했다.

꽤 기이한 루트를 통해 곧장 남궁철곤의 전용기로 향했다. 그리곤 텅 빈 비행기 안에 들어서 앉았다.

사적으로 고용된 스튜어디스가 음료를 가져다주었다.

"아, 난 됐어. 자네는?"

"저도 괜찮습니다."

스튜어디스가 공손히 인사를 하고는 천천히 기내 중앙실을 빠져나갔다. 문이 닫히자 완전히 개별된 공간이 되었다.

"헌데, 연애는 한다고 했나? 찰스처럼 적극적인 건 아닌거 같아서 말이지. 혹시 취향이 독특해도 부끄러워 말게. 큰 일 하는 사람은 그럴 수 있으니까."

"하하. 아닙니다. 여자 친구가 있습니다."

"아, 그래? 몇 명?"

자연스레 숫자를 묻는 남궁철곤이 새삼 어색하게 느껴졌다. 당연히 한 명이지.

"하하. 한 명입니다. 농담도 잘하시네요."

"으하하. 그래. 자네가 순정파인 건 예전에 알았지. 그래도 진짜 1명에게만 충성할 줄은 몰랐네. 방금 스튜어디스만 해도 자네 나이면 잔뜩 눈이 갈 수준인데 말이야. 난 찰스처럼 쓸데없이 사고만 치지 않는다면, 활발해도 뭐라 하지 않는 편이네. 혈기왕성할 때니까."

"한 명을 제대로 만나는 것도 힘든 거 같습니다."

"오. 제법 그럴싸한 말이네. 인정하네. 하지만, 한 사람을 만나서 사랑하고 그 인격을 이해하고 받아들이는 것. 그리고 권력 있는 남자로서 동물적으로 다양한 여성을 즐기는 것은 다르지. 사람은 고등하기도 하지만, 또 동물이기도 하거든. 식사 같은 거라 생각하면 되네."

남궁철곤의 괴랄한 말이 미묘하게 이해가 되긴 했다.

하지만 내가 유별난 건지, 난 그런 난잡한 성욕을 느끼지 않는다. 굳이 남궁철곤처럼 순정과 난잡한 성욕을 분리해서 생각하지도 않고.

그저 여진이에게 요새 느끼는 감정이 낯설고 미안할 뿐이었다.

"음. 잘 모르겠습니다."

"허허! 건강에 문제 있는 건 아니지?"

초인이니 그 부분에 문제가 있는 건 아닌 거 같다. 되레, 그 부분도 초인답다면 초인다웠다.

"아닙니다. 하하. 근데, 어떻게 하다 아프리카의 나라 하나를 담당하시게 된 겁니까?"

"독재자와 반군, 범죄 집단과 남아도는 자원과 이권. 아프리카엔 아직도 정리 안 된 나라들이 많네. 이제야 2g폰이 배급되는 곳도 있고. 인터넷을 쓰기 위해선 몇 키로를 이동해야 하는 곳도 많아. 많이 발전했다지만, 부분 부분이야."

"그런데요? 그렇다면 더더욱 개입할 요소가 적지 않나요."

"하하. 아니지, 아니야. 시스템이 형성되기 전, 애초에 틀을 잘 잡아 놓는 거지. 한국처럼 이미 시스템이 형성돼 있으면, 스며 들어서 장악하는 데 그만큼 많은 자원과 시간이 소요돼."

"아아. 그런 원리군요."

남궁철곤이 벌이는 일은 참 다양하고 많은 거 같다.

적은 노블립스 인원으로 거대한 일들을 운영해야 하니, 그만큼 쉽지가 않을 것이다.

물론 개개인이 일을 다 하는 게 아니라 기업단위로 부하를 두고 있긴 했지만.

남궁철곤과 내가 향하는 곳은 타티뉴기니라는 곳이었다.

반군이 패권을 쥐어서 현대식 왕권이 뒤바뀐 지 얼마 안된 곳이었다.

아직도 곳곳에선 살인과 성폭행이 일어나는, 아직 정리 되지 않은 나라라고 했다. 곳곳에서 군인도 아닌 자들이 기 관총을 들고 다니는 곳.

그런 위험한 곳에서 남궁철곤은 무슨 일을 하는 걸까.

"이번에 패권을 잡은 왕이 내가 키우는 개 중 하나네. 물 론 노블립스 회원은 아냐. 그 작은 나라엔 하찮은 수준조차 없더군, 갑질 능력자가."

"아, 그런가요."

놀라운 말이었다. 아무리 작은 나라라도, 나라의 최고 권 력자를 자신의 개로 두고 있다니.

몇 시간 전 대통령과 식사를 한 걸 생각하면 매우 놀라운 말이었다. 아무리 규모가 달라도, 엄연히 나라 단위의 일인 데.

"저희나라 대통령은 서열 때문에 못 건드시는 건가요?"

나도 모르게 건든다는 표현을 썼다.

무의식적으로 부정적인 의견이 담긴 것이었다.

다행히 남궁철곤은 크게 개의치 않았다.

"그렇지. 노블립스 본부장 정도면 가능하겠지만, 그 분 에겐 굳이 한국이 그렇게 신경 쓸 정도로 중요한 요소가 아 니라네. 그냥 많은 체스 말 중 하나지. 그것도 비숍이 아니 라 폰 정도."

"그 사람은 나라를 체스 말로 생각하는군요."

"그래. 그래서 자네가 맡은 일이 좋은 과제이자 연습인 것이네. 자네도 장로 후보니 앞으로 큰일을 생각해야지! 조폭 나부랭이부터 시작해야, 더 큰 체스 말을 움직일 수 있는 거네."

"네……. 근데 그 분이 이루려는 구체적인 비전이 있는 건가요?"

내가 의문을 표하자 잠시 남궁철곤이 빤히 나를 쳐다보았다.

그러더니 이해한다는 표정으로 인자하게 웃었다.

"준후 군은 내가 벌이는 모든 일들을 다 이해하는가?"

"아니요……."

"마찬가지네. 실제 내용을 이해할 수 없을 땐 구체적인 목표를 들어도 공감이 가지 않지. 전문 지식 없이 어려운 과학 학술지를 읽는 거나 마찬가지야."

"그런가요."

이 부분은 나도 더 이상 물을 수 없는 부분이었다. 비록 나이에 비해 매우 이른 일이긴 하지만, 나는 서울의 주먹 세계를 위에서 관장해보았다.

하지만 남궁철곤에게 그건 우스운 규모였다.

노블립스 본사에겐 말할 필요도 없었고.

그러니 아직 수준에 맞지 않아 이해할 수 없다고 하면, 수긍할 수밖에 없었다.

실제로 나는 더 큰 실제 내용들을 알지도 이해하지도 못하니까.

최구온이 뭣도 모르고 하는 말과는 다른 무게였다.

"그럼 제 수준에서 뭔가를 여쭈어 봐도 될까요? 내주신 과제를 하며 들은 생각입니다. 이 질문은 그래도 제 수준에 맞을 거라 생각합니다."

"음하하! 진지하게 임하는 것 같아서 보기 좋네. 그래, 생각이 깨어 있는 게 좋지. 일만 하는 기계가 아니라. 말해 보게."

남궁철곤은 자신 있게 말해보라고 했다.

마치 뭐든지 답해줄 거 같은 표정이었다.

"노블립스는 어쩔 수 없는 악이나 사회의 썩은 부분을 되레 역으로 이용한다고 했습니다. 그걸 이번에 제가 실제로 실천해 보았구요."

"그렇지. 그런데?"

"헌데 정말 영구적으로 썩은 부분을 유지하는 겁니까? 결국엔 이상적으로 악을 최소화하거나, 뿌리 뽑는다거나 해야 하지 않습니까?"

"음. 하하! 그렇게 어린 생각을 하는 줄은 몰랐는데."

"예?"

차가워지는 남궁철곤의 표정을 보며 내 맘까지 철렁했다. 대체 뭐가 어린 생각이란 말인가.

악을 근절할 수 없다면 최대한 줄이거나 통제해야 한다. 그게 남궁철곤이 말한 개 목줄의 뜻이 아니었던가.

"악을 줄일 수는 없네. 그 칼을 든 손이 그나마 이득을

낼 수 있게 이끌어주는 정도지. 자네, 수학을 공부했겠지?"

"그……렇죠."

"다항식이 되고 변수가 많아질수록 그래프가 복잡해지네. 종국엔 2차원 xy표에 표시할 수 없을 정도로 복잡해지지. 나중엔 심상에서만 수학적으로 계산할 뿐, 절대 그걸 3d나 다른 그래픽으로 시각화하는 게 불가능해져."

"무슨 말씀이신지……."

"지금 자네는 몇 가지만 보고 있는 거야. 복잡하고 거대한 세상을 한꺼번에 이해하다 보면, 그런 어린 소리를 하지 않을 거네."

"음."

"지금은 답답할 수 있어. 하지만 차차 내 지도를 따라와 보다보면 이해할 거야."

"알겠습니다. 제가 주제넘었으면 죄송합니다."

"아냐. 얼마든지 건강한 의문은 품을 수 있어. 단지, 제대로 잡아주는 게 중요하지. 지금 향하는 티타뉴기니의 정부처럼 말야! 나무가 자랄 때, 곧게 자라도록 막대를 엮어주는 걸 알고 있겠지?"

"네."

나는 납득하는 척 했지만 끝내 그러지 못했다.

나보다 세상을 잘 안다면 얼마나 잘 알까. 적어도 내가 본 세상은 직접 겪어본 실제 세상이었다.

조폭들의 실권 다툼. 그리고 그들이 민간인에게 끼칠 수 있는 악영향. 그리고 그 악영향을 부추기는 노블립스 본사의 지시.

이해할 수 없다면, 남궁철곤 말대로 닥치고 이해할 때까지 노블립스의 충실한 사도가 되어야 하는 걸까.

그 몇 년 동안 나는 계속 답답해할 테지.

그보다 나는 작은 변화라도 일으키며 내가 생각하는 정의를 구현하는 삶이 나을 거 같다.

나중 가서 잔뜩 노블립스를 따랐는데, 결국 도달한 답이 아닌 거라면? 그럼 내 인생을 송두리째 잃게 되는 거다.

그 수단 중에서 저지른 죄는 또 어떻게 속죄할 것이며.

"후."

눈을 감았다.

어쩐지 노블립스의 정의와 실체가, 내가 생각한 것 이상으로 괴리가 있다고 느껴졌다.

❖

티타뉴기니에 도착했다.

도착하자마자 기관총으로 무장한 군인들이 장갑차를 타고 나타났다. 새로운 티타뉴기니의 왕 역시 모습을 드러냈다.

"인사하게."

남궁철곤이 거만하게 손을 흔들자 왕이 고개를 숙여 인사를 했다.

나도 모르게 고개를 숙여 마주 인사를 했다.

본래 이 나라도 예절 문화가 한국이랑 비슷한가. 그게 아니라면 남궁철곤이 교육한 것일 테다.

선글라스를 쓴 군인들을 스윽 둘러보았다.

반군 치고는 제법 군기가 튼튼히 잡혀 있는 모습이었다.

원래 정규군이라 해도 믿을 정도였다. 남궁철곤이 목숨 바쳐 왕을 지키라고 세뇌시켜 놨다 해도, 딱히 놀랍진 않을 거 같았다.

"가지."

남궁철곤을 따라 정부 소유의 요새로 이동했다.

요새라곤 했지만 철조망이 쳐진 낡은 군사 기지였다. 그래도 내부 시설은 그럭저럭 봐줄 만 했다.

전기가 돌아서 그런지 전반적인 편의도 그리 나쁘지 않았고. 물론 특유의 후덥지근함은 어쩔 수가 없었다.

"일단 식사를 하고 둘러보도록 하자고. 떠나기 전 다 정리를 해놔서, 딱히 더 손 볼 일은 없어. 자네에게 별장과는 차원이 다른 내 영토를 보여주도록 할 거야. 여러 가지를 잘 봐두라고."

"알겠습니다."

듣자하니 반군이 나라를 차지하도록 도운 것은 남궁철곤인 듯 했다. 이 땅을 자신의 영토라 말했다.

독특한 아프리카 만찬을 먹으며 남궁철곤에게 물었다. 이 나라 말을 몰라서 내가 말을 붙일 사람은 그 뿐이었다.

당장엔 통역사가 붙지 않았다.

"이사님. 티타뉴기니를 장악하신 의도가 있으신 건가요? 이 부분도 제가 알기엔 너무 어려운 요소인가요?"

"하하. 그건 아니네. 말해주도록 하지. 원래 왕은 순혈파에 고집스런 보수주의라서 해외 문물을 많이 배척했어. 당연히 우리가 뻗는 손도 잡으려하지 않았지."

"노블립스 말입니까?"

"아니. 표면적으론 다국적 기업으로 손을 내밀었지. 내가 투자하는 거대 에너지 회사가 있거든. 이곳이 군사 실험을 하기에도 적합하고."

"그런데 왕이 완강하게 막았나 보군요."

"그렇다네. 대면할 기회를 주지 않고 군사로 막아서니, 갑질을 할 여력도 되지 않았지. 게다가 설사 갑질에 한두 번 성공한다 해도, 그렇게 이념이 아예 다른 사람은 장기간 써먹기가 곤란하네. 내가 매번 행동을 제어하기도 힘드니."

"그래서 대항마로 반군의 손을 들어주신 거군요."

"그래. 온갖 무기와 돈을 지원했지. 간부와 지금의 왕을 철저히 갑질로 충성하게 만들고. 머지않아 승리할 수 있었네. 이전 왕을 만나긴 힘들어도, 정규 간부 몇을 꾀어내는 건 쉬웠거든."

"아. 설마?"

"그렇네. 특정 시간이 되면 왕을 암살하도록 명령했지. 간단히 전쟁은 종결됐네."

문득 더러운 기분이 들었다.

왕이 죽었다면 당연히 왕자가 자리를 이었어야 한다. 아프리카라고 해서 왕좌 승계가 다르지 않을 테니.

헌데 떡 하니 반군 리더가 왕좌를 차지하고 있단 건, 본래 왕족들을 싸그리 몰살시켰다는 것이었다.

중세나 고대 시대도 아닌, 현대 시대에 벌어지기엔 꽤 야만적인 일 같았다. 게다가 단순히 정복하고 제어하기 위한 목적이라니.

"사실 그 때문인지 티타뉴기니 국민들의 반감이 적진 않네. 하지만 신문물을 들이고 나라를 발전시킨다면 생각이 달라지겠지. 당분간은 철저히 왕이 보안에 신경을 쓰고 있고 말야."

"정말 신기하군요. 한국과 달리 아예 정부 근간 자체가 뒤바뀐 상태란 말이죠?"

"그렇다네. 아무리 작은 나라라도, 국민 수가 200만은 돼. 한국에 비해 심하게 작은 것도 아냐. 땅덩어리 자체는 큰 편이거든."

"허."

확실히 인상 깊기는 했다. 서울권 조폭을 다 합쳐 봐야 1만 명 이하일 것이다. 제대로 된 건달들만 따지면 말이다.

헌데 남궁철곤은 아예 나라를 뒤집어 자기 손아귀에 거머쥔 상태였다.

확실히 내게 맡긴 일을 과제라고 칭할 법한 규모였다.

"그럼, 본래대로 이 나라를 장악해서 노블립스의 이권을 위해 사용하시려는 건가요?"

"그렇지. 단순히 이권만을 위해서는 아냐. 아직 아프리카는 정복하고 장악할 나라가 많아. 갑질 능력자가 없는 만큼, 우리가 믿고 심어 놓을 회원이 없다시피 하지. 아직 찾는 중이네."

"음. 아프리카 권은 아직 장악중이라 이거군요. 그럼 혹시 이걸 여쭈어도 될까요? 가장 노블립스의 영향이 강한 나라와 약한 나라요."

"흠! 흥미로운 질문이군. 정확하진 않지만, 내가 알기론 미국에 본부가 있으니 미국에서 노블립스의 영향이 제일 강할 걸세. 세계 경찰로서 뻗칠 수 있는 영향력도 엄청나고. 그 외에도 국제기구가 또 있지. 제일 약한 곳은⋯⋯ 아마 러시아일 거야. 전에 알력 다툼을 하다가 특수부대와 마피아에게 괴사 당했거든."

"아. 대단한 갑질 능력자들도 죽음을 당하긴 하나 보네요."

"당연히 그렇지. 말로 명령을 내리기 전에 머리에 총구멍이 난다든가 하면, 그대로 끝이네. 그러니 우리도 아직은 이 나라에서 조심해야해."

"알겠습니다."

물론 내겐 해당되지 않는 사실이었다.

총알이 날아와 머리를 때린다 한들, 간단히 튕겨날 것이다. 이미 그런 수준은 예전에 넘어섰다.

단지 내가 놀라는 바는 남궁철곤이 뽐내는 사회적 영향력의 규모와 무게였다.

아직도 그가 내가 서 있는 이 나라를 장악한 실권자라는 게 믿기지 않았다. 그냥 금융계 거물 정도만 해도 충분히 강력해보였는데.

이젠 한국 내 서열이 아니라 세계 서열을 봐야하는 건가.

분명 한국 내에서 그는 1인자가 아니었다. 하지만 세계 서열로 보면 여러 고위 공직자들을 넘어설 수도 있었다.

"흠."

"자, 다 먹었으면 슬슬 구경을 가도록 하지."

"네, 이사님."

남궁철곤을 따라 요새를 나섰다. 그리곤 장갑차의 호위를 받으며 요새에서 멀지 않은 곳으로 이동했다.

"오늘은 크게 두 가지를 보여주지."

남궁철곤은 나를 대형 농장으로 이끌었다. 그곳에선 노후된 장비로 수백 명의 남성들이 일을 하고 있었다.

땀을 비처럼 흘리는 걸 보면 여간 힘든 게 아닌 듯 했다. 그도 그럴 듯이 나조차 가만히 서 있기만 해도 얼굴이 흠뻑 땀으로 젖을 정도로 더웠다.

왜 나를 이곳에 데려온 걸까.

"저들이 누구라고 생각하나."

"음. 일을 하고 있는 걸 보니 고용된 노동자들이 아닐까요? 뭘 보여주시려는 건지 아직 잘 모르겠습니다."

"하하. 힌트를 주지. 우리 노블립스는 자네가 말한 대로 쓸모없거나, 잘못된 자원을 무조건 폐기하지 않아. 대신 방향을 잘 지도해주어서, 효과적이고 의미 있는 요소로 뒤바꾼다고."

"설마…… 갑질로 인해서 일을 하고 있는 건가요?"

"그러하네. 진석철을 지도하면서 역으로 여러 가지 기술을 배웠을 거라 생각하네. 하지만 이런 갑질 능력은 볼 수 없었을 거야. 룹〈Loop〉이라고 하는 기술이네."

"허."

듣고 보니 뭔가 노동자들이 이상했다.

더운 중에 일하느라 힘겨워서 그렇다고 생각했는데, 모두 눈빛이 텅 비어있는 것이, 마치 좀비 같았다.

나도 룹의 뜻은 알고 있었다.

끊임없이 반복되는 순환 동작. 과연 그에 어울리게 노동자들은 기계처럼 일을 반복하고 있었다.

정말 정해진 시간에만 기계처럼 물을 마시고 곧장 일에 복귀했다.

몸이 무너지든 말든, 정해진 일을 반드시 해내는 모습이었다.

"의식이 없는 건가요? 아니면 의식이 있는데도 반복적으로 일을 하는 건가요?"

"후자라면 너무 고통스럽겠지? 그래도 자비를 베풀어서 정신이 반쯤 잠긴 상태에서 룹 상태에 임하게 했네. 기계처럼 지시된 동작과 프로그램만을 따르지."

"흠. 농사를 지을 자원이나 장비가 없어서 이런 기술을 쓰신 건가요?"

어차피 남궁철곤을 닦달해봤자 별로 좋은 소리를 듣지 못할 것이다.

한 번 그가 갑질 대상으로 선정하면, 대상은 정신적 독립성을 유지할 자격을 잃는 거나 마찬가지였다. 그게 남궁철곤의 방식이었다.

"국수주의자들이네. 원래는 튼튼한 이전 왕의 정규군이었지. 단순히 반대편에 있었다고 이런 벌을 받는 건 아냐."

"그럼?"

"전쟁범죄를 수도 없이 저지른 놈들이야. 살인은 기본이고 온갖 간악한 성범죄마저 저질렀지. 전쟁을 즐기던 놈들이야."

"음. 그래서 사형시키거나 죽이기보단, 이렇게 노동력을 뽑아내는 거군요."

"바로 그렇네. 한국에도 얼마든지 쓸모없는 인간들은 많아. 하지만 자네 말대로, 전부 죽여 버리거나 확 쳐내기도 힘든 법이지. 지금 이 모습처럼, 적절히 인도해주면 얼마든지 세상에 기여할 수 있어."

"음. 하지만 단순히 농사를 짓는 것과 범죄를 지으며 자기 사리사욕을 채우려 하는 건 다르지 않나요?"

남궁철곤은 제 나름대로 내게 교육을 해주고 있었다. 자신의 가치관을 주장하고 싶은 것이었다.

물론 나는 하나도 설득이 되지 않았다.

"하하. 분명 다르긴 하네. 정도가. 저런 룹에 빠진 노동자들처럼 의식을 반쯤 거두어 갈 수도 있고, 아니면 자네가 이끌었던 건달들처럼 자신은 독립적으로 행동하고 있다고 착각하게 만들 수도 있지."

"하시려는 말씀은 좀 더 이해했습니다. 악하거나 쓸모없다고 해서 폐기하면 낭비란 말씀이시죠. 전쟁범죄자라도, 저렇게 룹에 빠트리면 되니까."

"바로 그렇네."

"좀 더 배운 거 같습니다."

감탄하는 척 하는 표정을 지으며 고개를 끄덕였다. 그제야 남궁철곤은 손으로 내 어깨를 턱턱 쳐주었다.

"앞으로 자네도 써먹을 일이 종종 있을 테니 잘 봐둬. 군중 단위로 조종하는 거라, 룹에 빠트리는 기술은 그리 만만치가 않아. 자세한 건 가면서 알려주지."

"알겠습니다."

쉽게 동의하기가 힘들었다. 차라리 감옥에 가둬 속죄를 시킨다면 모를까, 인간으로서의 정신을 아예 빼앗아 일하는 기계로 만든다니.

그런다고 해서 전쟁범죄자들이 뉘우치거나 진짜로 벌을 받는 게 아니었다.

그냥 껍데기만 이용당할 뿐이었다.

즉, 정확히 말하자면 남궁철곤은 자격 없는 이들은 마음

대로 도구처럼 써도 된다고 말하는 것이었다.

차라리 진의성을 몰라도, 별장 지하에서 범죄자를 정신 치료하려던 시도가 나은 거 같다.

"자, 도착했네. 다음 장소야."

이번에 도착한 곳은 요새 주변에 위치한 감옥 시설이었다.

제법 중요한 범죄자들을 가두고 있는 듯 경계가 요새 못지않게 삼엄했다.

"이미 왕이 죽긴 했지만, 그가 이전에 뿌려둔 국수주의 사상은 아직도 빼곡히 남아있지. 내 별장 지하에서 범죄자들을 치료하던 게 생각나지?"

"그렇습니다."

불과 얼마 전에 다녀온지라 약간 찔리기도 했다.

"그들은 누가 보나 치료가 필요한 정신을 지녔었네. 하지만 여기 갇힌 정치범은들은…… 약간 얘기가 다르지."

"아, 정치범들을 가둔 곳이군요."

"그렇다네."

어쩐지 경계가 삼엄하다 했다. 아무리 왕이 죽었더라도, 이전 정권에서 실권을 쥐고 있던 권력자들이 있을 것이다.

갑질 심문으로 중요 정보를 뺏는 건 쉬워도, 가지고 있던 영향력이나 능력을 탈취하는 건 쉽지 않을 것이다.

남궁철곤 말대로 사상의 반대로 행동하게 하려면, 거의 매번 동작을 가이드 해야 하니까. 매우 고되고 번거로운 일이었다.

그런데 행동이 아니라 실제 사상까지 뜯어고치려 할 줄이야.

"들어가지."

끼이이익.

겹겹의 낡은 철창을 지나자 몇 명의 정치범들을 만날 수 있었다. 모두 꾀죄죄한 몰골을 하고서 남궁철곤을 올려다보고 있었다.

"으아!"

뭔가 못 알아들을 말로 소리치는 걸 보니 적대감이 엄청났다.

"본래 이 나라 말을 어느 정도 할 순 있네만, 아주 유창하진 않아. 그래서 나도 종종 통역사를 쓰곤 한다네. 지미야. 자네도 얼굴을 봐둬. 머무르며 필요할 일이 있으면 언제든 써먹고."

"알겠습니다. 반갑습니다, 지미."

한국말을 할 줄 아는 어려보이는 통역사가 불러왔다.

"네, 김준후 귀빈님. 필요하신 게 있으면 제게 말씀하십시오."

"흠흠. 자네를 위해 지미에게 통역을 시키도록 하겠네. 자, 정치범들이여. 너희들의 이념이 올바르다고 생각하는 이유를 말해 봐."

지미가 남궁철곤의 말을 전한 뒤, 소리치는 정치범들의 말을 역으로 전달해주었다.

"음. 여느 때와 같습니다. 나라에 대한 애국이나, 민족의 순혈주의를 지켜야 한다고 합니다. 또한 외세의 개들을 따르다보면 결국 번지르르한 작은 것을 얻고, 중요한 핵심들을 다 잃게 될 거라고 합니다. 나라의 주권 마저도요."

남궁철곤이 나를 보며 안타깝다는 표정으로 말했다.

"저들도 룹에 빠트리거나, 중죄로 사형 시킬 수도 있어. 현재 왕은 그러자고 했지. 하지만 내가 말렸네. 저들의 사상을 고친다면, 매 번 귀찮게 가이드하지 않아도 되니까."

"사상을 고치려 하신단 말입니까? 비록 패배하긴 했지만, 저들의 사상이 범죄 욕구처럼 확실히 잘못된 것도 아니잖아요."

남궁철곤은 예상했다는 듯 고개를 끄덕이며 철창에 검지를 가져다댔다.

"하지만 저들은 눈먼 자들처럼 죽음을 향해 가고 있을 뿐이야. 저들의 능력과 경험이, 앞으로도 이어질 수 있게 배려해 주는 거네. 새로운 티타뉴기니에 함께할 수 있도록. 일종의 강제 적응 같은 거지."

"음."

숨이 턱 막혀왔다.

죽이지 않는다는 건 그럭저럭 괜찮아 보여도, 죽이지 않기 위해 사상을 뜯어고친다는 건 듣기 힘든 말이었다.

점점 더 노블립스의 실체는 선민주의와 일방적인 강제성에 맞춰져 있단 생각이 들었다.

"잘 보게. 이번엔 범죄자들 때처럼 기억과 심리가 아닌, 이론과 철학, 그리고 논리로 강제 개조를 해볼 테니."

나는 답답한 속을 달래며 묵묵히 남궁철곤의 뒷모습을 바라봤다.

전보다 더 작아 보이는 등이었다.

❖

본래 사람의 신념이나 성향이란 지독히도 고집스런 것이었다.

그것은 누구에게나 적용되는 것이었다.

단순히 설득당하거나 회유 당할 수 없기에 신념이나 성향이었다.

만약 그런 게 가능하다면, 어느 정도 열려 있는 가치관이거나 그만큼 강한 신념이 아니었단 거겠지.

"끄으윽!"

하지만 남궁철곤을 만나게 된다면 얘기가 달라졌다.

남궁철곤은 범죄자들을 치료하던 경력을 살려, 정치범들이 가진 신념의 근간을 어떻게든 파헤쳤다.

나는 지미가 통역을 해주는 덕분에, 몇 시간가량 자세히 남궁철곤의 작업을 관찰할 수 있었다.

남궁철곤은 정치범이 어떤 계기로 국수주의와 보수주의 신념을 가지게 됐는지 알아냈다. 그리곤 바로 그 계기를 조작해냈다.

혹은 논리적인 언쟁을 이어나가다가, 벽에 부딪치면 그대로 갑질을 통해 상대의 논리를 뒤틀어 놨다.

"그게 내가 믿는 바라고! 내가 옳다고 생각하는데 어쩌라는 거야! 이 동양의 괴물아!"

지미가 정치범이 소리치는 말을 통역해주었다.

"오늘부터 그 반대로 생각해라. 너는 더 크고 발전된 문물을 거절함으로 인해, 나라의 흐름이 고이고 썩을 수밖에 없다고 생각해라."

"음."

남궁철곤이 명령을 내리면 정치범들은 꼼짝 못하고 그의 말을 따랐다. 단순히 특정 행동을 이행하는 게 아니었다.

자신의 사상을 강제로 설득해야 하는 과정이었다. 당연히 정신적으로 고통스러울 수밖에 없었다. 남궁철곤이 내리는 말이었지만, 끝내 적용하는 주체는 자신이었다.

"머리가, 너무 혼란스러."

지미가 반복하는 말들은 점점 적대적인 반항에서, 고통스러워하는 비명으로 바뀌었다.

역시 단 시간 내 사상을 뜯어고치는 건 매우 어려운 일이었다.

설사 한 가지를 뒤틀어놔도, 다른 부분의 가치관과 상충하며 서서히 본래 가치관으로 되돌아왔다.

마치 적색 페인트가 가득한 곳에 청색 페인트를 부어도,

곧 이어 적색 페인트가 청색 페인트를 덮어버리는 격이었다. 정신과 가치관이란 참으로 유기적이고 튼튼한 요소였다.

끝내 계속해서 퍼부어, 적색에서 주홍색으로, 그리고 청색으로 변하게 만들겠지. 남궁철곤은.

그 과정을 보고 있는 게 전혀 뜻 깊거나 흥미롭지 않았다. 그냥 사상적인 폭력으로 보였다.

거대한 거인이 꾸역꾸역 작은 난쟁이에게 썩은 물을 삼키게 하는 것처럼 보였다.

"후. 저는 좀 쉬러 가겠습니다."

"음? 자네에게도 사상 주입을 연습시키려 했는데 말야. 아쉽군. 한국에서도 능력 있고 쓸만 하지만 우리의 뜻과 반대하는 자들이 많거든. 다음 과제와도 연관이 있어서 연습을 시키려 했는데."

"다음에 해도 될까요? 이 나라 물이 맞지 않는 거 같습니다. 몸 상태가 다운 돼 있네요."

"알겠네."

차마 이번엔 연기를 하며 남궁철곤 옆에 붙어있지 못했다.

정신적인 메스꺼움을 참을 수 없었기 때문이다.

남궁철곤이 의아한 눈빛으로 날 훑긴 했지만, 어쩔 수 없다는 맘으로 감옥을 빠져나왔다.

지미를 대동하고 요새로 돌아갔다.

돌아가는 길에 지미에게 물었다. 남궁철곤 외에도 말을 나눌 수 있는 대상이 있어 다행이다.

아니면 이 먼 나라에 와, 정말 고립된 거 같은 기분을 느낄 텐데.

"지미. 남궁철곤 이사님을 보면 어떤 생각이 듭니까?"

"정말 신기하죠. 우리들은 신의 대변인이라고도 부릅니다. 우리나라를 구원해줄 위대한 영웅이죠."

"음. 신기한 능력을 가졌다고 해서 그리 추앙하는 겁니까?"

"아뇨. 능력도 대단하지만, 리더십이 진짜 멋진 거죠. 겨우 세력 유지만 하던 반군 세력을 왕권 세력으로 만들었잖아요."

"지미는 원래 문물 개방과 선진국과의 협약을 믿나 보군요."

"네. 물론이죠. 원래 스마트폰이라는 걸 써보지 못했는데, 써보고 나니 우리나라가 얼마나 뒤처졌는지 알게 됐어요. 인터넷을 써보곤 깜짝 놀랐죠. 어서 우리나라도 이사님의 지휘 하에 따라가야 합니다. 왕께서도 그걸 이해하시죠."

"그렇군요. 그럼 남궁철곤 이사님의 말과 행동을 이해하는 사람으로서, 사상을 주입하는 것에도 동의하시나요?"

"감히 제가 의견을 가질 부분이 아니죠."

지미는 철저히 남궁철곤에게 충성하고 있었다.

게다가 남궁철곤이 맘에 들어 할 만 한 가치관을 가지고 있었다. 왜 통역사로 뽑혀 일하는 지 알 거 같았다.

그래도 사상 주입에 관해선 달리 생각하지 않을까. 누가 봐도 반인륜적인 강제성이 보이는데.

"편하게 말해도 되요. 그냥 생각이 궁금한 것뿐이니까."

"음. 죽이는 것보단 낫다고 생각해요. 어차피 현재 상태 론 새로운 시대에 들어맞을 수 없는 사람들이에요. 본인이 옷의 색깔을 바꾸지 않는다면, 이사님 같은 분이 도와주실 수 있는 거죠."

"흠. 그렇군요."

지미도 사상 주입에 관해 긍정적으로 생각하고 있었다.

나라면 어땠을까.

내가 정치범의 입장이었다면, 내가 믿는 것을 위해 죽고 싶어 할까, 아니면 강제로라도 생각을 바꿔 새로운 시대에 빌붙을까.

"흠."

애초에 새로운 시대에 따라가고 싶은 의향이 있었다면, 굴욕적이나마 뒤늦게라도 항복 의사를 밝히고 구체적으로 그런 의사를 표지하지 않을까.

반면 현재 정치범들은 완강한 모습이었다.

그걸 남궁철곤이 강제로 바꾸는 것이었다.

아까 느낀 대로, 정신적 크기로 밀어붙이는 것이었다.

남궁철곤의 논리대로라면, 일제 강점기에서도 독립투사

보단 친일파가 그의 시야에 더 적합한 사람이려나.

"안색이 많이 안 좋으시네요, 김준후 씨. 정말 쉬셔야 할 거 같습니다."

"네, 그러게요."

맘 같아선 진짜 내 집에 가서 편히 쉬고 싶었다. 아직은 노블립스가 완전히 장악하지 못한 한국 땅의 편안한 자취 집에서 말이다.

이곳은 정말 남궁철곤의 손아귀에 든, 그의 거대한 별장처럼 느껴졌다. 어딜 가나 남궁철곤을 진짜 왕으로 생각하는 자들이 도사리고 있었다.

현재 왕좌에 오른 자도 자신이 바지사랑이라는 걸 모르지 않겠지. 콩고물이 많고, 세뇌를 당한 상태라 순응하는 것일 뿐.

"으."

숙소에 도착해 몸을 누였다.

잘 수 없는 몸임에도, 다른 행동을 하기 보단 일부러 눈을 감고 명상을 했다.

그게 그나마 맘이 편했다.

너무 다르다. 혼재돼 있긴 하지만, 내가 불편해할 부분이 훨씬 더 많은 거 같다.

노블립스라는 조직을 알아갈수록, 남궁철곤의 말을 더 들을수록 이제 맘이 정리되는 거 같다. 내가 노블립스를 이 끈다면 이런 방향이 아닐 텐데.

그렇게 밤까지 기다려 밤의 방주에 진입했다.

도망치듯이 방주를 기다린 건 또 오랜만인 거 같다.

❖

밤의 방주에서 미친 듯이 싸우고 또 싸웠다.

오크 전사로서 광폭함을 자랑할수록 다른 마물들이 나를 진정한 리더로 칭송해주었다. 달텅이 없는 건 좀 아쉬웠지만, 점점 많은 오크들의 인정을 받는 것도 나쁘지 않았다.

몇 차례의 소규모 전쟁을 통해 나는 오크들의 전사왕으로 선정됐다.

마지막 혈투 후 층을 공략, 위층으로 신분상승 했다.

다음 층 역시 원리는 크게 오크 층과 다르지 않은 생태계였다.

각종 인간형 벌레들의 약육강식이 펼쳐진 곳이었는데, 가장 호전적인 벌레 종족을 골라 4성 각성을 통해 한순간도 쉬지 않고 경쟁 개체들을 잡아먹었다.

스네이커즈 때처럼 포식을 통해 성장하는 층이었다. 그만큼 전투와 성장에 탁월한 면모를 보였다.

그 결과 난 낮의 시간을 맞이할 때 즈음, 2층이나 상승하고 눈을 뜰 수 있었다.

"후우."

마치 스트레스를 풀려고 난폭하게 한 바탕 논 기분이었다.

낮 시간에서 자유롭지 못하고, 늘 상 불편하게 남궁철곤을 보는 게 꽤나 힘들다.

그래도 어쩔 수 없지.

출장에 따라오겠다고 한 이상.

이 정도로 온 사방이 남궁철곤에게 물든 줄은 몰랐다. 나라고 해서 설마 그가 나라를 통째로 삼켰을 줄 알았겠는가.

게다가 이젠 어느 정도 결론이 났다.

본래 의도한 대로, 남궁철곤의 더 깊고 넓은 가치관들을 전해 들었다. 그리곤 마땅히 그것에 대한 내 답을 조용히 정리해두었다.

"김준후 씨. 이사님께서 찾으십니다. 오늘도 보여줄 곳이 있으시데요. 앞으로 새로운 경제 구도를 책임질 인재들을 보여주신답니다."

지미가 숙소에 찾아와 날 불렀다.

나는 짜증스럽게 침대에서 몸을 뗐다.

보나 마나일 것이다.

새로운 왕권에 어울리는, 통제된 자본주의에 쓰일 인재를 보여줄 테지.

미리 갑질을 해놓은 상태에서.

혹은 같이 갑질을 하자고 할 테지.

적어도 티타뉴기니의 내수 경제는 완전히 노블립스의 감시 하에서 운영될 것이다. 때때로 내려지는 경제적 파탄을 고스란히 감수해야하는 건 티타뉴기니 서민들이 될 테고.

오늘도 피곤하겠네.

남궁철곤의 장황한 철학을 들어주며, 감동하는 멘티의 모습을 연기해야하니까.

설사 남궁철곤의 서열이 훨씬 높다고 해도, 그를 제거할 방법은 많다. 그가 갑질을 하기 전에 끝내버리면 그만이었다.

초인인 내겐 어려운 일이 아니었다.

하다못해 군인 하나에게 명령해 저격총을 뺏어올 수도 있었고, 아니면 권총 한 자루만 구해도 남궁철곤이 입을 떼기 전에 그를 끝내버릴 수 있었다.

"후."

이제 나는 그런 수준에까지 와 있었다.

남궁철곤을 제거할지 고민하는 수준.

그럼에도 행동하진 않았다.

두려워서가 아니라 확신이 없었기에.

남궁철곤을 없앤다고 정말 많은 게 달라질까. 이제 와서 뒤바뀐 티타뉴기니를 내가 원래대로 되돌려 놓을 수 있을까.

그게 맞긴 한 걸까.

아니면 방치하는 게 답일까.

"준후 군! 잘 잤는가. 오늘도 기대가 되는 하루지?"

"그렇습니다. 매일 너무 많이 배우느라 머리가 터질 지경입니다, 하하!"

"하하! 그러니 밥을 든든히 먹어 두어야하는 거야. 이제 슬슬 입맛에 맞을 거네. 이곳까지 와서 한식을 찾는 것도 그리 좋은 자세가 아니거든."

남궁철곤을 보며 일단은 씨익 웃어주었다.

초인이라서 좋은 점은 철저히 감정을 숨길 수 있다는 것이었다. 몸짓이나 얼굴의 표정 근육도 결국 감각으로 조종할 수 있는 몸의 일부였으니.

남궁철곤을 죽이지 않는 결정적인 이유는, 그걸로 충분하지 않을 거 같아서였다.

내가 마주할 위기에 비해, 그걸로는 충분치 않다고 느꼈다.

남궁철곤이 아니라, 멀리 나아가서 노블립스를 멈추고 싶다는 생각이 들었다.

"흠."

그래, 가디언즈 쪽으로 맘이 기운 걸 수도 있다.

하지만 그 전에, 썩었는지 아닌지 찔러보아야 한다.

그건 도예지가 도와줄 부분이지. 가디언즈를 이용한다 해도, 노블립스에 타격이나 줄 수 있을지 모르겠다.

각성자가 생겨난 뒤로 결성된 가디언즈와 달리, 노블립스는 옛날부터 존재해온 아주 뿌리 깊은 조직이니까.

"자, 가지. 아주 총명한 청년들이 많아. 우리의 가이드를 필요로 하는."

"네. 경제 구조에 관해 여러 아이디어가 떠오릅니다."

"오, 좋은 자세야."

노블립스에 대한 내 결론은 이렇다.

아예 전부 막거나, 아니면 정화해서 원래 내가 동의했던 부분에만 기여하게 하거나.

지금은 너무 괴물처럼 과하게 모든 걸 장악하고 있다.

또한 풍기는 기운이 선민주의와 일방적 조작에 중점이 맞춰져 있다. 리더십과 올바른 가지치기가 아니라.

나는 그걸 바꾸고 싶다.

허나 지금 나는, 머무르는 장소조차 맘대로 정할 수 없는 신분이었다. 조만간 이 모든 걸 고치고 싶다.

심연의 목소리나 가디언즈가 그걸 가능케 해줄 수 있을까.

오늘도 나는 남궁철곤의 바삐 움직이는 입을 보며 지긋이 인내했다.

며칠 동안 계속 티타뉴기니에서 활동했다.

끝내는 내가 살기 위해 남궁철곤이 가르쳐 주는 대로 정신적 폭력을 행하기도 했다. 사상을 주입하기도 했고; 소규모의 범죄자들을 룹에 빠트려 보기도 했다.

누가 시켜서 하는 악행은 더더욱 죄책감이 심한 거 같다.

그래도 남궁철곤은 그렇게나 확신에 차 있었다.

밤에서는 49층까지 상승한 상태였다. 낮에서 스트레스를 받을수록, 밤에 더더욱 격렬하게 싸웠다.

"이들에게 괜찮은 지 물어봐주세요."

지미를 통해 남궁철곤 몰래 정치범들을 인터뷰 중이었다. 남궁철곤 덕분에 이 나라에서 내 서열은 암묵적으로 2위나 마찬가지였다.

왕의 위에 있다는 것이었다.

그래서 못 갈 곳이 없었다.

"윽. 뭐야?"

헌데 감옥에 군인들이 들이닥쳐 내 두 팔을 잡았다. 힘으로 뜯어낼 수 있었지만, 일단 순순히 따라갔다.

뭔가 예상치 못한 일이 벌어진 건가.

철컥, 철커덕!

나는 고문용 의자에 앉혀 쇠붙이에 두 팔과 다리가 묶였다. 곧 음침한 방으로 누군가가 저벅저벅 걸어 들어왔다.

어둑한 방 중앙에 위치한 랜턴 라이트가 들어온 존재의 얼굴과 어깨를 비췄다.

익숙한 덩치의 한국인 남성이었다.

티타뉴기니에 있는 동안 수없이 많은 인권이 유린당하는 걸 보았다.

본래 내가 그렇게 정의감이 넘치는 사람이 아님에도, 항상 속이 안 좋고 식욕이 없을 정도였다.

게다가 정치적 신념을 가장 중요하게 생각하는 정치범들이 사상 주입을 당하는 걸 볼 때면, 나까지 두통에 머리가 지끈거리는 거 같았다.

초인의 몸에 정신이 영향을 끼칠 정도였다.

"허."

그런데 항상 방관자였던 내가 이 자리에 앉아 있을 줄이야.

남궁철곤이 뭔가를 눈치 챈 건가.

나는 슬쩍 오른팔을 붙들고 있는 쇠붙이를 보았다.

잔뜩 녹슬고 뒤틀어져서 날카롭게 한 부분이 튀어나와 있었다. 조금만 힘을 주면 단 번에 고문용 의자에서 뛰쳐나올 수 있을 테지.

"김준후 군."

역시 고문용 의자에 묶인 나를 내려다보고 있는 건 남궁철곤이었다. 다시 봐도 그였다. 유창한 한국말만 봐도 알수 있었다.

대체 뭘 근거로 날 여기에 앉힌 거지.

가디언즈에 소속돼 있단 게 들킨 건가.

아니면 그간 내가 보인 의아한 모습들이 거슬린 건가.

뭔지 아직 정확히는 모른다.

하지만 아직 한 가지는 내가 확실히 남궁철곤보다 유리하다. 내가 각성자라는 걸 놈이 모른다.

신분상승[6]
가속자

그래서 남궁철곤은 내가 고문용 의자에 묶인 상태면, 확실히 제압된 거라 생각할 것이다. 갑질도 비교적 덜 공격적으로 내리겠지.

찰스와 달리 남궁철곤이 충동적인 사람은 아니니까.

"이사님. 이게 무슨 상황인가요."

"많이 혼란스러울 거라 생각하네. 그간 계속 그랬을 테니."

"예?"

남궁철곤은 차가운 표정을 하고 있었다.

전에 내 말을 어린 생각이라 표현했을 때랑 비슷한 표정이었다.

"나는 자네를 진짜 믿고 싶었어. 그래서 매 번 확인을 했거든."

"예?"

섬뜩한 기분이 들었다. 내 기억에 난 갑질을 당한 기억이 없었다. 하극상이 발동된 적 외에는. 하지만 그건 얼마든지 남궁철곤이 없애서 그런 것일 수 있었다.

설마 이제까지 다 알고 있던 건가.

내가 가디언즈 소속이라는 것까지 아는 건가.

"잠시."

남궁철곤이 티타뉴기니 말로 모든 군사들을 쫓았다. 이제 고문실엔 나와 남궁철곤 단 둘 뿐이었다.

그는 나를 한기 어린 눈빛으로 조용히 내려다보았다.

"매 번 확인했네. 진심으로 자네가 노블립스와 공감하는 지. 그래야 평생 같이 갈 친구이자 동료로 인정할 수 있을 거 같았거든."

"허. 제가 기억 못하는 건가요? 제게 갑질 심문을 하신 거군요."

"그래. 너무 배신감 들어 하진 말게. 매 번 간단하게 한 가지만을 물었으니까. 진심으로 나와 노블립스에 공감 하냐고. 늘 상 아직 잘 모르겠지만, 알아가는 중이다-라고 하더군. 지독히도 신중하단 말야. 적어도 생각에 관해서는."

"아."

남궁철곤은 역시 간교한 사자가 맞았다.

설마, 설마 했는데 그간 헤어질 때마다 내 진심을 심문한 것이었다.

티 나지 않게 기억을 대체하는 건 어렵지 않았겠지. 남궁 철곤 같이 기억 조작이나 갑질에 잔뼈가 굵은 자라면.

나처럼 단순히 대화한 기억을 지우는 정도가 아닐 것이 다.

그간 더럽혀진 내 정신을 생각하니 분노가 치밀어 올랐 다. 그래도 아직 힘을 쓰진 않았다.

다행히 이 방엔 우리 둘 뿐이었다.

적어도 찰스에 관해서도 들키지 않은 거 같다. 전에 대놓 고 물어보긴 했으니까.

설마 내가 각성자의 무기로 찰스를 죽인 줄은 꿈에도

모르겠지. 하극상이 있어서 천만다행이었다.

"휴."

그간 내가 불순한 맘을 가진 줄 알면서도, 끝내 나를 데리고 다닌 건 남궁철곤이 결국 나를 설득시키고 싶어 했기 때문일 테다.

그래서 이런 출장을 준비한 거구나.

때때로 차가웠던 그의 태도가 이제야 이해가 간다. 그는 완전한 공감과 동료애를 원했던 것이다.

"그런데 이곳에 데려오고 난 뒤로 더 안 좋아졌더군. 진심을 물어보면, 나와 노블립스에게 완전히 등 돌린 거 같이 말을 했어."

"실제로 그러니까요."

"왜지? 왜 내 말을 다 이해하면서 더 진심이 멀어지는 건가? 큰 그림을 못 보는 저능한 자도 아니면서 말야. 이해가 되지 않네."

"정치범들 같은 거겠죠. 제가 보기엔 인권을 유린하는 걸로 보입니다. 어쩔 수가 없는 부분이더라고요. 저도 진지하게 고민 많이 했습니다."

이미 들킨 이상 거짓말을 할 필욘 없었다.

단지 남궁철곤을 너무 자극하진 않으려 했다.

자살하라고 명령하면 나라도 어쩔 수 없으니까.

숨을 참으라고만 해도, 초인인 나조차 버텨낼 재간이 없었다.

그대로 끝이었다.

단지, 이제까지 죽이지 않은 걸 보고 탈출한 희망을 가지고 있는 것이었다.

"흠. 준후 군."

남궁철곤이 가까이 다가와 내 어깨에 손을 얹었다. 다행히 눈에는 분노만 어려 있고 살기는 담겨있지 않았다.

"너무 걱정 말게. 자네가 아직 너무 어리고 미숙해서 소화하는 데 어려움을 겪는 거야. 이 멘토님께서 손수 씹어 삼키도록 도와줄게."

"저도 사상 주입을 시키시려는 건가요?"

"바로 그러하네! 으하하하! 하지만 규모나 질 면에서 자네는 아주 특별히 대우를 해줄 거야. 철저히 노블립스의 사도가 될 수 있게 말야! 으하하하! 본부에 곧장 투입되어도 쓸 만할 정도로, 완전히 메뉴얼화 된 인간으로 만들어줄 것이네. 때때로 나조차 의심을 가지는 부분까지 확신하게 만들어주지."

남궁철곤이 우렁차면서도 소름끼치는 웃음소리를 터트렸다.

"얼마가 걸리든 상관없네. 사실 내 별장 지하의 환자들이나, 이곳의 정치범들은 다 내게 소모품이나 마찬가지거든. 그냥 마땅히 내가 능력을 펼쳐줘야 하는 우매한 중생들! 하지만 자넨 달라."

남궁철곤이 턱을 쓰다듬으며 나를 주시했다.

"자네는 나와 죽을 때까지 아주 오래 갈 사이거든. 장로 후보인데 이렇게 어리고 경험이 없다니. 정말 행운이지 뭐야. 언젠가 본사를 장악할 때 자네가 크나 큰 역할을 해줘야해."

"그러려면 철저히 이사님에게 충성하는 개가 되어야하고요. 정신적으로."

"바로 그거지!"

"본사 장악이 이사님의 꿈이셨군요. 설마 애국심은 아니겠죠?"

"으하하! 이미 한국인 정체성을 버린 지 오래네. 노블립스의 회원이 되는 순간 다른 정체성은 다 필요가 없어져! 인류 위에 존재하게 되는 것이니!"

이제야 적나라한 남궁철곤의 생각들이 드러났다.

곧 내 기억을 지우고 작업을 시작할 거라 저리 편하게 말하나 보다.

"제가 노블립스에 동의할 수 없게 하는 가장 큰 장애물이 뭔지 아십니까?"

"으하하. 한 번 말해보게. 심문하지 않아도 이제야 술술 속내를 털어놓는군. 역시 그 의자는 신기한 의자란 말야."

"바로 선민주의 사상입니다. 찰스가 아주 극심하게 심했던 부분이죠. 갑질을 한다고 해서 저희가 인간을 장난감 취급해도 되는 건 아니잖습니까?"

"나도 전에 그렇게 말한 적이 있지. 사람에 대한 존중은 해야 한다고. 그러니까, 이 정도로 자제하는 거네. 나나 노블리스가. 아니라면 아예 전 인구를 노예화해서 반신반인처럼 살아갔겠지!"

"지금도 과하다고 생각합니다. 게다가 전 인구를 노예화하는 건 애초에 불가하지 않나요?"

내 말에 남궁철곤이 불쾌한 듯 미간을 찌푸렸다.

"수준 떨어지는 자네와 더 얘기 나눌 것 없네. 몸은 상하지 않을 거야. 털 하나 건드리지 않을 테니. 대신 앞으로 정신이 많이 피폐해질 걸세."

덤덤하게 말하는 남궁철곤의 어조엔 차가운 기세가 어려 있었다.

내가 얼마나 고통스러워하든, 반드시 자신이 원하는 걸 얻어내겠다는 기세였다.

내가 각성자가 아니었다면 어땠을까.

나는 매일 같이 비명을 지르다, 몇 년 뒤에서야 폐인처럼 이곳을 걸어 나갔을 거다. 평생을 남궁철곤을 왕처럼 모시자고 다짐하면서.

"허."

이제 와서 생각해보니 정말 끔찍하다.

왜 남궁철곤의 옛 애인이 자살했는지 어렴풋이 알 거 같다.

가짜 정신으로 사는 것만큼 끔찍한 일이 어디 있을까.

별장 지하의 윤집사도…… 이쯤 되니 세뇌된 인공적 정신으로 그리 뉘우친 채 사는 것이라 생각됐다.

그런 면에서 보면 차라리 범죄자를 안전히 가두는 감옥이라 보는 게 적합했다. 갑질로 뉘우치게 했다기 보다는.

"나를 원망 말게. 나는 최선을 다했어. 늘 반 쪽짜리였던 자네의 진심을 지금까지 기다려줬다고. 자네에게 많은 부와 명예, 그리고 기회를 주었네."

"알겠습니다……."

남궁철곤이 씁쓸하게 뒤돌아 양복 재킷을 벗기 시작했다.

본격적으로 정신 개조를 시작하려는 것이었다.

뚜둑.

나는 오른 손에 힘을 주었다.

기회는 한 번 뿐이다.

휙! 퍼걱!

오른손을 번쩍 들며 팔목을 감싸고 있던 쇠붙이를 남궁철곤의 뒤통수에 날렸다.

날카로운 쇠붙이는 그대로 뜯겨져 나가 남궁철곤의 머릿속에 박혔다.

털썩.

"으."

뭔가 허무했다. 그토록 대단한 남궁철곤이 즉사한 채로 바닥에 널브러진 모습이었다. 몇 년 동안 정신 개조를 당할 판국이라 어쩔 수 없었다.

이미 결정을 내리기도 했고.

끝내 남궁철곤은 죽었다. 그토록 높던 서열과, 장황하고 깊던 남궁철곤의 철학도 모두 무의미해진 상태였다.

"아. 머리야."

남궁철곤을 죽인 게 그리 후련하진 않았다.

하지만 이렇게 궁지에 몰리니 곧장 선택하게 됐다.

끼익.

이상한 낌새를 알아차린 군인들이 안으로 들어왔다. 그리곤 곧장 내게 기관총을 쏘려 했다. 나는 번개처럼 날아가 기관총을 뺏어들고 손바닥으로 군인 둘을 기절시켰다.

문을 밖에서 걸어 잠근 다음 황급히 지미를 찾았다. 군인의 옷을 뺏어 입고 두건을 두른 덕분에 당장엔 발각당하지 않았다.

"휴."

직접 발로 달려 요새로 향했다. 삼엄한 경계는 초인인 내게 그리 어려운 장애물이 아니었다.

숙소에서 남궁철곤과 나를 기다리는 지미에게 다가갔다.

"지미. 남궁철곤 이사님의 명령이다. 당장 나를 전용기로 안내해서 한국으로 보내줘. 이사님께서 급하게 맡기신 일을 처리해야해."

"알겠어."

갑질로 지미를 설득했다.

티타뉴기니 전역에 비상이 걸리기 전에 한국으로 도망

쳐야 한다. 이제 나는 선택을 했다.

남궁철곤을 죽인 건 노블립스에 대한 배척이나 다름없었다.

가디언즈와 진짜로 같이 하던 안 하던, 나는 이제 노블립스와 싸워야만 한다. 그러려면 한국에 있는 게 나을 거 같았다.

이곳은 말도 통하지 않을뿐더러, 남궁철곤이 어떤 비상 장치들을 숨겨 놓았는지 모른다.

그가 죽은 상황에선 절대 머물고 싶은 곳이 아니었다. 설사 내가 초인이라 하더라도.

"이곳입니다, 김준후 씨."

다행히 통역사의 얼굴과 권한을 아는지 전용기 조종사가 비행을 시작했다.

남궁철곤의 시체는 몇 분 내로 발견될 것이다. 부디 그 안으로 티타뉴기니 중화기의 사격권 밖으로 나가면 좋겠다.

다행히 그리 대단한 전투기까지 갖추고 있는 건 아닌 듯했다.

반면 남궁철곤의 전용기는 최신형 고속 제트기였고.

"한 숨 주무십시오. 금방 도착할 겁니다."

한국인 조종사의 말에 고개를 끄덕였다. 지미는 제트기에 같이 태워 갑질로 재운 상태였다. 한국 도착까지는 깨지 않을 것이다.

티타뉴기니에 남겨봤자 뻔히 죽게 되겠지. 나를 탈출시킨 장본인으로 지목될 테니.

그럴 바엔 돈을 쥐어주고 한국에서 살게 하는 게 나을 것이다.

내 탈출 때문에 죽게 할 순 없다. 이태원 어딘가에 숨어 살면 적절하겠지.

"후!"

잠에 들기 전, 조종사에게 갑질 심문을 한 뒤 기억을 지웠다. 다행히 남궁철곤이 따로 살인 지시나 비상 장치를 심어놓진 않은 상태였다.

"후!"

한숨을 내뱉은 후 잠을 청했다.

까마득한 밤이 오고 있었다.

이제부턴 더더욱 조심해야한다.

노블립스가 어디서 덮칠지 모르는 일이었다. 남궁철곤이 죽은 소식이 빠르게 노블립스에게 전해질 테고, 그럼 같이 간 내가 멀쩡한 걸 보면 당연히 의심 받을 것이다.

일단은 잠적하는 게 좋겠지.

지미를 숨기고, 조종사의 기억을 완전히 지워야겠다.

밤중에 52층까지 신분상승을 했다.

심연의 목소리는 뭔가를 준비하는지 계속해서 응답이 없었다. 나는 고요한 심연 속에서 단순히 뫼비우스 주사위를 굴릴 뿐이었다.

눈을 뜨자마자 조종사의 기억을 지우고 잠에 **빠뜨렸다**.

다음으론 지미를 깨워 돈을 쥐어준 다음 한국에 숨어 살라고 지시했다. 숨어사는 인생이라도 한국이 훨씬 살만 하겠지. 한국어도 잘하고, 한국에 사는 외국인들도 많으니까.

나는 유유히 공항을 **빠져나와** 도예지에게 전화를 걸었다. 구마준이 보장한 그녀. 위험을 무릅쓰고 비리를 밝히길 주저하지 않았던 그녀.

내가 믿을 수 있는 몇 안 되는 사람이다.

"도예지 씨."

─아! 준후 씨. 마침 잘 걸었어요. 드디어 준비가 끝났습니다. 이제 첩자와 같이 레이드를 돌면 되요.

"그 전에, 긴급하게 부탁드릴 게 있습니다."

내 말에 도예지가 잔뜩 긴장하는 게 느껴졌다. 그녀도 급박하게 상황이 바뀐 것을 예감한 것이다.

나는 다급하게 부탁할 사안들을 말했다.

그리고는 빠르게 공항을 **빠져나갔다**. 미처 연락 못해 두둑하게 쌓인 여진이의 연락은 따로 신경 쓸 여력이 없었다.

도예지와 안전한 장소에서 만났다.

각자 미행이 붙지 않았는지 조심스럽게 점검하고 만났다. 그럼에도 도예지는 한 번 더 내 뒤를 훑는 신중함을 보였다.

왜 구마준이 신뢰했는지 알 거 같았다.

"준후 씨."

"도예지 씨. 이번에도 뒤에서 나타나시네요."

"그럼에도 매 번 뒤를 찌르진 않죠. 어느새 노블립스에 세뇌되거나, 권력과 돈에 찌들지도 모르는데 말이죠."

도예지는 묘한 말을 했다.

가디언즈 입장에선 그렇게 생각할 법도 했다. 당장 나 스스로만 해도 가끔 헷갈리곤 했으니까.

적어도 지금은 아니다.

도예지는 그간 관찰해온 내 행보가 의심스러웠나 보다.

"제가 부탁한 것은……?"

"일단 가족들 주변에 가디언즈 팀을 심어놓았습니다. 여자 친구라는 분에게도요. 무슨 일입니까?"

이젠 노선을 확실히 할 차례다.

그러려면, 내가 저지르는 충동적 행동을 의도적 전략으로 내비춰야 한다.

"남궁철곤 이사를 아십니까."

내 말에 도예지가 눈썹을 스윽 치켜들었다. 역시 뭔가 듣거나 본 게 있는 것이다.

남궁철곤에 관해서, 혹은 나와의 연관성에 관해서.

"음. 네. 노블립스의 높은 상관이라고 파악하고 있습니다. 워낙 보조 신분이나 잠복 자산이 많아서 정확한 파악은 못하고 있죠."

"네, 맞아요. 사실 제가 그동안 남궁철곤의 직속 멘티로 활동했었습니다."

내 말에도 도예지는 놀라지 않았다.

어느 정도는 파악하고 있다는 뜻이었다.

"그렇군요."

"가디언즈에 곧이곧대로 다 보고 할 수 없었습니다. 구마준 대장님 일 전에도, 솔직히 못미더웠거든요."

"그럴 거라고 생각했습니다."

역으로 도예지는 날 이해하기도 했다.

다른 이유 때문이긴 했지만, 가디언즈에 곧바로 충성할 수 없는 사정을 말이다.

"혹시 최근에 있던 조폭 전쟁도 그 자 소행입니까? 도를 넘어서고 있다고 하는데."

"네, 제가 지휘한 진석철과 몇몇 노블립스 간부들의 소행입니다. 그들이라면 서울권 조폭들을 굴리는 건 어렵지도 않은 일이죠."

"음. 문제군요. 그 건부터 막아야겠습니다. 정말 도를 넘어서고 있어요."

"그 전에 말씀 드릴 게 있습니다."

내 말에 도예지는 좀 더 부드러워진 눈길로 내 말을 기다
렸다. 내가 이렇게 술술 노블립스의 내부 정보를 흘려내는
동기를 느꼈기 때문일 테다.

"말씀해 보세요."

"남궁철곤이 죽었습니다. 아니, 정확히는 제가 죽였죠."

"예?"

처음으로 도예지가 놀라는 표정을 지었다.

차갑고 이성적이던 그녀의 눈빛이 흔들렸다.

"저, 정말입니까? 대체 어떻게."

"뭐, 세뇌 능력자라 하더라도 똑같이 사람이죠. 죽게 마
련이고. 제가 가장 약하고 제압되었다고 생각할 때, 뒤를
노렸습니다."

"어떤 생각으로 그런 건진 모르지만…… 엄청난 수를 두
셨네요."

"그렇습니다. 그래서."

"아, 그래서 가족들을 보호해달란 요청을. 이제야 이해
가 갑니다."

"네. 급한 일이었는데 감사해요. 이제는 본격적으로 노
블립스를 한국에서 몰아낼 생각입니다. 본부까지는 제가
어쩔 자신이 아직 없지만."

"음."

도예지는 놀랐다는 표정을 거두지 못하고 나를 주시했다. 그녀에게 남궁철곤이란 평생을 노려도 쉽사리 죽일 수 없는 괴물이었다.

비록 육신은 약했으나, 말로 사람을 부리고 온갖 술수에 능통한 자였으니 말이다.

나도 실제 살심을 품지 않고 아랫사람으로 살다가, 충동적으로 일을 저지른 것이었다.

안 그랬으면 접근도 힘들었을 뿐더러, 접근한다 해도 금세 갑질 심문에 탄로가 났겠지.

"정말 의외네요. 이제야 준후 씨의 속내가 조금 보이는 거 같습니다."

"네. 그간 좀 애매하긴 했죠. 조심하는 것이 가장 큰 목적이었습니다."

"이해합니다. 항상 중간에서 이중스파이를 한다는 건…… 끔찍할 정도로 불안한 일이죠. 그래서 저도 그동안 크게 뭐라고 하지 않은 겁니다."

"이해해 주셔서 감사해요. 레이드가 준비됐다고요?"

"그렇습니다. 1시간 뒤 용병으로 참가해주시면 되요."

"음. 알겠어요. 이 첩자가 어디까지 거슬러 올라갈지 모르겠군요. 저도 앞으로 노블립스에서 어떤 대우를 받을지 모르겠고."

"남궁철곤을 죽이게 된 경황을 말해줘 보세요."

도예지의 의도는 크게 두 가지였다. 내 현재 상황을 좀 더 노련한 요원으로서 분석해주는 것.

그리고 내 의도를 좀 더 간파하는 것.

나는 어느 정도 각색된 정황을 일러주었다.

"사실, 기억을 지우지 못한 뒤부터는 어느 정도 준후 씨를 체념하고 있었어요. 언제 들킬지 모르니까. 그런데 계속 멀쩡하기에, 실제 진심이 노블립스 쪽으로 향해 있는 게 아닌가 했어요."

"남궁철곤 뿐 아니라 세뇌 능력자는 언제든 진심을 확인할 수 있으니 말이죠."

"바로 그거에요. 그런데, 이런 움직임을 보였다니 놀라워요."

"음. 예지 씨도 조사를 했으니 아시겠지요. 노블립스의 핵심적인 철학이나 가치를."

"네, 리더십이나 올바른 지도 같은 거죠. 하지만 실제는 그걸 가장해서 원하는 것을 얻어내려 하는것이고요."

"비슷합니다. 저는 그걸 직접 체험했거든요. 그 전에는 어느 정도 관심이 가 있었습니다. 분명 겉으로 듣고, 어느 일면만 보면 그럴 싸 하거든요."

내 말에 도예지가 미묘한 웃음을 지었다.

"그렇군요. 준후 씨는 막 대학생이 된 사람이니까. 워낙 대담하게 받아들여서, 잊고 있었네요."

"아."

"아무래도, 어리니까 가치관이 확실하지 않을 때죠. 더더욱 이해합니다."

"네."

"아시다시피, 만약 첩자를 통해서 제대로 거슬러 올라간다면 박효원 지부장까지 당도하게 됩니다. 그 중간에 또 다른 누군가가 있을 수 있고, 아니면 더 위가 있을 수도 있죠."

"음. 그렇죠."

"제가 듣기로 준후 씨는 거의 확실히 노블립스에서 배신자로 인식될 거에요. 남궁철곤과 둘이 티타뉴기니에 갔는데, 혼자만 사라졌으니. 분명 비행기가 이동한 것은 끝내 추적이 될 거에요. 그 통역사 역시 발각될 거고."

"음. 원채 감시나 추적 수단이 많으니까요."

"네. 특히, 준후 씨의 뇌파를 직관적으로 잡아낼 수 있는 사람들이 있잖아요."

"제가 죽지 않았다는 것, 어느 지역에 있다는 것 정도는 알게 되겠죠."

"네. 아무리 무작위라도, 언젠간."

"음. 이젠 이중스파이 노릇은 힘들겠네요."

"아직은 완전히 갈라설 때는 아니에요. 중간에, 몇 놈을 더 잡을 수 있으니까."

"제가 각성자라는 사실은 아직 모를까요?"

"네. 사실, 제가 박효원 지부장을 거르고 직접 본사와 소통하는 분이 계세요. 한국인 교포신데, 저와 친인척 관계

이기도 합니다. 가디언즈의 핵심 정의에 정말 잘 어울리는
분이세요."

"아. 그러셨군요."

"네. 그 분께도 준후 씨에 대해 말씀 드릴게요. 만약 믿
을 만 하다고 하면, 노블립스에서 뺏어갈 재산 그 이상의
사회적 영향력을 부여할 수 있을 겁니다."

"아아. 벌써 거기까지 생각하셨군요."

내 말에 도예지가 결연한 눈빛으로 검은 생머리를 쓸어
넘겼다.

"이제부터야 본격적으로 준후 씨가 해줄 일들이 많아요.
세뇌 능력을 가진, 가디언즈 각성자로서 말이죠."

"알겠습니다. 저도 각오나 다짐을 어느 정도 한 상태입
니다."

이미 여기까지 온 이상 어줍잖게 머물 수만은 없다. 결국
난 노블립스에 이빨을 드러냈다. 대놓고는 아니어도, 언젠
간 티가 나겠지.

끝내는 가디언즈의 방패를 입고 맞서 싸워야 할 것이다.

"자, 그럼 잠시 뒤에 봐요. 준후 씨는 가디언즈에서 고용
한 용병으로 참여하는 거에요. 작전에 대해선 모르는 거고
요. 아시겠죠?"

"네. 여러모로 복잡한 작전이네요."

"그렇습니다. 가디언즈 측에는 보안상 교란 인원으로 훈
련하는 것으로 돼 있으니까요. 제가 지금부터 알려주는 동

선 대로 움직여서, 첩자를 구석에 몰 겁니다."

"그리곤 세뇌 심문을 하는 거죠."

"바로 그겁니다."

도예지는 레이드 작전을 설명하기 시작했다.

다 듣고 난 뒤 나는 곧장 의문점이 생겼다.

"헌데 예지 씨. 아무리 틈새의 괴수들 구성과 배치를 파악했다 해도, 좀 변수가 많은데요? 괴수들이 기이하게 움직일 경우 첩자를 모는 게 어려워집니다."

"그래요. 하지만 그렇게 해야 혹시라도 첩자의 행보를 모니터링할 노블립스 측에서 의심하지 않을 거에요."

"아아. 우발성을 가장한 인위성이군요."

"그런 거지요."

"알겠습니다."

도예지에게 내가 괴수들에게까지 갑질을 할 수 있단 걸 말하진 않았다. 굳이 그럴 필요가 없으니까.

대신 작전을 위해서 어느 정도는 활약을 해야할 거 같다. 나도 첩자를 통해 가디언즈가 얼마나 썩어 있는지 밝히고 싶어졌다.

노블립스에선 끝내 단 한 명도 믿고 뜻을 같이할 사람을 찾지 못했다. 헌데 도예지는 그래도 가능성이 있어 보였다.

적어도 믿는 것이나 행동하는 것은 분명해보였다.

"도예지 씨."

"네?"

"예지 씨는 비록 신중하긴 했지만, 그간 끊임없이 절 관찰해오고 감시하셨겠죠. 제가 정말 가디언즈의 부패를 밝히는 일과 노블립스에 대항하는 것에 적합한지 보기 위해."

"네."

도예지는 참으로 당당하게 말했다.

그래서 나도 거리낌 없이 직접적으로 물었다.

"그럼 저도, 도예지 씨가 진짜 믿을 수 있는 사람인지 봐야겠습니다. 저는 관찰이나 감시가 필요 없죠. 딱 1분이면 됩니다."

"음."

도예지는 잠시 고민하는 표정인 듯 했다.

잘못하면 내가 대놓고 그녀를 해할 수 있는 상황이었다.

각성 면에선 그녀가 좀 더 우세했지만, 대놓고 갑질할 기회를 준다면 얘기가 달라졌다.

"아마 절 어떻게 하려 했다면, 진즉에 갑질을 했겠죠. 한번 믿어보겠습니다. 대신, 실시간으로 저희 둘의 대화를 찍어서 제가 믿는 본부 사람에게 보내겠습니다."

"그러시죠."

그럼에도 도예지는 일말의 함정을 남겨두었다.

혹시라도 내가 허튼 수를 부릴 수 없게 대화를 찍겠다고 했다.

나로서는 전혀 꺼려질 게 없다. 그저 그녀의 진심을 확인하고 싶은 것 뿐이었다.

"그럼 시작하겠습니다."

도예지가 손으로 목에 쥔 목걸이를 만지작거리는 게 보였다.

초인에게도 영향을 줄 법만 맹독이 압축돼 있는 목걸이겠지. 마나를 조금만 주입해도 폭발할 것이다.

"그럼 간단히 묻죠."

내가 입을 열자 도예지가 긴장한 표정으로 침을 꿀꺽 삼켰다.

간략한 심문 결과 도예지는 과연 믿을 만한 사람이었다. 그녀의 과거나 사생활을 캐진 않았다. 그저 직접적으로 물었고, 그녀는 만족할 만한 대답을 내놓았다.

분명 내가 사회 서열이 더 높았으니, 거짓말을 한 것도 아니겠지.

매우 혼란스러운 지금 상황에서, 그나마 믿을 법한 건 도예지인 거 같다.

애초에 웅장하고 대단한 뜻을 억지로 따르는 것보다, 차라리 잘못된 걸 바로 잡는 게 더 내 맘에 맞는 거 같다.

티타뉴기니에서 폭군의 멘티로 사는 것보단, 한국에 도사린 세뇌 능력자들을 정화하는 게 나을 테지.

"아, 김준후 씨. 또 오셨네요."

"네."

첩자를 몰기 위한 레이드에 가기 전, 난 남궁철곤의 별장으로 향했다.

사실 첩자를 모는 것보다 더더욱 떨렸다.

별장에 발을 들이기가.

"내려가 보겠습니다."

"네, 그러시죠. 모시겠습니다."

남궁철곤은 분명 즉사했다. 그가 전에 아팠을 때 여자친구에 대한 갑질이 풀렸다는 걸 보면, 분명 변화가 있을 테였다. 그의 비밀스러운 별장 지하에.

갑질 당한 것이 무효화 되는 것인지, 아니면 그러한 요소가 자각되는 것인지는 모르겠다.

어느 쪽이던 반드시 확인하고 싶었다.

정말 의외로, 여전히 윤집사는 지하실에서 다른 중범죄자들을 관리하고 있었다.

게다가 전에 봤던 대로 평온한 얼굴을 하고서.

앞서 가는 그녀에게 물었다.

"최근에 뭔가 이상한 변화가 있지 않으셨나요?"

"네. 남궁철곤 이사님이 돌아가신 거 같아요. 그리고 전제가 세뇌 당했다는 걸 자각했어요."

담담한 그녀의 어조가 더더욱 섬뜩하게 느껴졌다. 그럼에도 난 심호흡을 한 다음 그녀에게 되물었다.

"궁금합니다. 본인이 정말 뉘우친 거 같습니까? 세뇌를 당한 걸 알고도?"

갑질로 그녀에게 물었다. 갑질을 하는 건 나였음에도, 여전히 섬뜩함을 건네는 건 그녀였다.

윤집사는 스윽 뒤돌아 빙그레 웃으며 말했다.

긴장한 채로 윤집사의 말에 귀를 기울였다.

"이사님께서 제 머릿속에 정말 많은 걸 심어놓으셨거든요. 그래서 그 분의 영향력이 거둬지는 순간 곧바로 알 수 있었어요."

"음. 그렇군요. 그런데 의외입니다. 이렇게 별장에 남아서 계속 일을 하실 줄은 몰랐어요."

내가 당연히 가정했던 사실이 반대로 나타나자 당황스러웠다.

모두 미쳐 날 뛰고, 윤집사 역시 옛날처럼 돌아갈 거라 생각했는데.

"호호, 그런가요. 저는 원래부터 이사님이 제게 치료를 감행하셨단 사실을 인지하고 있었습니다. 사실, 차이가 아예 없진 않았어요. 순간 여기 갇힌 남자 수감자들을 싸그리 독살하고 싶긴 했어요."

"그래서 그렇게 했나요?"

"아니요. 이사님이 강제로 주입하신 깨달음들이, 급격

하게 제 것이 되기 시작했거든요."

"그럼 설마?"

"네. 이제 온연히 제 것이 되었습니다. 처음 하루는 미친 년처럼 웃고 울면서 혼란스러워했습니다."

남궁철곤의 죽은 여자 친구도 그러했을 것이다.

"그러다가 폭발적인 죄책감에 자살할까도 했고요. 죄책 감이었나? 아니면 자기혐오이었을 수도 있습니다."

여기까진 남궁철곤이 실패라 부르는 과거와 다를 바가 없었다.

헌데 무엇이 그녀를 뉘우치게 한 것일까. 무엇이, 자살 충동 그 이상으로 그녀를 데려다 준 것일까.

"그러다 찬찬히 생각해봤어요. 이사님 영향권 아래에서 살던 나날들을. 그러니 납득이 되더군요. 머릿속에 심어졌 던 이야기나 깨달음들이."

"그래서?"

"네. 정확히 하나하나 짚을 순 없지만, 제 것으로 소화할 수 있게 됐습니다. 저의 경우는 성공이라고 볼 수 있죠. 단 지, 여기 갇혀 있는 분들 중엔 완전히 치료 효과가 역행된 분들도 계세요."

윤집사는 끝내 남궁철곤이 세뇌 치료에 성공한 듯 했다. 세뇌 당한 것을 자각하고, 그 지속적 효과가 거두어졌는데 도 뉘우침을 받아들이다니.

과연 가능서이 있긴 했던 것이다.

내가 본 것이 맞는 건가.

적어도 죽은 남공철곤의 모든 부분이 잘못됐던 건 아니 었나 보다.

"제일 심한 사람이 누구인가요."

"저번에 보신 그 소녀입니다. 온갖 성적인 발언과 행위 를 하면서, 자해를 하려 하기에 제가 제압해서 묶어뒀습니 다. 간신히 밥만 먹이고 있죠."

"허."

지난 번 대화했던 소녀의 방으로 갔다.

그녀는 꽁꽁 묶인 채, 살기에 가득 찬 눈을 하고 있었다.

만약 남궁철곤 말대로 치료를 계속한다면, 언젠간 윤집 사처럼 될 수 있을까.

결국 뉘우치는 척 하는 게 아니었다.

오랜 기간 치료하고, 그걸 본인이 납득한다면, 비로소 자 신의 정신이 된다.

"음."

"김준후 씨. 제가 감히 이사님이 어떻게 돌아가셨는지는 묻지 않겠습니다. 하지만 부탁드릴 게 있습니다. 이사님 대 신 이곳을 맡아주세요. 저는 치료 능력이 없습니다."

"제가요?"

"네. 전에 이사님께서 별장에 들려 양주를 드실 때 들은 건데, 준후 씨가 가장 공감하는 사업이 범죄자 치료 사업이 라고 하셨어요."

"음."

틀린 얘기는 아니다. 노블립스를 다르게 보게 된 계기가 바로 여기니까. 그 전까진 찰스 때문에 순 악마에 괴물들로만 봤었다.

게다가 진짜였다.

남궁철곤의 치료는, 비록 희박하고 희소하더라도 진짜 효과를 드러내는 것이었다.

사람은, 누구나 나아질 여지가 있다는 것이었다.

"윤집사님은 이 사업에 동의를 하시나 봅니다. 적잖이 힘들었던 치료 기간도 다 자각됐을 텐데."

"뭐, 기억에서 지워졌던 부분도 있긴 했죠. 조작된 기억들도 혼재돼 있고요. 하지만 결국 선택하고 집중하는 건 제 몫입니다. 거짓된 과거라도, 그걸 선택하면 제 과거가 되죠. 원래 수술처럼 치료란 고통이 따르는 법이고요."

"윤집사님은 제법 정신력이 강한 거 같습니다."

"감사합니다. 하지만 준후 씨의 도움 없이는 한 명도 치료하지 못해요. 꼭 이사님의 뒤를 이어주세요."

"허."

윤집사는 진심으로 내가 치료 사업을 계속해주길 원하고 있었다. 아이러니하게도 그녀가 바로 치료가 성공할 수 있다는 산 증인이었다. 어떻게 보면 강제로 투입된 피해자일 수도 있는데.

난 일단 아예 거절하진 않기로 했다.

노블립스에게 어떻게 반응하냐에 따라 이 별장과 지하도 앞으로의 처분이 달라질 수 있다.

적어도 거울을 보면 아직까지 사회 서열이 바뀌진 않았다. 남궁철곤이 내게 걸어두었던 재산들이 아직 사라지지 않은 것이었다.

"생각해 보겠습니다. 나중에 찾아오죠."

"알겠습니다. 기다릴게요."

간절한 눈빛을 보내는 윤집사를 뒤로 하며 별장을 빠져 나왔다.

한 번 들르길 잘한 거 같다.

전혀 생각지 못한 결과를 봤으니.

남궁철곤은 멈추는 게 맞았다. 그래도 그가 전해준 몇 가지 생각들은 일단 품기로 했다.

"허."

계속 놀라움의 헛기침이 나왔다. 조작되고 강압된 기억을 선택할 줄이야. 그만큼 뉘우친 자신이 더 낫다는 것에 동의한다는 것이었다.

나는 맘을 가다듬고 도예지가 준비해둔 장소로 이동했다.

일단은 쥐 몰이를 진행할 차례다.

중급 레이드 장비를 갖추고 가디언즈 팀과 합류했다.

당연히 내겐 정체를 드러내지 않았다.

도예지가 이끄는 레이드 팀은 본인들을 소수 정예를 추구하는 소형 길드라 소개했다.

"자, 그럼 전해드린 메뉴얼대로 하시면 됩니다. 다들 장비 점검하시고, 진입하죠."

나까지 해서 레이드 인원은 총 10명이었다.

그간 계속 솔로 레이드를 돌아서 뭔가 기분이 미묘하다. 예전에 훈련을 받을 때 가디언즈 팀과 같이 들어갔던 적이 있긴 했지.

"다들 함정을 조심하세요."

틈새는 언데드 괴수들이 출몰하는 낡은 미궁이었다. 낡은 미궁이라 해서 곳곳에 도사리고 있는 함정까지 낡은 건 아니었다.

게다가 출몰하는 괴수들 개체 수 때문에, 등급은 B+라도 종합 수준은 거의 A급이라고 한다.

적어도 내겐 여러모로 좋은 일이지. 그간 신변을 조심하느라 솔로 레이드를 돌지 못했는데.

"가죠."

미리 맞춘 대형에 따라 레이드 팀이 전진했다.

각자의 장비를 배치하고 자리를 잡았다.

위이잉, 철컥!

거대한 덩치를 가진 남성이 인공지능이 들어가 있는 포탑을 배치했다. 자동으로 인간이 아닌 생물체를 요격하는 게틀링 건 포탑이었다.

"다들 준비됐죠? 도발합니다!"

어차피 언데드 틈새에선 괴수들에게 포위를 당하게 된다고 한다.

그래서 미리 준비된 상태에서 포위를 당해 차근차근 적들을 제거하는 게 정석이었다. 우리 팀은 언데드를 둘러싼 채로 원형 대열을 형성 중이었다.

"다 됐습니까?"

"라저."

"그럼 도발 시작합니다!"

웨에에에엥!

준비가 끝나자 팀원 중 하나가 매우 시끄러운 경보를 울렸다. 공교롭게도 도예지와 내가 몰아야 할 첩자였다.

의도적으로 저런 역할을 준 것이려나.

"키야아아악!"

"그에에엑!"

어둠이 깔려 있는 미궁 곳곳에서 포효 소리가 울려 퍼졌다. 마치 시끄러운 경보에 직접적으로 대항하려는 거 같았다.

턱, 턱턱!

경보를 끈 뒤에도 미궁은 소음으로 가득 차게 되었다. 곳곳에서 기괴한 포효 소리와 뼈 꺾이는 소리들이 들려왔다.

그리고 백이 넘어가는 소리의 출처가 점점 한 곳으로 가까워지고 있었다.

삐빅, 탕탕탕탕!

게틀링 건 포탑이 요란하게 총을 쏴대기 시작했다.

"괴수들 등장! 다들 긴장하십시오!"

"저도 지원 사격 시작합니다!"

타다다당!

총과 투사체들이 발사되기 시작했다. 딜러 역할을 맡은 팀원들은 열심히 언데들을 불태우고 폭발시켰다.

반면 탱커 역할의 팀원들은 찬찬히 팀을 감싸고 돌며 괴수들을 주시했다.

-키략!

다리가 8개 달린 늑대형 언데드가 번쩍 뛰어올라 포탑을 노렸다.

기다리던 탱커가 금세 해머를 찍어 올렸다.

파각!

푸른빛이 어린 해머가 그대로 8족 늑대형 언데드를 박살 냈다. 우린 사방으로 비산하는 뼈 조각을 떨쳐내며 바삐 전투를 이어나갔다.

스릉.

나 역시 대검을 한 차례 울리게 만들었다. 이제 본격적으로 언데드 괴수들에게 포위당하게 됐다.

원래 짜놓은 각본대로 내가 활동해야 하는 순간이었다.

"후!"

서걱! 서걱!

내겐 초인으로서 차별화된 특기가 없었다. 성장이 빠른 대신 나는 순수한 강화 육체파였다. 그래서 대검을 휘두르 며 잽싸게 언데드들을 가로로, 대각선으로 썰어 올렸다.

서거걱!

대검이 두툼한 뼈들을 스치고 지나가는 게 느껴졌다. 그 럼에도 검 짓이 방해를 받진 않았다.

소리나 전해지는 밀도는 분명 단단한 뼈였지만, 그걸 휘 두르는 힘은 초월적으로 강력해서였다.

"카가각!"

-키야악!

탕탕탕!

팀원들은 제법 훈련을 잘 받았는지 자신의 역할을 충실 히 해주었다. 탱커들의 몸에 언데드 몇이 붙긴 했지만, 바 로 딜러들이 요격해주는 덕분에 위험한 일은 없었다.

특히 암살자 유형인 도예지의 활약이 눈에 띄었다. 원형 진형을 부드럽게 타고 흐르며, 유독 강해보이는 언데드 괴 수에게 일격을 찔러 넣었다.

콰각!

기사 갑옷을 입은 언데드는 파고 들어오는 검짓에 그대 로 무너져 내렸다.

도예지가 찌르기로 정확히 목뼈를 절단시킨 덕분이었다.

"크에에엑!"

썰컥! 썰컥!

뼈 가루와 땀으로 뒤덮일 무렵, 마침내 전투가 정리되어 가기 시작했다.

완전히 망가진 언데드들이 바닥에서 발악을 하는 정도였다. 일반인에겐 끔찍한 장면일 테지만, 초인들에게는 사냥이 끝나가는 광경 정도였다.

쾅! 쾅!

"후! 1차 웨이브는 끝난 듯 합니다."

"부상자 없죠? 장비 점검하고 다음 지점으로 나아갑니다."

"버프 및 치료 시작하겠습니다!"

솔로 웨이브를 돌며 위험할 뻔한 적이 정말 많았다. 모든 걸 나 혼자 해결해야 했기에. 갑질을 깨치기 전엔 특히 그런 적이 많았다.

반면 역할이 나뉘어져 있으니 편하긴 한 거 같다. 오로지 전투에만 몰입해도 등 뒤를 걱정하지 않아도 되었다.

철컥.

"포탑 장전 완료. 이동 위해서 해체 합니다."

"다들 상태가 좋으시네요. 특히, 저 용병 분. 순수 무투파이신 거 같은데, 아까 학살 속도가 정말 장난이 아니었습니다."

"그러게요. 대단하네."

"감사합니다."

나는 슬쩍 고개를 숙여 보인 다음 다시 말을 붙이지 않았다. 이곳엔 오로지 돈을 벌기 위해 온 상급 용병이었으니까.

슬쩍 도예지와 눈짓을 주고받았다.

"자, 이제 다섯 팀으로 갈려서 각자 이 갈림길의 끝에서 만납니다. 말씀드린 대로 열씩 움직이기엔 너무 비좁아요. 각자 막다른 벽을 등지고 싸우는 겁니다."

"미리 나뉘어진 팀대로 움직이죠."

10명의 팀원이 둘로 나뉘었다.

당연히 나와 첩자, 도예지는 같은 팀이었다.

"갈림길 끝에서 뵙겠습니다. 잘못되면 바로 통신을 줘요. 괜히 잘못된 경보를 울리지 말고."

"갈림길에 함정이 많으니 조심하시길."

서로 간단한 안부를 나누고 팀이 2개로 나눠졌다.

나는 첩자의 뒤에서 걸으며 대검에 묻은 뼈 조각들을 털어냈다.

"함정이 있나 살피겠습니다."

위이잉.

팀원 중 하나가 드론을 날려 앞길을 스캐닝했다.

그러더니 드론을 회수하고 손을 앞으로 뻗었다.

"함정 파악 완료. 해체하겠습니다."

콰지지직!

팀원이 전류를 뿜자 바닥과 천장에 숨겨져 있던 함정이 터졌다. 덕분에 함정에 걸릴 여지는 없었다.

"계속 가시죠."

도예지가 팀을 이끌었다. 나는 벽 너머로 느껴지는 잔잔

한 마력을 감지했다. 분명 갈림길 양 옆의 벽에 무언가 숨겨져 있는 것이었다.

도예지도 모를 리가 없겠지.

아마 벽의 한참 뒤라 드론 스캐닝으론 찾을 수 없었나 보다.

트득.

갈림길의 끝에 다다르기 전, 마침내 벽에 균열이 일기 시작했다.

콰과광!

그와 함께 길의 끝에 숨겨져 있던 문이 내려앉았다.

콰드득!

벽이 갈라지며 검은 갑옷을 입은 거대한 언데드 괴수들이 하나둘 모습을 드러내기 시작했다.

이미 길의 뒤쪽 끝에는 쌍 방패를 든 갑옷 언데드가 막아서고 있는 상태였다. 앞뒤로 포위당한 상황.

-크르으으으!

콰광!

갑옷 언데드들이 비좁은 길에서 거대한 무기를 휘두르기 시작했다. 5인팀은 급격히 반응하기 시작했다.

그러는 중에도 나는 도예지와 조용히 눈빛을 주고받았다.

신분상승 가속자

2 장 - 엘리베이터

갑옷 언데드들이 본격적으로 움직이기 시작했다.

철컥, 콰가각!

안 그래도 좁은 길에서 갑옷 언데드들이 묵직한 무기들을 휘두르기 시작했다. 철퇴나 곤봉, 대검 같은 위협적인 무기들이 공간을 갈랐다.

그와 함께 벽에서 긁혀 나온 빽빽한 먼지와 충돌음이 길을 가득 채웠다.

"당황하지 말고 침착하게 대응하세요! 각개 격파해야 합니다!"

"길이 좁아서 괴수들의 공격 준비 동작이 큽니다! 무기가 벽에 걸렸을 때 공격하세요!"

-크에에에!

-크아아!

철컥, 콰콰각!

갑옷 언데드들이 무기를 휘두르는 타이밍이 엉켜 있어 피하는 것이 쉽지 않았다. 하지만 분명 틈이 드러나는 순간이 잠깐이나마 겹쳤다.

서걱!

도예지는 침착하게 그 순간을 노려 검을 찔러 넣었다.

몸통 갑옷의 중앙을 뚫어버리자 갑옷 언데드는 보랏빛 연기를 뿜으며 다시 평범한 갑옷으로 무너져 내렸다.

-크아아아!

그래봤자 수십 중 하나를 처치한 것이었다.

콰각!

나는 도예지와 다른 방식으로 대응 중이었다.

대검 옆면을 방패삼아 갑옷 언데드가 찍어 내리는 무기를 막아냈다.

콰직!

그리곤 밑을 차 내려 갑옷 언데드의 하체 부위를 찌그러트린 후, 얼른 몸을 붙여 대검 옆면으로 갑옷 언데드를 쳐냈다.

쾅!

-키야아!

갑옷 언데드의 자세가 흐트러진 틈을 타, 얼른 검을 치켜들어 가로로 그걸 밀어 넣었다. 거의 대검을 강력하게 앞으로 내미는 형식이었다.

키기기긱!

묵직한 대검이 여러 겹의 쇠판을 쑤시고 들어가는 게 느껴졌다.

썰컥! 철컥, 철커덕.

대검을 쑥 뽑아내자 어느새 넷의 갑옷 언데드가 한꺼번에 무너져 내렸다. 덕분에 잠시나마 좁은 길에 여유가 생겼다.

의도한 대로, 첩자가 우리 쪽으로 올 수 있게 길을 내준 것이었다.

콰직!

"이리로!"

"허억! 예!"

대검을 들어 올려 첩자의 머리를 노리는 철퇴를 쳐냈다.

과연 우연성을 가장한 인위성의 작전인 거 같긴 하다. 어느새 내 쪽엔 나와 도예지, 첩자가 완전히 몰려 있었다.

반면 어느 정도 가까웠던 다른 두 명의 팀원은 훨씬 더 동떨어져 있는 상태였다.

도예지를 뒤돌아보자 그녀가 지금이라는 신호로 고개를 끄덕였다. 그리곤 그녀의 스마트와치로 미리 해킹한 첩자의 도발 경보 장치를 활성화시켰다.

웨에에에엥!

-키야아악!

-크라아아아!

갑자기 터져 나온 시끄러운 경보 소리에 일제히 갑옷 언데드들의 시선이 몰렸다.

덕분에 다른 팀원 두 명에게는 도망칠 여유가 생겼다.

쌍방패를 들고 있는 갑옷 언데드만 재치면 도망칠 수 있는 것이었다.

"일단 재합류 해야 합니다! 둘은 다른 쪽 길로 가서 다른 팀과 합류하세요! 반대쪽에서 역으로 저희를 구출해줘야 합니다! 이런 식으론 오래 못 버텨요!"

"알겠습니다! 조금만 버티세요, 도예지 대장님!"

도예지가 다른 팀원 두 명에게 다급하게 외쳤다.

그에 다른 팀원 두 명은 걱정스런 눈빛으로 왔던 길을 되돌아 도망갔다.

-크아아아!

캉! 카앙!

반면 나는 한꺼번에 몰려든 언데드들을 열심히 대검으로 막아내는 중이었다.

한 번이라도 놓치면 나는 그렇다 하더라도, 도예지나 첩자의 몸이 그대로 썰릴 테였다. 사실 나야 맨손으로도 갑옷을 찢을 수 있는 입장이니.

허나 지금 중요한 건 틈새 공략이 아니라, 첩자를 무사히 살려서 따로 구석에서 몰래 심문하는 것이었다.

"이쪽으로."

도예지가 좁은 길의 갈라진 벽을 짚더니 나와 첩자를 한쪽으로 이끌었다.

미리 봐둔 비밀 통로였다. 비밀 통로라곤 하지만 막다른 곳으로 이어지는 정도일 뿐이었다.

"따라와요!"

썰컥!

달려드는 갑옷 언데드를 썰어 올리며 뒷걸음질로 도예지를 따랐다.

"자기장 실드 활성화 합니다."

스르릉.

도예지가 벽 너머의 공간으로 도망친 다음 실드를 활성화 시켰다.

-크아아!

웅, 웅!

실드는 충실히 갑옷 언데드나 그들의 묵직한 공격을 막아주었다. 하지만 당연히 영구적이진 않을 것이다.

"한 10분 정도 버텨줄 거에요. 실드가 다하기 전에, 그리고 팀원들이 구출하러 오기 전에 끝내야 합니다."

"뭘요?"

"넌 가만히 있어. 입 다물고."

의문을 표하는 첩자에게 갑질을 했다. 그에 녀석이 그대로 차렷 자세를 한 채로 눈만 끔뻑이게 됐다.

"제자리에 앉아. 지금부터 내가 묻는 말에 전부 대답한다,

알겠나?"

내 말에 첩자가 강제로 고개를 끄덕였다.

이제부턴 술술 첩자가 아는 것들을 토해내게 하면 되는 것이다.

"너 노블립스의 첩자가 맞지? 대답해."

내 물음에 첩자가 고개를 끄덕였다.

"너를 처음으로 세뇌시킨 게 누구고, 지금은 누구랑 내통하고 있는지 말해 봐."

"이름은 알려주지 않았습니다. 그냥 약장사를 하는 노블립스 간부였습니다. 지금은 더 높은 상관과 소통하고 있습니다. 박효원 지부장."

"역시."

"알고 있는 걸 전부 불어. 최대한 빨리, 정확하게 요약해서 말야."

"박효원 지부장은 현재 프로젝트 하나를 준비 중입니다. 레드 핸드라는 조직과 요새 이슈가 되고 있는 민생 안전이 관련이 있습니다."

"레드 핸드?"

레드 핸드라면 전에 변절한 각성자들이 모여 만든 범죄자 집단이었다. 끝내 본거지를 칠 기회가 없었는데, 이렇게 얘기를 다시 듣게 되다니.

트리 프로젝트에서, 노블립스가 원하는 것 중 하나는 조직이 민생 안전을 책임지는 것이었다.

그렇다면 그곳에 배치 될 체스 말이 레드 핸드인가.

원래 레드 핸드가 그런 목적으로 구성되진 않았을 것이다. 하지만 충분히 서열이 높은 노블립스 간부가 투입된다면, 각성자들이라고 해서 세뇌에 멀쩡할 수 없었다.

"계속 말해 봐."

첩자는 술술 자신이 아는 걸 말하기 시작했다.

확실히 박효원은 변절자였다. 노블립스와 직간접적으로 소통하며 동시다발적으로 무언가를 준비하고 있었다.

"결국엔 절대적으로 명령에 따르는 초인 군대를 만들려는 겁니다. 민생 안전을 근거로 시스템적으로 확실한 근거를 확보하려는 거구요."

"그럼 단순한 길드 단위로 작게 굴리는 게 아니라, 공적인 수준으로 대규모 군대를 만들 수 있으니까 말이지."

"예. 그러한 정책에 노출되는 거의 모든 초인들이 서열만 낮다면 세뇌를 받게 될 겁니다."

"노블립스가 아주 제대로 된 무기를 손아귀에 쥐려고 하는구나. 그동안 약점이 보통 사람과 다를 바 없이 죽기 쉬운 몸이었는데."

"음. 충격적이네요. 초인들을 대적하기 힘들다고 생각하니, 조금씩 지배해서 아예 노예 용병처럼 삼아버리려 했군요."

"그런 거 같습니다. 도예지 씨도 물어볼 게 있습니까? 아직 조금은 시간이 남은 거 같은데."

"네, 물론이죠."

뒤를 슬쩍 보니 실드가 거의 깨져가고 있었다. 그게 아니더라도, 대략의 계산이 맞다면 곧 반대쪽 팀이 당도할 터였다.

제 아무리 좁은 길의 갑옷 언데드들이라도, 7명의 초인이 덤벼든다면 끝내는 괴멸할 터였다.

게다가 좁은 길에서 포위당한 상태가 아니라, 길 한쪽에서 일방적으로 밀어붙이는 형식일 테니.

"일단, 제가 추적하지 못했던 행정 부분을 알고 싶습니다. 그래야 역추적이 가능해요."

남은 시간 동안 나는 첩자에게 박효원에 대한 정보와, 도예지가 궁금해 했던 비밀 행정 부분을 심문했다.

그 뒤론 빠르게 첩자의 기억을 지우고, 열심히 반격 준비를 한 것으로 기억을 채워 넣었다.

첩자는 순순히 갑질을 받아들일 수밖에 없었다.

애초에 변심보단 갑질로 인해 첩자가 된 자였다. 그 이상의 처벌은 무의미하다고 생각했다.

도예지도 동의하는 바였다.

콰창!

끝내 열심히 버티던 실드가 박살났다.

도예지와 나는 검을 치켜들었다. 뒤늦게 정신을 차린 첩자도 고개를 흔들며 무기를 치켜들었다.

"이제야 정신이 듭니까? 이럴 때 기절하면 곤란해요!"

"좀만 더 버티면 레이드 팀이 구하러 올 겁니다. 버텨냅시다! 적어도 포위당한 상태는 아니니."

"아, 알겠어요."

첩자는 아무런 의심 없이 전투에 합류했다.

나와 도예지는 과감하게 갑옷 언데드들을 상대하기 시작했다. 과격하게 전투를 벌이면서도 그녀와 나는 전혀 다른 생각을 하고 있었다.

앞으로 한국 가디언즈 지부를 어떻게 뒤엎을 지에 대한 생각이었다.

결국 도예지와 나는 무사히 언데드 틈새를 빠져나올 수 있었다.

끝내 틈새는 공략하지 않았다. 사전 조사가 정확하지 않아 확실한 레이드가 힘들다는 판단 때문이었다.

실상은, 이미 목적을 이뤘기 때문에 굳이 더 위험한 곳에 뛰어들 필요가 없는 것이었다. 도예지와 나는 충분히 원하는 걸 얻었다.

첩자는 영문도 모른 채 계속 자신의 일을 하는 중이었다.

ㅡ쥐가 말한 대로 움직이고 있어요. 비밀 행정 부분도 다 파악했어요. 한 번 만나죠. 할 얘기가 있으니까.

첩자를 심문한지로부터 3일이 흘렀다.

밤사이 나는 미친 듯이 상승하고 상승하여 어느덧 서열 층이 51층에 다다랐다.

그에 따라 뫼비우스 초끈의 숙련도도 올라가고, 자연스레 5성 각성과 5000%의 학습력을 얻게 됐다.

덕분에 항상 매 번의 전투가 괴물적인 성장의 계기가 되었다. 물론 너무 티를 내지 않기 위해, 일부러 티 나지 않는 성장 곡선을 따랐다.

5000% 학습률의 좋은 점은, 적당한 경험치를 얻을 경우 폭발적인 성장을 할 뿐 아니라 모자란 경험치를 얻어도 끝내 성장한다는 것이었다.

그래서 뒤늦게 힘을 드러내는 방식으로 나름대로 위층 놈들의 눈에 띄지 않으려 했다.

"후."

결정적으로 가장 큰 교란책 역할을 해주고 있는 건 달텅이었다. 위층 놈들은 해왕으로 군림하는 해왕 골렘을 보곤 당연히 나라고 생각할 것이었다.

원래는 내가 위층으로 올라가는 순간, 심해 골렘은 거대하고 텅 빈 흑요석 덩어리가 될 테니까.

심해 골렘이 살아 움직이며 활동하는 동안은, 웬만해선 내가 41층에 머물러 있다고 생각할 테지.

그동안 나를 충실히 따라준 달텅은 꽤나 그럴싸하게 내 흉내를 낼 것이다.

"준후 씨."

이번에도 도예지는 뒤에서 다가왔다.

흥미롭게도 이번엔 그녀의 은밀한 접근을 인식할 수 있었다.

언데드 틈새에서 짧게 활약한 것만으로도 또 다시 성장하여 A급 각성자에 다다랐다.

물론 누구에게도 그걸 말하진 않았다.

"도예지 씨. 세뇌 심문 이후 추가로 여러 가지를 밝혀낸 점이 있습니까?"

내 말에 도예지가 긍정의 눈빛으로 고개를 끄덕였다.

"물론이죠. 심문으로 얻어낸 정보를 통해 정말 많은 걸 알아냈습니다. 레드 핸드라는 조직의 실체, 그리고 레드 가드 프로젝트의 전반적 내부 사항까지요. 추가로 박효원의 은신처도 알아냈습니다. 다행히 한국 안에 있더군요. 외진 무인도긴 하지만."

"와. 정말 많은 진전이 있었군요."

"네. 이제 본부의 도움을 받아서 본격적으로 치기만 하면 됩니다."

도예지는 이제 어느 정도 나를 믿는 거 같았다.

민감한 정보를 저렇게 술술 말해주는 걸 보니 말이다. 내가 보기에도 나는 노선을 확실히 한 상태였다.

그래서 그런가 요 며칠은 낮 시간 동안 그렇게 맘이 심란하거나 혼란스럽지 않았다. 적어도 여진이 일을 빼면 말이다.

이상하게 요새는 그녀의 연락을 일부러 뜸하게 받아주고 있다. 그녀를 볼 때면, 윤집사가 생각나서 맘이 불편했다.

갑질로 이어온 관계라 하더라도, 내가 더 잘하고 계속 좋아해주면 언젠간 그녀도 진짜 나를 좋아할 터였다.

분명 지금도 그녀의 맘 대부분은 진심일 것이다. 내가 나를 좋아하라고 강제로 명령한 적은 없으니까.

그래도 이제야 알겠다.

관계에 인위성이 들어간 순간부터 이미 방향이 조금씩 틀어지기 시작했다는 걸.

당시엔 너무 좋아하는 감정에 빠져 깨닫지 못했다. 감정이 차분해진 지금에야 좀 더 그걸 알겠다.

"그럼 앞으로 어떡하죠?"

"민생 안전을 통해 군대를 키우려는 레드 가드 프로젝트를 막을 겁니다. 제가 말한 본부 간부 분이 준후 씨에게 막대한 재산을 부여할 거에요. 임시긴 하지만."

"아. 제게요?"

"네. 곧 노블립스에서 준후 씨에게 부여한 재산을 거둘지도 모르니까요. 그럼 서열이 폭락할 테니."

"흠. 박효원을 상대하게 하시려고 그러죠?"

"네. 저보단 나을 테니. 한국 지부장보다 더 서열을 높여 드릴 겁니다."

"알겠습니다. 그럼 박효원 지부장의 은신처를 알려주세요."

내 확신에 찬 말에 도예지가 결연히 고개를 끄덕였다. 그녀는 각성자가 아니었다면 분명 여경이나 여검이 됐을 거 같은 인물이었다.

당차면서도 신념이 분명했다.

도예지가 내미는 USB를 조심스레 받아들였다.

박효원의 입을 열게 하면, 더 많은 걸 알 수 있겠지. 한국 곳곳에 도사리고 있는 수많은 노블립스의 잔재와 폐해를 속속들이 까발릴 수 있을 것이다.

가능하다면, 전준국에 관한 정보도 얻을 수 있겠지. 만약 그도 노블립스 소속이라면 말이다.

몸을 돌리어 가려는데 도예지가 날 붙잡았다.

뭔가 할 말이 남았나 싶어 쳐다보는데 역으로 도예지가 날 뻔히 쳐다봤다.

마치 뭔가 마지막으로 점검하는 눈빛이었다.

"왜 그러시죠?"

"음. 잠깐만요."

스르륵.

도예지가 마나를 활성화시켜 어딘가로 사라졌다. 눈으로만 보면 대기 중으로 흩어진 것처럼 보였다.

맘먹으면 그녀의 흔적을 추적할 수 있지만 굳이 그러진

않았다. 뭔가를 가지러 가는 것처럼 보였으니.

"준후 씨."

잠시 후 도예지가 다시 대기 속으로 스며들어 나타났다. 암살자 유형의 각성자다운 특기였다.

이번에는 의미 깊게도 내 정면에서 나타난 모습이었다.

그녀는 손에 낡은 상자 하나를 들고 있었다. 비록 상자는 낡아보였지만 그것을 감싸고 있는 마나 록〈Manna Lock〉은 상당히 정교해보였다.

나로써도 당장 힘으로 깨라면 힘들 정도였다.

"앞으로 준후 씨가 활동하기 쉬울 거예요. 이젠, 확신이 들어서 이걸 드리는 겁니다."

사아아아.

도예지는 상자에 특수한 배열의 마나를 불어넣었다. 그러자 마치 그 마나가 암호처럼 작용해 상자를 감싸고 있는 마나 록을 해제하기 시작했다.

복잡한 문양들이 터져 나오며 천천히 상자가 오랜 봉인 밖으로 빠져나왔다.

파사삭.

봉인이 풀리자 상자는 끝내 가루로 부패해 사라져버렸다. 반면 안에 있는 것은 유리 가면처럼 보이는 매우 진귀한 물건이었다.

나는 곧장 그것이 무엇인지 예측할 수 있었다.

"이건……?"

"사실 지난 번에 도플갱어 마스크에 대해 물으셨을 땐 그냥 레어 아이템인 것처럼 말씀 드렸죠. 그런데 그 이상을 초월하는 유니크 급 마스크입니다. 그냥 얼굴 모양만 흉내 내는 암시장의 물건은 도플갱어 마스크가 아니에요."

"아아."

"본부에서 특수 창고에 보관하고 있던 걸 특별히 제 연줄에게 부탁해 얻어낸 겁니다. 이제는 준후 씨를 믿을 수 있을 거 같아서요."

"감사합니다. 잘 쓸게요. 이게 있으면 훨씬 더 자유로울 겁니다. 다가가서 갑질 명령을 하거나, 각성한 힘으로 기습을 하는 것 등에 말이죠."

"물론이죠. 예상하셨겠지만 얼굴만 바뀌는 게 아닙니다. 실제로 그 바뀐 얼굴대로 대상이 인식하게 만듭니다. 게다가 실존하지 않는 얼굴이라도, 거울을 보거나 머릿속을 떠올리며 심상에 그리면 그대로 얼굴이 바뀌죠."

"우와. 그런 건 몰랐네요."

"충분히 유용할 겁니다."

"감사해요. 그만큼 노블립스를 상대하는 데 효과적일 겁니다."

"네. 물론이죠. 이제 가보세요. 안전한 곳으로 모신 가족들을 보셔야죠."

"알겠습니다."

도플갱어 마스크를 품에 조심스럽게 보관한 다음, 도예

지와 헤어져 밀담 장소를 벗어났다.

생각보다 가디언즈로부터 엄청난 걸 받았다.

전에 받은 인공 각성에 더해, 이제는 막대한 재산과 진귀한 도플갱어 마스크까지 받게 됐다.

그들은 나에게 책임과 명령이 아닌 자유를 주었다.

물론 아젠다가 겹치기 때문이긴 할 테지만.

막대한 재산은 노블립스에 대한 내 의존도를 어느 정도 완화시켜줄 테고, 도플갱어 마스크는 내가 A급 용병으로써 활동할 수 있게 해줄 것이다.

레이드 당 얼굴을 바꾸면 아무리 성장 폭이 빨라도 추적 당하지 않겠지.

한국에는 없지만, 세계 곳곳에는 소수 단위로 S급 헌터가 존재한다고 한다. 정말 초인의 절정 반열에 올라 전설의 수준에 올랐다고 하는 자들.

그런 수준이면 서열이 오르는 건 물론, 웬만한 피해엔 눈도 깜빡하지 않게 될 것이다.

예컨대, 폭탄을 들고 가서 갑질 능력자 주변에서 터뜨려 버리면 굳이 리스크를 품지 않고도 대상을 제거할 수 있겠지.

나는 일단 도예지가 일러준 장소로 빠르게 이동했다.

먼저 가족의 얼굴을 본 다음, 끝내 여진이를 한 번 봐야겠다. 티타뉴기니에 갈 때부터 이미 연락을 하지 않은 상태다.

당연히 폰에는 엄청난 부재 중 전화와 문자가 쌓여있었지만, 이제껏 구태여 외면해왔다.

언젠가는 마주해야겠지. 오늘이 그 날이 될 것이다.

※

여진이와 나는 한참동안이나 말이 없었다.

여진이는 많은 것을 눈으로 묻고 있었지만 입만큼은 굳게 다물고 있었다.

차라리 내 한 마디를 듣는 게 상황 파악에 나을 거라는 걸 아는 것이다.

그간 많이 힘들었는 지, 눈빛이 침울한 그녀의 모습이 사뭇 가슴 아팠다. 그래도 내가 사과하고 거짓된 사정을 얘기하면, 그녀는 다시 밝고 해맑은 미소로 날 받아줄 것이다.

그게 아니면 갑질을 해버리면 되지.

그럼에도 그 둘 다 더 이상 내가 원하는 길이 아니었다.

"여진아."

"응."

내 부름에 여진이가 눈빛을 들어 덤덤하게 날 쳐다봤다. 여자란 존재를 아직 잘 모르겠다. 저 텅 빈 눈빛이 이미 정리된 마음인지, 그저 많이 서운해서 굳게 닫힌 건지는 모른다.

그럼에도 이제는 딱히 알고 싶지가 않다.

너무 거대한 일들을 많이 겪어서 이젠 일상에 질려버린 건가.

가식적으로 지켜온 평범함이 나도 모르는 새 텅 비게 된 것일까.

"많이 생각해 봤는데 말야."

"편하게 말해 봐."

"우리 그동안 진짜 잘 만난 거 같아. 근데 맘이 변하는 것에는 딱히 이유가 있는 게 아니잖아."

내 말에 여진이 눈이 왈칵 붉어지는 게 보였다.

아무리 독하게 맘을 먹었어도 어쩔 수 없나 보다.

멍청한 나는 순간 그냥 갑질로 편하게 이별하게 해줄까 생각했다. 나를 잊으라고 할 수도 있었고, 아니면 나를 먼저 질려하는 상황을 연출해줄 수도 있었다.

그럼에도 이제는 알았다.

갑질이라는 건 정상적인 인간 관계에선 아예 필요가 없다는 걸. 전에는 필요한 상황을 찾아서 판별해 사용했었다.

하지만 모든 상황이 결국 내 이기적인 편협한 해석이었다.

대상을 공격할 때 얼려 붙이거나, 아니면 강제로 행동하게 해 어떤 목적을 이루거나. 혹은 강제로 정보를 얻어내게 하거나.

갑질이 제대로 필요한 경우는 모두 일상과 거리가 먼 것들이었다.

이미 억지로 관계를 이어온 때부터 조금씩 우리 둘 사이는 틀어진 거나 마찬가지였다.

당시 갑질에 성숙치 못했던 나로선, 그게 필연적인 선택이라 생각했지만.

결국 아프더라도 정상적으로 그녀를 보내주는 게 내가 해줄 수 있는 마지막 예의였다.

지금 편하게 해주면, 결국 그녀와 내가 만났던 세월마저 허구로 만들어버리는 게 된다. 적어도 여진이에게는.

그 텅 비워진 공허감이 어쩌면 가장 징그러운 폭력일 테다.

"알겠어. 이미 연락 안 올 때부터 이해했어. 다른 여자라도 생긴 거야?"

여진이는 그나마 정상적인 범주에서 생각하려 했다.

하지만 그런 게 아니었다. 다른 여자는커녕, 친구조차 제대로 만들 시간이나 여유가 없다.

너무나도 큰일들에 정상적인 사고가 불타버린 거 같다. 곧, 얼굴을 진정으로 바꿔주는 가면을 쓰고 전설의 반열에 올라야 한다.

그래야 그나마 내가 한국이라도 지킬 수 있다.

왜 하필 내가 그래야만 하는가.

딱히 그걸 해낼 수 있는 다른 사람이 보이지 않아서이다. 그런 걸 알면서도 외면하기는 힘들 것 같고 말이다.

"그런 거 아냐. 그냥, 내가 너무 서툴렀던 거 같아. 진짜 좋아하는 게 뭔지 모르고, 그냥 예쁘고 밝으니까 만났던 거 같아."

"그럼 대체 뭐가 좋아하는 건데? 그냥 그동안 우리가 같이한 게 서로 좋아하는 거 아냐? 그러고 보니 넌 한 번도 사랑한다는 말 안 했네. 나도지만."

"그러니까."

내 말에 여진이가 고개를 푹 숙였다.

역시 그녀는 일말이나마 희망을 품고 있던 것이다.

적어도 그녀가 인지하고 기억하는 나와의 연애는 완벽 그 자체였겠지. 설사 다투더라도 항상 완벽하게 마무리 됐으니까.

왜냐하면 완벽을 깰 정도면 내가 필요하다고 판단해 갑질을 했으니까.

그래서 안 되는 거 같다.

남궁철곤의 지하 별장은 치료용으로 머물러야 한다. 그러한 요소가 내가 만나는 여자에게, 혹은 그 여자 자체가 되면 안 된다.

차가운 고깃덩이가 된 남궁철곤을 보고 많은 생각이 들었었다.

갑질을 도구로 쓰지 않으면, 결국 내가 갑질의 노예가 된다는 것. 그런 사람이 되어버린다는 걸 깨달았다.

"미안하다."

"아냐. 미안할 문제는 아니고. 네가 그렇게 확고하다면 알겠어. 너를 만나고 삶이 정말 많이 나아졌는데, 당분간은 좀 힘들겠다."

여진이가 일부러 덤덤하게 말하자 맘이 심히 흔들렸다. 열악한 환경 속에도 깨지거나 뒤틀리지 않고 아름답게 자란 그녀.

난 왜 그런 완벽한 여자를 진짜 좋아하지 못하는 걸까.

진짜 좋아했으나, 내 스스로가 망쳐버린 건가.

복합적인 감정을 논리적으로 정리하기가 힘들었다.

그래서 매정하게 일어났다.

"갈게. 잘 지내. 연락하는 일 절대 없을 거야. 그러니까 미련 가지지 말고 새로운 남자 만나. 아직 넌 젊고 예쁘잖아. 똑똑하고, 잘났고."

"그런 소리 하지마. 알아서 할게."

"갈게."

일부러 매정하게 하고 등을 보이며 최여진으로부터 멀어졌다.

애꿎은 초인의 청각은 최여진의 거칠어지는 숨소리와 눈물 방울 떨어지는 소리를 눈치 없이 잡아냈다.

그럼에도 계속해서 걸었다.

정말 오랜만으로 초인의 육신이 선사하는 초월적인 평온함과 온전함이 흔들렸다. 오랜 기간 쌓아온 감정이 극심하게 폭발하며 눈시울이 붉어지고 목덜미가 뜨거워졌다.

"흐흑."

너무 꼬여버려서 정상적인 감정선으로 정리해버릴 수도

없게 된 연애. 그럼에도 겉으로만 보면 하나도 이유가 없어 보이는 뜬금없는 이별이었다.

그래서 더 자유로운 거 같다.

그동안 이유를 알지도 못한 채 억지로 붙들고 있었으니.

좋아하는 그녀에게 저질렀던 실수와, 그간 품어왔던 죄책감이 한꺼번에 눈물로 뿜어져 나왔다.

당연한 거지만, 초인도 울 수 있구나.

이제야 알았다.

나는 한없이 걸었다. 그리곤 어딘지도 모를 곳을 정처 없이 배회하다가 하늘이 시커멓게 변하고 난 뒤에야 가족들에게 도달했다.

다행히 내겐 아직 도망칠 일상이 아주 조금이나마 남아 있었다.

바로 내 가족들이었다.

나는 잠든 준수 녀석 옆에 누우며 조용히 최여진의 번호를 지웠다.

그래도 마지막으로 바라는 점은, 내가 그녀의 삶에 피해를 준 것만은 아니길.

비록 인공적이고 인위적인, 억지로 이어간 인연이라도, 조금이나마 그녀의 삶을 더 나은 것으로 만들어준 것이기를 빌었다.

그게 내가 품을 수 있는 마지막 감정이었다. 그조차 이기적인 것이었지만.

밤중에선 56층에 도달했다.

곧 심연의 목소리가 말한 58층에 다다른다.

엘리베이터 프로젝트라는 것의 실체에 점점 가까워지고 있는 것이다.

명칭만 들어도 확 느껴졌다. 그간의 상승과는 규모 자체가 다를 것이라는 것을.

99층에 숨어 있는 채로, 유일하게 남은 후보인 나를 위해 준비하는 프로젝트니 만큼 결코 시시하지 않을 것이다.

나는 밤마다 싸움에 미친 마물처럼 전투를 벌였다. 끊임없이 먹고 죽였다. 이제는 마치 지옥을 꿈꾸는 기분이었다.

차이점이라면 내가 가해자라는 것.

생각보다 여진이와 이별하는 것은 내게 많은 영향을 남겼다.

우울해져서 웅크려 울거나 하진 않았다. 그냥 화가 났다. 정상적으로 그토록 아깝고 완벽한 여자를 건강하게 만날 수 없었던, 너무나 한심하고 하찮았던 내가 화날 뿐이었다.

남들은 평범하게 잘만 만나던데.

남들은 그냥 당연한 것처럼 잘 해내던데.

억울하기까지 했다.

그래서 끊임없이 마물들에게 화풀이를 했다.

덕분에 위태로울 상황도 술술 넘기고 상당히 58층에 가까워졌다.

−확인 됐어요. 해당 좌표로 이동하시면 되요. 선택은, 준후 씨에게 맡길게요. 단 노출되거나 했을 땐 절대 박효원 지부장을 내버려두면 안 돼요. 죽이지 않더라도 최소 생포해야 해요.

도예지가 특수 앱을 통해 보낸 문제가 1분 후 자동 삭제됐다.

탁.

난 문을 열고 나섰다. 가족들에겐 갑질을 쓰지 않고 최대한 그럴싸하게 말을 해 놨다. 그럼에도 그들을 안전지대에서 보호하는 건 한계가 있었다.

이제는 내가 한국을 점거해야할 시기가 가까워져 온 거같다.

겉으로 보면 나는 홀로 배낭여행을 나온 평범한 대학생이었다. 그저 얼굴이 무표정하여 고민이 있는가 싶은 정도가 다였다.

하지만 실상은 한국에 도사린 가장 거대한 암투세력 2개와 대면하러 가는 것이었다. 그 2개 세력 사이에서 힘을 키우는 괴물을 만나러 가는 것이었다.

첨벙.

외진 곳에서 주변에 사람이 없음을 확인하고 바다에 뛰어들었다.

박효원은 비밀스럽게 지은 자기 소유의 무인도 별장에서 은신 중이라고 했다.

때때로 명상에 집중하기 위해 무인도 별장에 간다는 정보를 입수했다. 도예지의 치밀한 첩보 덕분에 정확한 위치와 일정까지 파악했고.

"후."

어느 정도 바다 수영을 하다가 잠수를 했다.

내 폐활량 정도면 목표 지점까지 쭉 잠수를 한 채 수영할 수 있을 것이다.

"음."

빠르게 수영하며 의외의 장면에 눈썹을 꿈틀거렸다.

초인으로서 이런 광경도 누릴 수 있구나. 굳이 아니어도 가능할 테지만, 초인이라서 훨씬 능숙하다.

바다 속의 광경이 제법이나 예뻤다.

햇살이 스며드는 위쪽은 꽤나 그럴싸 해보였다.

게다가 텅 빈 뭍이 아니라 온갖 식물이나 물고기들이 보였다.

초인의 선명한 감각과 시야는 일반인이 볼 수 없는 것들까지 잡아냈다. 심지어 온갖 쓰레기들까지도.

문득 해왕으로 등극했던 곳이 떠올랐다. 그곳보다는 훨씬

작고 평화로운 곳이지만, 어쩐지 지금의 바다가 더 현실감
이 들었다.

아무래도 꿈을 매개체로 하기에 밤의 경험은 무딘 건가.
아니면 생존에 너무 집중한 나머지 감각은 포기해버리는
건가.

"큭!"

무난하게 헤엄쳐 무인도 별장에 도달하려 했다.

헌데 2가지 기이한 점이 감지되었다.

무인도에 가까이 가기도 전에 끈적끈적한 박효원의 감각
이 느껴졌다.

명상 중이라더니 과연 엄청난 범위로 감각을 뿌려놓은
것이다.

게다가 그 외에도 온갖 첨단 장비들이 바다 곳곳에 흩뿌
려져 있었다. 더 이상 다가가면 십중팔구 발각될 것이다.

잠입이나 암살은 불가하다는 것. 정면승부만이 답이다.

치이이이익.

내 손목이 주홍빛으로 타들어가고 있었다.

딱 봐도 뫼비우스 초끈이 경고를 보내는 것이었다.

그 자체는 서열에 민감하지만, 주인은 서열을 초월한 자
를 찾는 카트라몬의 뇌 세포. 이토록 경고를 보내는 것이라
면 아직 박효원을 상대할 준비가 안 됐다고 경고하는 것이
다.

"흠."

아쉽지만 몸을 반대로 돌려 헤엄치기 시작했다.

곧 엘리베이터 프로젝트를 시작할 수 있을 것이다.

그렇게 되면 뫼비우스 초끈 숙련도가 오르며, 갑질 능력역시 폭발적으로 성장하겠지. 일반 세뇌 능력자는 100년을 수련해도 얻어낼 수 없는 성장폭을 얻을 것이다.

그렇다면, 조금만 더 박효원을 살려 두리라.

어차피 도예지는 날 닦달하지 않을 것이다. 일의 중함과위험함을 잘 알기에.

다시 올 때는 이 소소한 바다에 더더욱 당당하게 입수할것이다. 박효원은 사신처럼 바다 속에서 나타나는 날 정면으로 맞이해야할 것이다.

남은 시간 동안 혹시라도 날 추적하거나 미행하는 자가있는 지 찾았다.

아니나 다를까 노블립스에서 파견한 조무래기 몇이 끊임없이 내 뒤를 쫓고 있었다. 당연히 나나 내 가족을 찾지 못했지만.

난 도플갱어 마스크를 쓰고 그들에게 다가갔다.

그리곤 사람이 없는 곳으로 데려가 심문을 했다.

"정말 거기까지밖에 모릅니다. 조직은 김준후 씨가 배신자인지 확인하려고 합니다. 행방이 묘연하여 가디언즈에게 당한 것인지, 아니면 다른 동태인지 알아보려는 것뿐입니다."

"알겠어. 이제 보내주지. 너는 이렇게 보고 해."

다행히 노블립스는 아직까지 내 의도나 행방을 제대로 파악하지 못하고 있었다.

아무리 첨단 장비와 온갖 기술로 감시와 추적을 행한다 해도, 그들은 한 가지 치명적인 정보를 놓치고 있다.

바로 남궁철곤을 죽게 만들었던 그 허점이었다.

내가 각성자라는 것.

그걸 모르는 이상, 설사 배신자라고 가정하고 생각하더라도 많은 점이 의아할 것이다.

갑질만으론 흔적을 숨기는 데 어느 정도 한계가 있었으니.

미행자들의 기억을 지우고, 대신 나한테 유리한 기억과 정보를 놈들에게 주입했다.

나는 초인들에게 쫓겨 죽어라 도망치는 중인 걸로 묘사했다. 그마저도 잠깐 동안 추적하여 정보가 미흡한 걸로. 티타뉴기니 건은 완전히 노출된 것인 냥 주입시켰다.

노블립스는 그럼 두 가지 전략으로 날 찾을 것이다. 배신자 처단과 도망자 구출 및 진상 파악. 그동안 나는 도플갱어 마스크를 쓰고 서울 바닥에서 편히 지내면 된다.

"후."

백두산 중간 지대엔 민간인의 발길이 잦지 않은 민박집이 있다. 일반적인 등산로가 아니라 사람들이 잘 모르는 곳이었다.

나는 요새 그곳에서 지내고 있다. 매일 조금씩 얼굴을 바꾸면서.

눈이 침침하신 주인 할머니는 딱히 개의치 않으셨고, 나 역시 그 정도 등산은 매일 산책 정도로 해낼 수 있었다.

당연히 등산로가 아닌 험한 산기슭을 이용해야 했지만.

탁탁.

대충 찬물로 몸을 씻겨낸 다음 늘 상 내가 빌리는 민박집 방에 드러누웠다.

이제 57층이다.

모든 것을 끝낼 계기가 조만간 시작될 것이다.

뫼비우스 주사위를 굴려서 얻어낸 서열은 8만 9991위였다. 그렇게 나쁘지 않은 서열이었다. 뫼비우스 초끈의 권능을 이용하면 하루 안에 상승이 가능한 요소였다.

-카몬이여. 나의 유일한 희망.

그동안 침묵을 지켰던 카트라몬이 심연 속에서 다시 말을 걸어왔다.

내가 58층까지 상승하길 기다린 것이거나, 나와 은밀히 소통할 수 없을 만큼 온 신경을 어딘가에 투자한 거겠지.

─역시 훌륭하게도 거의 다 와 가는구나. 내가 생각한 것보다 조금 빠를 정도야. 아주 훌륭해. 58층까지만 오너라. 그러면 지겹게 상승하는 것도 거의 끝을 볼 수 있을 게야.

나도 바라는 바다. 일상에서 지금 정도의 성장을 한다면 분명 매일, 매일이 뿌듯하고 행복한 삶일 것이다.

하지만 이미 기반 자체가 평범하지 않고, 성장의 폭도 너무 커서 그 자체로 이미 일상이 아니게 돼 버렸다.

그냥 빨리 끝을 보고 싶었다.

어떻게든 계기를 만나 뭔가 변하게 만들고 싶었다. 뭔가 끊임없이 변혁하고 변화하는데, 실제로는 개념적으로 많이 바뀌는 게 없었다.

─그간 조심하느라 네게 통신을 하지 않은 것이다. 놈들이 눈치를 채기 시작한 거 같아. 엘리베이터 프로젝트는 방해를 받아선 안 되거든. 그런데 아쉽게도 어느 정도 마찰은 있을 거 같아.

나도 언제까지 달팅으로 인해 내 신세가 무사할 거라 생각하진 않았다.

위층 존재들은 카트라몬 만큼이나 교묘하고 똑똑한 자들이었다. 아무리 확증된 정보라도 끊임없이 점검하고 관찰할 자들이었다.

관찰을 반복한 끝에 뭔가 낌새가 이상하단 걸 눈치 챘겠지. 몰래 마력 랜턴을 해왕에게 가져다 댔을 수도 있고.

─이번 층에서 최대한 빨리 서열1위에 등극해라. 그리고

각성을 사용해. 그러면 너를 찾아온 추적자들을 어느 정도 상대할 수 있을 거다. 적들은 혼란에 빠질 거야. 이제는 직접 찾아내도 상대하기 어려울 정도니까. 잠시 적이 혼란스러워 하는 틈을 타서, 58층에서 일을 벌인다.

역시나, 아무리 위층 존재들이 대단하다고 해도 카트라몬의 계산력을 따라갈 순 없었다. 애초에 이 방주를 디자인하고 건설하고 운영한 것도 그였다.

가히 초월적이라고 할 만 했다.

나는 내가 그간 운이 좋은 줄 알았는데, 사실 그게 아니었다.

카트라몬의 퀘스트가 은연중에 날 이끌며 위층에서 내려놓은 낚시 바늘을 피하게 해준 것이었다. 일부러 빠르게 가게 만들고, 일부러 느리게 가게 만들어 미묘하게 추적을 피하게 해준 것이다.

그나마 아슬아슬하던 때가 전준국에게 발각당해 불타 죽을 뻔 한 적이었다.

-자, 그럼 결전의 층이다. 이번 층에서 절대 죽지 말거라. 내가 부탁하겠다.

카트라몬의 마지막 말을 듣고 눈을 감았다.

57층에서 눈을 떴다. 이번에 내 서열은 8만 9991위였다.

이제는 적응과 상승에 익숙해져 거의 매뉴얼이 생긴 정도였다. 매뉴얼이라곤 했지만 필수적이고 당연한 절차를 따르는 것이기도 했다.

-크릉.

챙, 챙!

숨소리만큼이나 익숙한 무기 부딪치는 소리. 날카롭고 다발적인 걸 보면 무기 다루는 것에 능숙한 층이었다.

-크릉. 이런 거구나.

과연 무기 다루는 것에 익숙할 만 했다.

57층 마물들은 푸르스름한 피부색을 가진 파충류 종류의 인간형 마물들이었다. 낮의 틈새로 치면 리자드맨과 꽤나 흡사한 모습이었다.

단지 마물들마다 체형이나 특성이 모두 달랐다. 가장 눈에 띄는 것은 팔 개수가 다르다는 것이었다.

-크릉, 카랑!

-크르릉! 우리 클랜을 도발한 죄는 받아야지? 이렇게 약해빠져서는 감히 우리에게 도전하다니!

-크릉! 지금 막상막하인데 무슨 혓바닥 뽑히는 소리를 하느냐!

-크릉릉릉! 지금까지 팔 2개를 쓰지 않고 있었는데도?

-뭐라!

서걱! 서걱!

-크라아악!

눈앞에서 둘의 마물이 전투를 벌이고 있었다. 각자 검과 도끼를 여러 개씩 쥐고 있는 마물들이었다.

둘의 팔 개수는 동일하게 6개였는데, 서로 섬뜩할 만큼 빠르게 6개의 검과 6개의 도끼를 교차시켜 싸우고 있었다.

보아하니 도끼를 들고 있던 놈이 제대로 실력 발휘를 하지 않고 있었다. 그러다 급작스레 제 힘을 발휘하며 상대 마물의 팔 2개를 잘라버렸다.

-크라아아악!

-이걸로 네 클랜에서 서열이 급격히 내려가겠구나. 어디 팔 4개로 바락바락 열심히 살아봐라.

-크레에엑! 어떻게 자라게 한 팔인데! 이 잔인한 새끼!

-크릉릉! 다 잘라 내거나 죽이지 않은 것만으로도 감사해해라. 옛날에 검 클랜에 있던 인연 때문에 자비를 베푸는 것이니.

-이럴 수가. 내 후기였던 네 놈이 어떻게 이렇게까지!

적응을 반복하다 보면, 몇 마디만 들어도 그 생태계나 사회에 대해 파악할 수 있었다. 보아하니 이곳은 무력 사회이고, 클랜이라는 조직으로 사회가 구성돼 있나 보다.

게다가 내 추측이 맞다면 무기로 클랜이 결성되는 듯 했다. 팔이 저렇게나 많은데 꼭 한 가지 무기만 써야 한다니.

또 내가 새로운 시도를 해볼 틈이 보인다.

굳이 틈이 없어도 상관없긴 하다. 폭발적인 성장을 앞세워 계속해서 싸워나가면 되니까. 1만 위 서열로 1위에게 도전하는 멍청한 짓만 하지 않으면 된다.

-크릉.

하지만 틈이 보인다면 더더욱 효율이 좋아지는 게 사실이다.

누구도 시도하지 않았던 도전으로 인해 오는 시너지가 무지막지 했으니까.

그래도 처음부터 뛸 순 없다.

일단 클랜에 가입하는 게 수순이겠군.

-크르릉.

나는 등 뒤로 감각을 뿌려 보았다. 일단 어깨 양 옆에 4개의 팔이 달려 있는 것은 알겠다. 서열이 9만 주변이니 팔 개수가 적지는 않겠지.

스르륵.

팔을 움직여 내 시야 앞으로 가져와봤다.

항상 느끼는 거지만, 인간과 거리가 멀 경우 감각이 정말 이질적이다.

그럼에도 영혼이 그릇에 제대로 안착한 덕분인지, 항상 몸을 조절하는 감각은 참 유연하고 능숙했다.

카트라몬의 설계가 얼마다 대단한지 알 수 있는 대목이었다.

-크르릉.

내 팔은 총 10개였다. 등의 중앙에 있는 것들은 관절 개수가 달랐다. 보통 팔처럼 팔꿈치가 하나 있는 게 아니라,

2개에서 5개까지 품고 있었다.

-크르릉.

나는 의기양양해 하는 6수 도끼 마물에게 다가갔다.

그리곤 지나가는 척 하며 놈의 검술을 흡수했다.

[능력 흡수 완료! C급 양날 도끼 숙련도를 터득했습니다.]

아, 단순히 무기 종류 뿐 아니라 무기 안에서도 세부적으로 구분이 되는구나.

그렇다면 내 처음 생각보다 더더욱 클랜 수가 많을 것이다. 일단은 무난하게 시작해야지.

-이 봐.

-크르릉? 뭐야.

6수 도끼 마물은 곧바로 내 팔 개수를 세었다. 이곳에선 팔의 개수가 첫인상이나 다름없는 것이었다.

내가 10수 마물인 걸 보고 6수 마물은 다소 기가 죽었다.

-뭐, 뭡니까. 무기도 안 들고 제게 도전하려는 건 아니죠? 그렇다면 팔을 잘라드릴 자신이 있습니다!

-그건 아냐. 너희 클랜에 들어가고 싶어서. 10수 정도면 나쁘지 않지?

-크릉, 카랑! 물론! 따라오십시오.

일단은 양날 도끼를 마스터해야겠다. 이곳에선 웨폰 마스터가 되는 것이 관건인 거 같다.

다양한 무기의 변수들을 이용하면, 카트라몬이 말한 대로 내 바로 등 뒤까지 추적해온 위층 존재들을 제거할 수 있지 않을까.

6수 도끼 마물과 녀석의 클랜으로 향했다.

나란히 걸으면서도 6수 마물은 계속해서 내 등 뒤를 힐 끔거렸다. 57층에선 팔 개수가 첫 인상 뿐 아니라 외모 같은 요소이기도 한가 보다.

내가 무기를 하나도 들고 있지 않은 게 의아했는지, 6수 마물이 먼저 물어왔다.

-크릉. 그런데 무슨 사정이십니까. 무기도 없이 돌아다 니시다니. 혹시 격투 클랜 소속이셨습니까?

-아니. 총 클랜이라는 곳에 속해 있었다.

-총이라! 처음 들어보는 무기군요.

이곳에 없을 법한 무기로 대충 말을 둘러댔다.

-의외였습니다. 격투 클랜이 아닌 이상 무기 없이 돌아 다니는 것은 자살 행위인데. 사실, 저도 저희 클랜에 가입 하겠다고 하지 않은 이상 당신을 그 자리에서 죽였을 겁니 다. 10수 마물을 잡는 것 만한 영광이 또 없지요.

-크릉, 카랑. 그런가? 내가 쓰던 총이란 무기는 영 손 맛 이 없거든. 그래서 답답해서 나왔어. 도끼야 말로 적들의 살결을 가르는 손맛이 분명할 거 같아서.

-카라랑! 뭔가 잘 아시는군요. 도끼를 선택하실 만합니다.

다행히 내가 둘러댄 말은 6수 마물의 공감을 살 수 있었다. 무기와 밀접한 층이니 만큼, 무기에 관해 둘러대면 말이 통할 거라 생각했다.

과연 예상은 빗나가지 않았다.

-크릉. 그런데 아까 그 놈과는 무슨 사이지?

-아. 원래 저도 검 클랜에 있었거든요. 그래서 말씀하신, 무기에 질린다는 게 뭔지 어느 정도 이해합니다. 또 검 클랜은 지독하게 고지식한 놈들입니다.

흥미로운 얘기였다. 실제로도 무기에 질려서 클랜을 빠져나오는 일이 있다고 했다.

게다가 더더욱 인상 깊은 점은 클랜의 문화가 핵심 무기의 특성을 따라간다는 것이었다. 말 그대로 무기에 살고 무기에 죽는 층이었다.

-쥐뿔 중요하지도 않은 규칙들과 명령들을 주장하는 클랜이죠, 검 클랜은. 되도 않는 명예나 따지고 들고.

-그래서 탈퇴한 것이로군. 그럼 아까 팔을 자른 놈은?

-아. 그 놈이 바로 검 클랜에서 제 바로 위 기수였습니다. 혓바닥 뽑힐 만한 놈이죠. 쥐뿔 실력도 없으면서 맨날 젠 체만 하고. 물론 검술에선 저보다 조금 앞서긴 했습니다. 제가 도끼 클랜에 간다고 할 때도 지독하게 저주를 퍼부었죠.

-그래서 복수한 것이로군.

-그렇습니다. 사실, 죽이는 것보다 팔을 잘라내는 게 더 더욱 잔인한 복수이긴 합니다. 크롱, 카라랑! 꼴좋다. 특히 검 클랜에선 더더욱 고통스러운 처사이지요. 철저히 깔보 았던 아래 서열 밑으로 들어가는 것이니.

-팔 개수가 적어졌으니 말이지?

-그렇죠! 4수면 뭐, 말 다 했죠. 검에 묻은 피를 항상 닦 아내야 할 겁니다. 매우 고되고 더러운 일이죠.

-크롱. 그렇군.

-아마 자살하거나, 다른 클랜에 기어들어갈 겁니다. 다 른 무기도 아닌, 자신이 무시하던 도끼로 팔이 잘렸으니, 카라랑!

6수 마물은 어지간히 복수에 성공한 게 뿌듯한 듯 했다. 놈의 말을 들으며 한 가지를 더 파악했다.

정말 무기에 관해 진중한 녀석들이라는 것.

그래서 더더욱 내가 생각하는 새로운 방향에 대해 조심 해야할 거 같다. 그렇지 않으면 한꺼번에 모든 클랜의 미움 을 살 수도 있었다.

적어도 그 미움을 다 쳐낼 수 있을 정도로 강해지기 전까 진, 몸을 사려야겠다.

팔이 여러 개인 곳에서는 팔이 2개인 놈이 되레 이상한 놈이니까.

-그런데 말이다.

-네, 말씀 하십시오.

-도끼 클랜에도 여러 가지가 있지 않아?

-물론입니다. 항상 그렇진 않지만, 유사 무기를 쓰는 클랜끼리는 연합이 형성돼 있죠. 아이러니하게 오히려 원수지간인 곳도 있지만. 저희는 정확히 말하자면 양날 도끼 클랜입니다. 도끼 클랜은 전반적으로 사이가 좋거든요.

-크릉, 그렇군. 하긴. 도끼 클랜은 내가 듣기로, 투박하지만 털털하고 가식이 없다고 들었어.

사실 그런 말을 들은 적은 없다.

그냥 도끼의 특성에 맞게 내가 좋게 말해본 것이다.

-카라랑! 바로 그겁니다. 정말 도끼 클랜에 적합하신 분이군요!

예상대로 반응은 긍정적이었다.

-반면 잘난 척 하는 검 클랜은 서로 사이가 좋지 않습니다. 예컨대 제가 방금 팔을 자른 장검 클랜은, 대검 클랜을 도끼 클랜보다 더더욱 무시합니다. 변질자에, 멍청하고 무식한 자들이라고 욕하죠.

-아아. 어떤 느낌인지 알겠군.

-크릉, 그렇습니다! 하여간 한심한 것들이죠. 검이라 봐야, 다 약해빠지고 비실비실한 검들인데. 뭐, 대검은 그나마 인정하는 바입니다.

아무래도 대검의 느낌이 도끼의 투박함과 비슷하긴 할 테다.

하지만 반대로 대검 클랜도 도끼 클랜을 인정할지는 모르는 일이었다. 검 클랜이 전반적으로 거만하고 검에 대한 자긍심이 대단하다고 했으니.

-자, 도착했습니다! 잠시 기다리십시오. 제가 말을 하고 오겠습니다.

-크릉, 이 자는 뭐야?

마침내 양날 도끼 클랜에 도착했다.

6수 마물은 날 내버려두고 어딘가로 달려갔다.

그 사이 여러 마물들이 몰려들었다. 도끼를 들고 있지 않은 것 자체가 이 장소에선 도발 행위였다.

그래도 다행히 10수 마물이라 쉽게 시비가 걸리진 않았다.

격투 마물인 줄 착각하고 있을 수도 있었고.

-네 놈이냐?

곧 15수 마물이 나타나 내게 도끼를 겨눴다. 독특하게도 대형 도끼를 5개의 팔로 쥐고 있었다. 나머지 10수는 각자 1개씩의 작은 양날 도끼를 들고 있었다.

의외의 조합이긴 하네. 한 가지 무기만 쓴다고 해서 무조건 같은 종류를 쓰진 않는구나. 양날 도끼 안에서도 또 다시 무기 크기나 종류가 갈리니.

그렇게 생각하면 무기란 것은 정말 오묘한 특성들을 품고 있는 거 같다.

-네 놈이 도끼 클랜에 들어오고 싶다고? 그것도 용감함의

상징인 양날 도끼 클랜에 말이냐!

얼핏 보면 15수 마물이 화를 내는 것처럼 보였다.

하지만 나는 도끼의 특성을 떠올리고 한 번 과격하게 대답해보았다.

-그렇다! 도끼가 좋아서 가입하겠다는데 누가 감히 막을 게야!

-카라랑! 일단 말하는 꼬락서니는 맘에 드는군! 헌데 말이지, 이제 와서 널 받아줘 봐야 그 팔 개수가 아깝지 않을까?

-무슨 말이지?

-전에 무슨 클랜에 있었나?

-총 클랜이다.

-크릉! 처음 들어보는 종류군. 어쨌든, 10수나 됐으면 그 총이란 무기에 많이 익숙해졌을 텐데, 이제 와서 도끼를 다룰 수 있겠나? 10수나 됐으면 잘 알겠지. 팔 개수가 무조건 무기 실력을 보장하진 않는다는 거. 도끼 하나도 제대로 다루지 못하면서, 도끼 10개를 제대로 다룰 수나 있겠나?

과연, 도끼 클랜이라고 해서 무조건적으로 투박하고 무식한 것만도 아니었다. 15수 마물은 팔 개수에 걸맞은 도전을 해왔다.

보통의 경우라면 나는 반박하지 못하고 기죽어 등을 돌렸을 것이다. 투박한 도끼 마물들은 신나게 날 비웃었을 테고.

다행히 나는 이미 C급 도끼술을 갖추고 있다. 최고의 수준은 아니지만, 가입하기에 모자라진 않을 것이다.

물론, 6수 수준이라 어렵긴 하겠지.

-몰래 도끼를 연마해왔다! 물론, 제대로 된 도끼 클랜 마물보다는 못하겠지. 하지만 네가 생각하는 만큼 한심하진 않아!

-카라랑! 정말이냐! 클랜에서 몰래 다른 무기를 쓰는 행위는 즉각 사형인데! 지독한 곳은 팔을 전부 잘라서, 병신을 만드는 경우도 있고!

-그 정도로 도끼를 추구했다.

-카라랑! 카라랑!

-카라라랑!

도끼 마물들이 소란스럽게 웃기 시작했다.

나를 비웃는 게 아니라, 도끼에 대한 내 열정에 기분 좋아하는 것이었다. 당연히 잔뜩 찌그러져 있던 15수 마물의 얼굴 표정도 풀렸다.

우습게도 놈의 적대적이던 15수들도 좀 더 부드러운 자태를 갖추게 됐고. 팔의 자세를 통해 표정과 비슷한 감정을 유추해낼 수 있었다.

-좋다. 그 정도라면 기회를 줘 볼 순 있지! 몰래 수련했다면 그래도 형편없을 것이다. 그러니 적절한 상대를 골라주마. 감히 도끼 클랜에 와서 팔 개수로 자존심을 부리려는 건 아니지?

-자존심은 앞으로 도끼로 벌어나가면 된다. 처음은 좀 초라해도 상관없지. 어차피 앞으로 화려할 테니까.

-카라랑! 하여간 말하는 것만큼은 타고난 도끼 클랜이로구나! 좋다. 너, 네가 나가서 상대해라.

15수 마물이 내보낸 마물은 7수 마물이었다. 역시나 7수에 양날 도끼를 쥐고 있었다.

4개의 팔이 중형 도끼 2개를 들고 있었고, 3개의 팔이 소형 양날 도끼 3개를 들고 있었다.

공격 패턴이 제법 까다롭겠네.

스릉.

-크릉. 역시 단순한 접근이로구나.

나는 단순하게 10개의 팔에 10개의 소형 도끼를 집어 들었다.

복합적인 도끼 조합은 좀 더 숙련도가 올라가고 갖춰도 늦지 않을 거 같았다.

-시작하라! 단, 서로의 팔을 자르는 것은 금한다! 상대의 몸에 도끼를 가져다 대면 승리하는 것이다!

-카라랑!

7수 마물이 겁 없이 내게 뛰어왔다.

아무리 팔 개수가 딸려도, 도끼 숙련도에서 확실히 앞선다고 자신하는 것이었다. 하지만 6수 마물의 도끼 숙련도나, 7수 마물의 숙련도나 거기서 거기일 테니.

카강!

놈이 휘두르는 중형 도끼에 순차적으로 소형 도끼를 찍어 박았다.

-크락!

놈은 내려쳐지는 충격 때문에 앞쪽으로 몸이 휘청거렸다. 나는 얼른 달려들어 나머지 도끼들을 놈의 몸에 가져다 대려 했다.

카가각!

허나 남은 3개의 도끼가 내가 가져다 대는 도끼들을 쳐냈다.

-크릉!

허나 팔이 많다는 것은 이런 면에서 확실히 유리하다는 것이다. 특히나 실력이 비슷할 때는.

나는 남은 팔 하나의 도끼를 살며시 상대의 머리에 얹었다.

놈은 믿을 수 없다는 듯 눈을 부릅떴다. 갈 곳을 잃은 놈의 7개의 팔도 경직되어 사방으로 뻗쳤다.

누가 봐도 놀란 모습이었다.

-이럴 수가!

-카라랑! 나쁘지 않군!

-몰래 수련했다더니, 정말 열심히 했나 봐!

다들 내가 엉성하게 팔이 엉키거나, 10개의 팔을 한참이나 낭비하는 모습을 기대했을 것이다.

하지만 나는 단순하긴 하더라도, 각 팔의 역할을다 제대로 활용했다.

여러 개의 힘을 합쳐 중형 도끼를 무마시키고, 나머지를 거의 1대1로 대응시켜 남은 팔 개수로 7수 마물을 제압했다.

-카라라랑!

칵! 칵! 칵!

도끼 마물들이 바닥에 도끼를 내려치며 흥분의 도가니에 빠졌다.

-좋다! 10수 마물! 네 놈을 도끼 클랜으로 받아들이겠다! 이 정도면 손색이 없어! 누가 봐도 도끼 클랜의 10수다!

-카라랑! 감사합니다!

칵! 칵!

나도 바닥에 도끼를 찍으며 과장된 반응을 보여주었다. 그에 더더욱 도끼 클랜의 분위기가 달아올랐다.

이곳에 오래 머물 생각은 없다. 빨리 양날 도끼를 마스터하고 다른 곳으로 가야할 것이다.

-좋다! 신입이 들어온 기념으로, 다른 도끼 클랜들과 친선 무투 대회를 벌이도록 하겠다. 원래 내일로 일정이 잡힌 것이지만, 앞당겨도 문제없겠지!

-카라랑! 그런 호쾌함이야말로 우리 클랜의 장점이죠!

-카라랑! 신입은 아주 좋은 구경하겠어!

-가자!

워낙 분위기가 달구어져서, 15수 마물이 본래 내일로 잡힌 행사를 앞당기겠다고 했다. 일방적이긴 했지만 다른 도끼 클랜들도 마다하지 않을 거 같았다.

전부 지금의 클랜과 비슷하게 호전적이고 충동적인 모습을 하고 있을 테니.

-크르릉!

-가자고 신입! 그나저나 총이란 무기가 뭐야?

-음. 멀리서 쇠구슬을 던지는 형식이야!

-아하! 물매랑 비슷한 거구나. 아주 비겁하기 짝이 없는 곳에 있었네. 넌 도끼 클랜에 훨씬 어울려. 아까 소형 도끼로 중형 도끼를 내려칠 때는, 정말 묘한 기쁨이 느껴졌어.

-카라랑. 고맙다. 친선 대회는 다양한 도끼가 모여서 대결을 벌이는 곳인가?

-그렇다. 각자 팔 개수에 맞는 상대를 만나서 싸우는 거지. 그러면서 배 터지게 만찬을 먹는 거고. 급하게 앞당겨서 준비는 엉성할 테지만, 그런 엉성함이야말로 매력이 아니겠나!

-그렇지. 크릉, 크릉.

정해진 장소로 이동하자 수천의 마물들이 모여들고 있었다. 모두 하나 같이 다른 종류의 도끼를 쥐고 있었다.

가장 눈에 띄는 것은 도끼창 마물이었다.

나는 15수 마물에게 다가갔다. 그리곤 조용히 권능을 활성화시켰다.

[능력 흡수 완료! B+급 양날 도끼 숙련도를 터득했습니다!]

나쁘진 않지만, 클랜 우두머리로 보기엔 모자란 실력이

었다. 그래서 처음 날 가입시킬 때 진행을 맡았던 15수 마물에게 물었다.

-저기, 혹시 양날 도끼 클랜의 수장이 당신입니까?

-뭐라? 카라랑! 당연히 아니지. 지금 정예 부대는 무기 전쟁에 진입한 상태다. 도끼 클랜과 망치 클랜의 전쟁이지.

-아아.

-이긴 쪽이 상대방의 무기를 전부 수거해서 폐기할 수 있는 전쟁이다. 사상자는 많이 없어도, 정말 중요한 의미가 있는 싸움이야.

-그렇군요. 그럼, 이번 친선 대회에서 제가 제대로 활약하면 제게 그 전쟁에 참전할 기회를 주십시오.

-무슨?

내 말에 15수 마물의 표정이 다시 찌그러졌다. 그와 함께의 15개의 팔이 공격적으로 관절을 꺾기 시작했다.

15수 마물은 찌푸린 표정으로 내게 말했다.

역시 흔쾌히 승낙할 거라 생각하진 않았다.

하지만 쉽게 포기할 생각은 없다.

실제로도 친선대회에 참여할 정도의 실력을 갖추었으니까.

-신입. 기세는 아까부터 맘에 든다만 투박한 용감함과 진짜 무식하게 무모한 건 분명 다른 거야. 아무리 친선대회 라지만, 이번에는 부득이하게 팔이 잘릴 수도 있어. 의도적 이진 않아도 격렬하기 때문에 사고가 날 수 있단 말이다.

-이해합니다. 그래도 참여해보고 싶습니다. 아까도 제가 이겼고, 7수 녀석이 그리 어려운 상대는 아니었습니다.

-앞으로 기회를 주긴 할 것이다. 하지만 지금은 아냐. 친 선대회는 대등한 팔 개수로 상대를 붙인다.

-그러니까 말입니다. 10수를 상대할 자신이 있습니다.

-허! 정말 물불 가리지 않는 놈이로구나. 네 팔 개수만이 문제가 아냐. 우리 클랜의 자존심도 걸려 있단 말이다. 양 날 도끼 클랜은 거의 무패의 클랜이라고!

15수 도끼가 본심을 드러냈다.

당연히 나를 걱정하기보단 클랜의 명예를 지키려는 것이 었다.

충분히 이해할 수 있는 점이긴 하다.

허나 그래도 난 포기할 생각이 없었다. 카트라몬의 말 대 로라면, 이번에야 말로 층 내 신분상승에 박차를 가해야하 는 타이밍이다.

나는 비기를 꺼내들기로 했다.

-사실 숨겨놓은 힘이 있습니다. 그걸 보고도 믿지 못하 시겠다면, 그럼 다음 기회를 기다리겠습니다.

-크! 무슨 엉성한 도끼술이라도 따로 개발한 것이냐?

그래, 정성을 봐서라도 한 번 구경은 해주마.

15수 마물은 그래도 내 뜨거운 열정이 그리 싫진 않았나 보다.

물론 실상은 그냥 서두르는 것에 가까웠지만.

-여, 애들 순번 대로 차례대로 보내고 있어라. 나는 잠시 신입에게 해줄 말이 있으니!

-알겠습니다!

15수 마물과 친선대회에서 멀어져 한적한 곳으로 이동했다.

바위 뒤에 서서 15수 마물이 기괴한 자세로 팔짱을 꼈다. 팔 15개로 팔짱을 끼는 것도 가능하긴 하구나.

-자, 어디 잘난 비밀을 드러내 봐라. 시시하면, 팔을 자르진 않아도 네 놈을 흠씬 패줄 것이다! 너무 처음부터 예쁨 받는다고 착각하면 곤란하지.

-물론입니다. 만족을 넘어서서, 영광이라 느끼실 겁니다.

-허! 건방진! 네 놈이 갑자기 팔 개수라도 불리지 않는 이상 눈 하나 깜빡하지 않을 게야.

-팔 개수는 그대로겠죠. 팔 개수는!

나는 자신만만하게 권능 중 하나를 활성화시켰다.

이제는 너무나도 익숙해 팔다리를 쓰듯이 활성화시키는 능력.

그럼에도 그 결과적인 효과는 초월적이었다.

[5성 각성.]

쿠드득, 우드득!

주홍빛 아우라를 뿜으며 순식간에 커졌다.

이제는 커지는 갭이 너무 커서 아예 이질적인 빛을 뿜어야만 짧은 시간 각성을 마칠 수 있었다.

전이라면 변이에 가까운 각성이었는데, 이제는 변신 수준이었다.

-그흠.

팔 개수는 그대로였다. 대신 모든 것이 달라졌다. 온 몸에 근육이 가득 찬 것은 물론, 뼈가 강철처럼 단단해졌고 각 관절이 기계처럼 강화됐다.

-이, 이게 무슨!

팔짱을 끼고 있던 15수 마물은 뒷걸음질을 치며 놀랄 수밖에 없었다.

분명 그는 팔 개수가 많음에 따라 나보다 월등히 컸다.

헌데 이제는 되레 15수 마물이 왜소해 보일 정도였다.

-이게 대체 어떻게 된 일이야. 갑자기 이렇게 무지막지하게 커지다니. 한 번 동일 개수 악수를 해보자.

15수 마물이 10개의 손을 내밀었다.

이 층 마물들이 서로 악력이나 힘 등을 견주는 용도인가 보다.

나는 덥석 15수 마물의 열 팔을 잡았다. 그리곤 과하지 않게 힘을 주어봤다.

으드득.

-카락! 크락! 장난 아니구나! 좋다. 이 정도라면 과연 자신만만할 법 해. 도끼술이 부족해도 극복은 해볼 수 있겠어. 대형 도끼 위주로 전략을 짠다면 말야.

-그럼 기회를 주시는 겁니까?

-의외라서 고려는 하는 중이다. 정예 전사 분들이 없을 땐 내가 클랜을 대행해서 관리하니 문제될 건 없겠지. 하지만 마지막 점검을 해봐야겠다.

15수 마물의 눈에 호전적인 기세가 떠올랐다.

아무래도 팔 개수가 더 적은 마물에게 힘으로 밀린다는 것이 자존심이 상한 듯 했다.

한 편으론 도전을 받은 것이기도 했고.

-내 도끼술을 한 번 받아봐라. 이 정도는 받아내야 다른 종류의 도끼를 갑자기 만나도 겨룰만 하지.

-좋습니다.

내가 자신 있는 분야는 각성으로 인한 힘의 우위성뿐만이 아니었다.

-카랑! 시작하겠다!

쒜액! 쒜액!

15수 마물은 제법 까다로운 도끼술을 펼쳐보였다.

진정으로 나를 시험해보겠다는 것이었다.

비스듬하게 여러 도끼를 풍차 돌리기로 내리치며, 몇몇 팔은 역으로 도끼를 쳐 올렸다.

나는 가지고 있는 10개의 도끼를 순차적으로 엇갈리게 했다.

그리곤 뚜렷하게 15수 마물의 회전하는 도끼들을 주시했다.

각성으로 인해 힘만 세지는 게 아니었다.

모든 면에서 전투에 우월해지는 것이었다.

콰작! 콰작! 콰작!

나는 위협적으로 전진하는 15수 마물에게 도끼를 휘둘렀다.

그리곤 회전하는 도끼를 하나씩 내 도끼로 쳐서 깨트렸다. 비슷한 강도였음에도 정확한 조준으로 힘을 집중한 덕분에 15수 마물의 도끼를 깨트릴 수 있었다.

-크랑, 카랑! 이럴 수가. 내 도끼를 깨트리다니.

-이 정도라면 혼자 연마한 것 치고는 대단하지 않습니까?

덤덤하게 15수 마물에게 물었다.

15수 마물은 얼굴이 붉어지면서도 끝내 고개를 끄덕였다.

내게 진 것은 정말 치욕스런 일이기도 했지만, 한 편으론 전사로서 승패를 인정할 수밖에 없었다.

더 나아가 15수 마물은 임시 클랜장 답게 클랜의 명예에 대해 생각했다.

-그래. 좋다, 이 정도라면 나가볼 법 하지. 단, 부탁 하나를

하마. 우리 둘이 있던 대련에 대해선 비밀로 해다오. 자존심 때문이 아니라 클랜의 서열과 군기 유지를 위해서다.

　-이해합니다. 그럼 가시죠.

　15수 마물과 다시 친선대회 장소로 이동했다.

　도끼 연합 마물들은 한껏 경연을 벌이고 있었다.

　5수 마물부터 차례대로 팔 개수를 늘리며 여러 도끼대전을 벌이는 것이었다.

　-지지 마라!

　-이번에는 좀 이기란 말이다!

　-외날 도끼가 가지는 장점을 적극 보여주어라!

　-창도끼의 우월함을 보여줘!

　여러 경기가 한꺼번에 진행됐기에 마물들의 응원 소리도 시끄럽게 혼재돼 있었다.

　양날 도끼 클랜은 15수 마물의 말대로 제법 선전하고 있었다.

　캉!

　5수 마물은 과감하게 5개의 팔로 하나의 대형 도끼를 쥐었다. 그리곤 난폭하게 휘두르며 상대 마물을 몰아붙였다.

　도끼의 날이 양쪽에 나 있어 어느 방향으로 휘둘러도 상대방을 공격할 수 있었다.

　카앙! 캉!

　그 때문에 상대는 방어에만 전념해도 정신이 없었다.

무기 너머로 전해지는 충격에 피해가 누적되는 건 말할 필요도 없었고.

카앙!

ㅡ크랑!

마침내 팔 힘이 빠진 외날 도끼 마물이 도끼를 손에서 놓쳤다.

양날 도끼 마물은 기회를 놓치지 않고 얼른 도끼의 넓적한 면을 상대의 머리에 약하게 내리쳤다.

ㅡ크랑! 내 패배다!

ㅡ카라라랑! 역시 무적의 양날 도끼다!

ㅡ허! 이제까지는 그러했겠지. 하지만 6수부턴 다를 것이다!

창도끼 클랜이 이를 갈며 양날 도끼 클랜을 도발했다.

그래도 양날 도끼는 도발일 뿐이라고 생각하며 창도끼의 도발을 웃어넘겼다. 이제껏 쭉 그랬으니까.

ㅡ6수 도끼 마물의 대전을 시작하겠다!

ㅡ카라라랑!

ㅡ카라랑!

ㅡ이제부터 제대로 보여주마. 5수까지는 그냥 훈련을 안 시킨 것뿐이야! 6수부터 자격이 있다고 판단해서 말이지.

ㅡ오늘은 유달리 말이 많군. 뭘 준비했는지 모르지만 창대만 부러질 뿐이다!

그간 양날 도끼 클랜은 창도끼 클랜을 상대로 제법 뛰어난 승률을 보여 왔다. 창도끼는 필연적으로 손잡이가 길었는데, 이 점을 파고든 것이었다.

양날 도끼의 파여진 틈으로 창대를 걸어서 무기를 뺏는 방식은 팔 개수를 가리지 않고 창도끼의 약점으로 작용해 왔다.

그럼에도 유달리 창도끼 클랜은 오늘 자신만만했다.

-크랑! 하나씩 뺏어내주마!

-6개 손이 전부 텅텅 비게 만들어! 카라랑!

양날 도끼 클랜이 흥분하여 외쳤다.

반면 창도끼 클랜은 비교적 차가워진 눈빛으로 대련을 바라봤다.

카각

-잡았다, 이 녀석!

양날 도끼 마물이 전과 같이 능숙하게 도끼 틈으로 창대를 걸어냈다.

트르륵.

-크륵?

카각!

창대가 잡힌 창도끼 마물은 양날 도끼가 잡아당기는 힘을 버텨내지 않았다. 대신 먼저 몸을 붙이며 기괴한 각도로 창대를 움직였다.

창대는 양날 도끼 마물의 6개 팔 틈을 비집고 들어갔다.

그러더니 허무할 만큼 간단하게 창도끼 날을 팔 중 하나에 가져다 댔다.

-내가 이긴 것 같다, 그렇지? 팔 하나 잃어가면서 싸울 건 아니잖아.

-카랑! 이런 빌어먹을!

양날 도끼 마물이 갑작스런 패배에 발끈했다.

기세만 보면 정말 팔 하나를 걸고서라도 다시 도전할 기세였다. 철저히 혈기를 앞세워서.

-그만! 졌다!

6수 마물이 괜히 호기를 부려 5수 마물이 되기 전에, 15수 마물이 먼저 패배를 시인했다.

다른 곳에서 경기를 벌이던 도끼 연합 마물들의 시선이 한꺼번에 몰렸다.

-뭐야, 양날 도끼가 진 거야?

-이렇게 빨리?

-창도끼 클랜이 독하게 훈련을 반복하긴 했나 보군!

마물들이 웅성거리는 소리에 양날 도끼 클랜이 전체적으로 분통한 표정을 지었다.

본래 양날 도끼가 패배하는 경우는 장기전으로 이어졌을 경우, 틈이 너무 많이 드러나거나 체력이 바닥나는 경우들이었다.

헌데 이번엔 되레 창도끼의 약점을 파고들다가 역수를 맞은 경우였다.

-크르릉. 이럴 수가.

-흠. 이상하다. 저거 어디서 본 거 같은데. 분명 익숙한 상황이란 말이지.

-무슨 소리야. 처음 보는 도끼술인데.

-그러니까. 도끼술 중엔 처음 보는 거라. 오묘하단 말이지. 익숙해.

-자! 7수 대결이다! 이번에도 창도끼와 붙는다. 이번엔 지지 마라!

양날 도끼와 창도끼가 다시 붙게 됐다.

이번엔 7수간의 싸움이었다.

-네 놈도 방금 전의 기괴한 도끼술을 부리려는 거냐?

-글쎄. 한 번 창대를 도끼 이로 걸어보던가!

-크릉! 건방진!

7수 양날 도끼 마물이 흥분하여 도끼를 휘둘렀다.

캉! 캉!

창도끼 마물은 여유롭게 뒤로 빠지며 창을 내질렀다.

양날 도끼 마물이 그 창에 맞진 않았으나, 매 번 찔러 들어오는 공격에 휘두르는 흐름이 끊겼다.

양날 도끼 특유의 마구 휘두르는 매서운 공격이 끊긴 것이었다.

-크릉, 카랑!

캉! 캉!

창도끼 마물은 침착하게 양날 도끼 마물을 여러 각도로

괴롭혔다. 높게 찌르더니 다음으론 낮게 찔러 내렸다.

그 때마다 양날 도끼 마물은 아슬아슬한 위기를 맞이해야 했다. 훨씬 무겁고 묵직한 양날 도끼로 힘겹게 창의 끝 날을 쫓아가는 형세였다.

카앙!

—카라랑! 곧 지쳐서 몸에 구멍이 나겠구나!

—건방진! 얍삽하게 까부는 것도 거기까지다!

양날 도끼 마물이 도발을 이겨내지 못하고 상대 마물의 창대에 도끼 틈을 걸었다.

그리곤 힘껏 잡아당겼다.

이번엔 당하지 않겠다고 생각한 것이었다.

트드득, 턱!

허나 7수 마물은 더더욱 노련한 자세를 보여주었다. 팔 3개로 창대를 자유자재로 비틀어 양날 도끼 마물의 팔 사이에 끼어 넣었다.

툭.

—비틀면 팔 2개가 날아간다. 항복하지?

—크라락!

7수 양날 도끼가 분통에 찬 고함을 치며 무기를 손에서 내려놓았다.

이후 양날 도끼는 8수 대전을 외날 도끼와 치러 승리했다. 잠시 분위기가 나아지는가 싶더니, 9수 대전에서 다시 창도끼에게 패했다.

-이런! 생각났다. 15수 부대장님, 저 놈들 저거…… 창 클랜의 기술을 사용하고 있습니다! 전에 제 전우가 당해서 팔이 잘린 걸 봤어요!

　-뭐라! 감히 도끼 클랜이 비겁하게 창 클랜의 기술을 사용하다니! 창도끼여도 도끼가 핵심이거늘!

　급격히 양날 도끼 클랜의 분위기가 가라앉기 시작했다. 그 중에서도 나는 조용히 3개의 대형 도끼와 1개의 소형 도끼를 집어 들었다.

　연속으로 패배했기에 양날 도끼 마물들이 발끈하는 것이었다.

　가서 이겨주면 그만이었다.

　짧게 15수 부대장과 눈빛을 주고받았다.

　15수 부대장은 확신을 가지고 내게 고개를 끄덕여주었다.

　-어라. 신입, 어디 가는 거야.

　-내가 허락했다.

　-예? 하지만 안 그래도 이렇게 상황이 안 좋은데!

　-보면 알 것이다. 내가 미리 간파한 게 있어. 팔 개수가 15개에 달하면 알게 되는 것이 있거든. 보아하니 총이란 무기가 도끼술에 꽤나 도움이 됐던 모양이야.

-흠. 부대장님이 그러시다면.

-불안한데. 특히 이런 상황에서 말이지.

-신입, 나가서 팔이 잘린다면 그건 네가 자초한 치욕이 될 것이다! 그리 되면 도끼 클랜에서 쫓겨나도 할 말이 없을 거야. 그렇지?

-그래. 도끼술에도 능숙하지 못한데 팔 개수까지 적어진다면! 클랜을 망신시킨 벌을 받아야할 거다!

당연히 양날 도끼 클랜은 부정적인 반응을 보였다.

본래 나가려 했던 10수 양날 도끼 마물이 가장 분통해하는 모습이었다.

충분히 이해할 수 있어서, 난 굳이 반응하지 않았다. 그저 가볍게 몸을 풀기만 했다.

-모두 조용히 해라! 그래도 이제 우리 클랜인데 이게 무슨 짓이냐? 응원은 못할망정!

-죄송합니다.

-너무 갑작스러워서 그만.

15수 마물이 언성을 높이고 나서야 양날 도끼 클랜원들이 잠잠해졌다.

난 무기를 치켜들고 앞으로 나아갔다.

이번 대련을 가뿐히 이겨야 내가 원하는 걸 얻어낼 수 있다.

아무리 봐도 전장에 가야 성장이 빨라질 거 같단 말이지.

-저 놈은 못 보던 놈인데.

-10수라면 진즉 파악했을 텐데, 왜 처음 보는 거 같지.

-신입인가.

-10수에 신입이라니, 말이 돼?

창도끼 클랜은 처음 보는 날 웅성거리며 경계했다. 그러나 곧 다시 차가운 눈빛을 했다.

그래 봐야 약점을 극복한 창도끼를 이길 순 없다는 눈치였다.

-크릉. 보이느냐!

내 상대로 나온 10수 마물이 자신의 창도끼에 묶은 붉은 스카프를 보여주었다.

-정예 전사 후보로 뽑힌 자들만이 지닐 수 있는 표식이다. 이 층 전부에 공통 적용되는 사안이지!

-젠장! 하필 신입이 촉망 받는 놈과 붙게 됐다! 부대장님, 지금이라도.

-가만히 있어라.

보통 팔 개수에 비해 특출난 잠재성을 보이는 마물에게 붉은 스카프가 주어졌다. 더 특별한 대우를 받고 빨리 성장할 수 있도록.

하지만 그렇다고 해서 정예 후보 10수 마물이 15수 마물을 이기는 건 절대 불가한 일이었다.

그럼에도 난 15수 마물을 이겨냈다.

그것도 클랜 임시 대장 역할을 맡고 있는.

-시작하라!

-카라라랑!

-이번에도 창도끼 클랜이 연패하겠구나! 카랑!

-신입! 기죽지 마라! 부대장님이 널 믿어주셨어!

[5성 각성.]

쿠드득, 쿠득!

모두가 보는 앞에서 5성 각성을 행했다.

한순간 떠들썩하던 친선경기장이 조용해졌다.

-뭐, 뭐야. 지금 내가 본 게 제대로 본 게 맞는 거야?

-그, 그런 거 같은데?

한순간 나는 친선대회장에서 가장 거대한 마물이 되었다.

정예 전사들은 모두 전장에 나간 상태니.

심지어 각 클랜의 임시 대장들보다도 컸다.

-이게 대체 무슨 일이야! 이건 불공평하다!

상대 10수 마물이 창도끼를 치켜세우며 불평했다.

-팔 개수가 같은 마물끼리 붙는다. 매우 간단한 규칙인 거 같은데, 이해가 잘 안 되나?

-하지만 이건!

덤덤하게 말하며 상대 마물에게 다가갔다.

-카랑! 그래, 어차피 무식한 양날 도끼 따위!

놈이 창을 내지르자 그 창대를 도끼 틈으로 걸었다. 여기까지만 보면 이제껏 양날 도끼 클랜이 창도끼 클랜에게 당한 패턴과 매우 흡사했다.

-카라랑! 역시 멍청해!

놈은 내가 당길 거라고 생각했나 보다.

나는 되레 걸어놓은 도끼 틈을 아래로 뚝 내려버렸다.

콰작!

예상대로 나무로 만들어진 창도끼의 창대는 부러져버렸다.

-무슨!

서걱!

이번엔 아예 도끼를 가로로 휘둘러 창대의 창머리 밑단을 다 잘라버렸다.

10수 마물이 쥐고 있던 창도끼 태반이 볼품없는 나무 막대기가 돼 버렸다.

그야말로 압도적인 제압이었다.

-이, 이럴 수가!

-저건 그냥 대련에서 이긴 정도가 아니잖아!

-저 정도는 정예 무사에게서나 볼 수 있는 기술인데!

도끼 연합 전체가 충격에 빠졌다.

상대의 무기를 부러뜨리는 것은 보통 어려운 일이 아니었다.

그런데 나는 아예 통째로 상대의 무기를 절단 내 버렸다. 이는 가지고 논다고 보는 것이 되레 적합한 묘사의 대련이었다.

-카라라랑!

-카라랑! 이럴 수가! 신입이 이겼다!

-대체 그 총이라는 무기가 뭐길래 도끼를 저리 무시무시하게 다룬단 말인가!

-카라랑!

양날 도끼 클랜 소속이 아닌 마물들까지 환호성을 내질렀다.

오로지 창도끼 클랜만 울상이 되어 이를 갈았다.

창 클랜과 접촉하면서까지 얻어낸 약점 극복이 완전히 무색해진 대련이었다.

-잘했다, 신입.

-감사합니다.

-덕분에 치욕을 당할 뻔 했는데, 최소 1번이라도 승리를 거둬서 참으로 다행이야.

-창대가 오히려 부러뜨리기 쉽더군요.

그 말에 15수 마물이 곤란한 듯 얼른 헛기침을 했다.

그가 내게 패배했던 조금 전 일이 생각난 것이었다.

-흠! 그래. 확실히 그랬겠지.

-다행입니다, 부대장님. 하마터면 오늘 대련 이후, 양날 도끼가 창도끼에 비해 본질적으로 하등하다는 소문이 돌 뻔 했습니다.

-그럼 선배님과 정예 무사 분들게 심하게 혼이 났겠지. 상황에 따라…… 팔이 잘렸을 수도.

모두 사실인 말들이었다.

완전 패하기 전에 내가 상당히 적절한 상황에서 개입해 준 것이었다.

-좋다, 신입. 너는 마땅히 상을 받을 자격이 있어. 원하는 무엇이든 말해 보거라. 클랜에서 보유하고 있는 고급 도끼라도 줄까?

-정말 뭐든 상으로 내리시는 겁니까? 꼭 좀 약속해주십시오.

-카라랑! 물론! 엽기적으로 내 팔을 잘라 먹겠다는 부탁만 아니라면야.

-카라랑! 15수 부대장님도 참!

15수 마물은 긴장이 풀렸는지 되도 않는 농담을 했다.

나는 한 번 더 다짐을 받기로 했다.

5성급 학습력을 본격적으로 활용하기 위해선 꼭 15수 마물이 도와줘야 했다.

-전사로서 전혀 어긋나지 않는 청언입니다. 15수 부대장님이 허락만 해주시면 되는 사안입니다.

-그래! 그렇다면 더더욱 흔쾌히 승낙해주지!

-좋습니다! 전장에 참여하지요!

-뭐라!

한순간 주변의 분위기가 싸늘해졌다.

15수 마물도 자격이 안 되어 못 나가는 것이 정예 전사들의 진짜 전투였다.

그런데 겨우 친선대회에서 한 번 이겼다고, 10수가 전쟁에 참여하겠다고 하니 분위기가 좋을 리 만무했다.

-신입.

-분명 약속하셨습니다. 전사로서 전장에 참여하고픈 건 전혀 잘못될 게 없는 사안입니다.

-그래. 약속했으니 전쟁 참여 문서를 제작해줄 순 있다. 내 지장 15개를 찍어서 말이지. 허나, 전장에 도착해도 선배님들이 너를 찢어 죽일 것이다. 분노에 가득 차서 말야.

-제 팔 개수 때문에 그렇습니까?

-그러하다!

-그래도 문서를 내주십시오. 극복할 자신이 있습니다.

-정녕 그러하냐?

-그렇습니다. 허가만 내려주시면, 전장에서 양날 도끼 클랜을 빛내고 오겠습니다!

-카라랑! 정말 나타나자마자 죽으려고 용을 쓰는 놈이구나. 네 놈처럼 도끼 같은 마물은 선배님들 중에도 많지 않은데!

-부대장님. 설마?

-전사로서 약속한 일이다. 자신이 알아서 전장에 가 죽는다는데 어쩔 수 없지. 후일은 내가 책임진다.

15수 마물은 결연한 내 눈빛을 보고 뭔가가 있는 것이라고 추측했다.

자신과 친선대선에서도 전혀 예상치 못한 패턴으로 역전을 이끌어냈으니.

-따라와라.

15수 마물이 따로 나를 불러 문서를 제작해주었다. 양날
도끼 클랜의 정예 무사들에게 보여주면, 일단 의심은 받지
않을 터였다.

-헌데 무슨 생각이냐. 아까처럼 덩치를 불려서 선배님들
눈에 들려는 것이냐? 그 전에 죽이려 할 수도 있어.

-팔 개수가 문제라면, 팔 개수를 늘리면 되지요.

내 자신만만한 말에 잠시 15수 마물이 나를 멍하니 쳐다
보았다.

말처럼 쉬운 일이 아니긴 했다.

수십 년이 걸려야 팔 하나가 늘을까 말까 한 게 보통 상
황인지라.

-카라랑! 이런 상황에서 농담이나 하고 말이지!

-카라라랑! 기다려 보십시오. 믿어주신 것보다 더 큰 성
과를 가지고 오겠습니다. 전장에서 돌아올 땐 저를 아신 걸
영광으로 여기실 겁니다. 크릉.

-크릉! 여러모로 건방진 놈이로구나. 좋다. 가라! 전장의
위치를 알려주도록 하지. 망치 클랜에 더해서 검 클랜까지
가세해, 삼파전이 벌어지고 있다고 한다. 일단 하루라도 살
아남아보길 빌어주지.

-감사합니다, 크릉.

친선대회에서 사용했던 도끼들을 챙겨 전장으로 향했
다.

약 1시간 정도 각성한 채로 뛰고 있는데, 한 편에서 묵직한 철퇴가 날아왔다.

캉!

도끼로 쳐내고 옆을 노려보자 팔이 13개 달린 철퇴 마물들이 날 노려보고 있었다.

-갑갑한 도끼 마물이 겁도 없이 혼자 돌아다니는구나!

-팔 하나씩 뜯어서 구워먹으면 제법 맛있을 텐데 말야.

-도끼는 네 시체의 뼈에 장식으로 박아두고!

잘 되었다. 팔 개수를 늘릴 방법을 고민 중이었는데 적절한 상대가 나타난 거 같았다.

-좋다. 다 덤벼라.

-카라랑! 역시 미친 게 분명해. 겨우 팔 10개 가지고서 혼자 돌아다니다니!

-한꺼번에 쳐서 으깨버려라!

철퇴 마물들이 한꺼번에 덤벼들었다. 나는 스윽 놈들의 숫자를 세었다. 나쁘지 않네. 10마리 정도가 넘어가는 거 같다.

-크릉.

각성한 상태에서 15수 마물이 펼쳤던 도끼술을 떠올렸다.

대각선 형태로 풍차를 돌리며, 양날 도끼의 특성을 이용해 쌍방향 회전을 노리는 기술.

쐐액! 쐐액!

-카라랑! 덩치만 큰 게 발악을 하는구나!

-도끼보단 철퇴 머리가 더 단단하다! 어서 쳐라!

캉! 캉!

과연 이번엔 아무리 내가 힘이 세도 쉽사리 도끼로 철퇴를 깨트릴 수 없었다.

그야말로 단단한 쇳덩어리였으니.

그래서 뛰어난 감각으로 곧장 작전을 바꾸었다.

썰컥! 썰컥! 퉁! 퉁!

갑자기 곳곳에서 쇳덩어리가 땅에 떨어지는 소리가 났다. 무수하게 휘두르는 철퇴들이 사슬에서 끊겨 떨어져 나가는 소리였다.

-이게 무슨!

-㉮퇴가 잘리고 있다!

-말도 안 돼! 저 놈 도끼가 그렇게 정교하단 말인가!

-겁먹지 마라! 한꺼번에 치라고!

10마리 남짓의 마물이 하나씩 철퇴를 휘두르고 있는 게 아니었다.

각각 13개 정도의 철퇴를 마구잡이로 퍼붓는 것이었다. 그럼에도 서로를 치지 않으려고 마물들은 타이밍을 재거나 철퇴를 휘두를 공간을 확보해야 했다.

그 점이 각성한 내겐 돌파구였다.

썰컥! 썰컥!

나는 일단 방어에 집중하며 도끼로 비스듬히 철퇴 머리를 쳐냈다. 그리고 하나라도 팔이 남으면 곧장 철퇴를 잇는 사슬을 잘라냈다.

툿! 툿!

그런 식으로 1시간가량을 싸웠다. 정말 힘든 싸움이었지만 각성한 덕분에 나는 지치지 않았다.

-크락! 괴물이다! 도망 쳐!

끝내는 멀쩡한 철퇴가 다 합쳐서 10개도 남지 않았다.

[학습률 5000% 활성화.]

나는 학살을 시작했다. 무기도 몇 개 없는 마물들을 제거하는 건 어려운 일이 아니었다.

곧장 달려가 도끼로 놈들의 머리통을 갈랐다.

-크락!

-크라아아악!

쿠드드득, 쿠득!

철퇴 마물 무리를 전부 제거하자, 등에서 뜨거운 기운이 뿜어져 나왔다.

예상대로 급격히 팔이 자라난 것이었다.

-크릉, 이 정도면 되겠지.

어느새 나는 25수 마물이 되어 전장으로 향하고 있었다.

일단은 도끼 연합 전체를 접수하는 게 내 목표다. 전장에서 돌아올 때면 내겐 어려운 일이 아닐 테지.

전장에서 정예 무사라는 것들을 싸그리 내 밑으로 거둘 것이다.

팔이 급격히 늘어난 덕분에 되레 무기가 부족해졌다. 나는 일단 전장이 있는 곳을 향해 전력 질주했다.

중간에 불량한 무리 몇을 만나긴 했지만, 내 팔 개수를 보곤 감히 말도 걸지 못했다.

25수 정도면 오합지졸 다수를 상대할 수 있는 게 상식인가 보다.

분명 전장에 나간 정예 무사들은 차원이 다른 실력을 가지고 있겠지.

허나 아무런 걱정이 없다.

나는 항상 그들의 능력을 흡수해 한순간 대등해질 수 있고, 그에 각성을 더해 무조건적으로 우위를 차지할 수 있다.

즉 가까이 가서 권능만 발현시키면, 적어도 같은 층 내에서 내가 질 일은 많이 없다는 것이다. 스킬 외에도 다른 것으로 압도당할 정도의 어려운 대상이 아니라면.

그런 대상이라면 미뤘다가 나중에 공략하는 것이 지혜롭겠지. 하지만 전장에선 어떤 괴물을 만날지 모른다.

-크라라랑!

-카라랑!

쾅! 콰작!

멀찍이서 보아도 전쟁이 벌어지고 있는 곳이란 걸 알 수 있었다.

촉수처럼 많은 팔을 화려하게 휘두르며 수백의 정예 전사들이 기예를 뽐내고 있었다.

콰지지직! 화르륵!

단순히 위협적으로 다수의 무기를 휘두르는 게 전부가 아니었다.

정예 마물들은 각자의 무기를 교차시켜 오묘한 기운을 모으더니, 이내 그걸 불이나 번개로 뿜어냈다.

그렇기에 안 그래도 화려하고 완벽한 무위가 더더욱 위협적이었다.

나는 일단 도끼 클랜 측으로 접근했다.

-너! 너는 뭐야! 못 보던 놈인데!

카앙!

대장으로 보이는 듯한 55수 마물이 내 앞을 막아서며 외쳤다.

클랜장답게 자신의 정예 부대원은 전부 꿰고 있다는 것이었다. 나는 얼른 품에서 전쟁 참여 허가 문서를 꺼내들었다.

-저는 새로 도끼 클랜에 들어온 신입입니다! 구석 지역에서 홀로 도끼를 수련하다가 마침내 함께하게 됐습니다!

-혼자? 도끼를!

카앙!

55수 마물은 54개의 팔로 전투를 벌이며 남은 하나로 문서를 들고 있었다.

왜 15수 마물이 날 말렸는지 알 거 같았다.

55수 마물이나 다른 정예 마물에 비하면, 과연 10수 마물은 초라하다 못해 전쟁에 피해를 끼칠 정도였다.

허나 25수정도 되니 55수 마물이 딱히 불쾌해하진 않았다.

-과연 내 부하가 승인한 문서가 맞군. 15개의 지장이 전부 맞아 떨어져. 좋다! 너무 손을 거들어라!

-감사합니다! 카라랑!

[5성 각성.]

쿠드득, 쿠득!

전장에 뛰어드는 동시에 각성을 활성화시켰다.

보아하니 망치 클랜이 어느 정도 도끼 클랜을 제압해나가고 있는 상황이었다.

잘못하면 전쟁의 판도가 기울 수도 있었다.

그래서 나 또한 학습률로 팔 개수를 늘리는 것을 미루기로 했다.

어느 정도 적을 몰아넣어 여유를 되찾았을 때 성장해도 늦지 않을 것이다.

-망치에 직접 맞서지 마라! 우회해서 도끼를 휘둘러라!

-카라랑! 다 으깨버려라!

-크릉, 카랑!

쾅! 쾅!

나는 도끼가 가장 격렬하고 투박한 무기인 줄 알았다.

허나 그보다 더 기괴할 정도로 투박한 무기가 있었다.

바로 망치였다.

그나마 도끼는 체중을 실어 날로 상대를 절단하는 방식이었다. 그래서 투박하긴 해도 어느 정도 무기의 제어와 통제가 필요했다.

하지만 망치는 달랐다. 그냥 마구잡이로 휘둘러도 어느 정도 간격을 벌릴 수 있었다.

게다가 실력자들이 휘두르는 망치니, 더더욱 파고 들어갈 틈을 주지 않았다.

쾅쾅쾅쾅!

잘못 해서 조금만 거리를 좁혀도 그대로 온 몸이 으깨질 공격이었다. 그런 공격이 수시로 사방에서 뿜어져 내렸다.

당연하게도 정예 무사가 다루는 망치는 1인 당 1개가 아니었다.

콰르르릉!

그에 더해, 조금이라도 피할 틈이 보인다 싶으면 망치에서 전류가 뿜어져 나왔다.

피하는 데 집중하고 있는 도끼 마물은 그대로 전류에 감전되어 위기를 맞아야 했다.

-카라락!

-크릉! 어디 그런 쇳덩이로 도끼를 이기려 하느냐!

물론 계속해서 망치 마물만 이기는 것은 아니었다. 도끼 마물 중 망치를 상대하는 것에 능숙한 자들은 도끼를 하나로 모아 그것을 방패처럼 사용했다.

그래서 내리쳐지는 망치의 충격을 버틴 후, 집게처럼 도끼 여러 개를 이용해 망치 대다수를 붙들어냈다. 남은 도끼로는 근거리로 적을 난도질했고.

망치 머리가 크면 클수록 도끼날에 걸릴 틈이 많다는 것이었다.

-크라락! 카라락!

-카라아악!

그 정도까지 가면 망치 마물은 빠져나갈 방법이 없었다. 망치를 놓아버리면 됐지만, 그리 하면 어차피 죽는 건 매한 가지였다.

망치는 워낙 그 머리가 무디어서, 가까이서 짧게 휘둘러 봐야 상대의 뼈에 조금 금이 가게 하는 정도였다.

남은 망치를 찍어내려 약간의 피해를 입힐 순 있지만, 이미 그 정도 됐을 땐 온 몸이 난도질당한 뒤일 것이었다.

-카라라랑!

[능력 흡수 완료! A+급 양날 도끼술을 터득했습니다!]

각성을 잠시 풀고 주변 동료들의 기술을 흡수했다. 그리곤 숨을 고른 후 다시 전장에 뛰어들었다.

B급으로 덤벼들었다가 어깨가 완전히 망치에 으스러질 뻔했다. 각성의 감각이 아니었으면 위험할 뻔 했다.

뒤늦게야 실력을 A+급으로 올려 다행이다.

-크릉!

-카랑!

나와 붙고 있는 망치 마물이 360도로 망치를 돌리기 시작했다.

그것도 망치의 배치에 오차를 두고 말이다.

쾅! 쾅! 쾅!

나는 밀려들어오는 망치를 힘으로 쳐냈다.

각성한 상태라 어느 정도 적의 회전 돌진을 막을 수 있었지만, 급격히 도끼날이 나가는 게 느껴졌다.

이런 과정이 반복되면 무딘 망치에 비해 도끼는 급격히 쓸모없게 변할 수밖에 없었다. 망치는 무뎌도 되지만 날 없는 도끼는 무용지물이니까.

-크릉!

나는 여러 팔을 지지대 삼아 뒤로 백덤블링을 했다. 그리곤 바닥에 널브러진 도끼 마물 시체에서 한껏 도끼를 집어들었다.

그 움직임이 제법 자연스러워 겉으로 보면 손에 자석처럼 도끼가 붙는 걸로 보일 터였다.

-크랑! 이제야 손을 다 채웠구나! 얼추 25개 정도인 거 같은데. 그 정도로 될 거 같나!

쐐액! 쐐액!

나와 전투 중인 망치 마물이 다시 360도로 회전하기 시작했다.

비록 내가 무기수를 늘렸다지만 여전히 쳐내기 힘든 공

격 같아 보였다. 묵직한 쇠를 두른 작은 회오리를 마주하는 기분이었다.

-크릉!

나는 힘껏 뛰어올랐다.

그러자 망치 마물이 경악하는 눈길로 서서히 회전 공격을 멈추는 게 보였다.

-이미 늦었다!

허나 회전의 관성이 워낙 강렬해 놈은 쉽게 멈추지 못했다.

나는 그대로 도끼를 수직으로 내리 찍었다.

콰작!

놈의 머리부터 발끝까지가 여러 조각으로 갈라졌다. 내가 내리찍은 도끼의 날에 그대로 절단된 것이었다.

-제법이구나, 신입!

쾅!

55수가 내 등 뒤로 붙으며 칭찬을 건넸다.

-감사합니다. 점점 더 보여드리도록 하죠!

-도끼다운 패기다!

전쟁은 한참이나 계속됐다. 역시 정예 무사를 상대하는 건 만만치 않은 일이었다.

1시간은 싸운 거 같은데 내가 제거한 망치 마물은 채 10마리도 되지 않았다. 각성한 상태인데도 중간에 죽을 뻔 한 적까지 있었다.

-크릉.

두 가지 간과한 게 있었다.

일단 이 전장에서 내 팔 개수가 최대가 아니라는 것. 그리고 도끼에 관해 최고의 실력을 얻어 봐야, 무조건적으로 망치를 이길 수 있는 건 아니라는 것.

쾅! 콰지직!

-크락!

나는 감전을 떨쳐내며 뒤로 굴러 자리를 물렀다.

44수 마물을 상대하다가 너무 버거워서 물러난 것이었다.

5성 각성이 아니었다면 진즉에 온 몸의 팔이 다 부러졌겠지.

-크랑!

나는 좀 더 만만한 마물에게 다가갔다.

쾅! 쾅쾅! 콰앙!

그리곤 놈이 내리찍는 망치들을 아슬아슬하게 피한 후, 급격히 몸을 붙였다. 도끼 날로 얼른 망치 머리 아래를 붙들었다.

-크릉! 내가 더 팔이 많아서 네 손해일 텐데?

틀린 말이 아니었다.

허나 나는 망치 몇 개에 맞으면서까지 필요한 걸 얻어냈다.

[능력 흡수 완료! A+급 대두 망치술 능력을 터득했습니다.]

-카랑!

뒤로 물러서 잠시 학습률을 5000%로 설정했다. 그리곤 얼른 동료가 다 제압해가는 망치 마물의 목에 도끼를 쑤셔 넣었다.

-너 뭐야! 왜 내가 다 잡아 놓은 놈을!

-죄송합니다! 너무 흥분해서 그만!

-멍청하긴! 네 먹이에나 신경 쓰라고!

마물 하나를 죽여 어느새 팔 개수를 29개로 늘릴 수 있었다.

그야말로 비약적인 순간 발전이었다.

-크륵!

쾅쾅쾅쾅!

나는 천둥처럼 내리치는 망치를 피해 바닥을 굴렀다. 그리곤 추가로 대형 도끼 1개를 집어 들었다.

-크릉.

[능력 흡수 완료! 플레임 엑스〈Flame Axe〉 능력을 터득했습니다. 완성형 패시브 스킬입니다.]

55수 마물에게 다가가 마지막으로 필요한 기술을 얻어 냈다.

보아하니 정예 무사도 전부 화염을 머금은 도끼를 사용하는 게 아니었다.

몇몇 최정예 무사만 사용하는 경지인 듯 했다.

-카랑! 자꾸 도망가지 마라! 나는 너를 으깨버릴 것이다!

전장에도 작은 룰이 있었다.

안 그래도 팔 개수가 많아 전투가 난잡하기에, 보통 마물들은 서로 점찍은 적을 집요하게 공격했다. 하나가 죽을 때까지.

그래서 아까 내가 망치술을 흡수한 놈은 아직까지도 날 쫓고 있었다.

─지겹게도 쫓아오는구나! 정 그렇다면 죽여주마!

화르르륵!

─이런!

나는 화염을 두른 도끼를 휘두르기 시작했다.

캉! 캉! 캉캉!

뜨겁게 달아오른 도끼가 마구잡이로 망치 마물의 무기들을 때렸다. 놈은 큼직하게 망치를 휘두르며 널찍한 거리에서 내 공격들을 막아냈다.

─크락!

치이이익.

허나 버티면 버틸수록 불리해지는 것은 망치 마물이었다.

내가 뿜어내는 화염 때문에 놈의 망치들이 한껏 달아오른 것이었다. 끝내 놈은 손에서 연기를 뿜으며 대다수 망치를 놓을 수밖에 없었다.

이미 손바닥이 데일 대로 데인 모습.

화르륵! 서걱!

다시 화염을 뿜으며 잔뜩 거리를 좁혀 놈의 몸에 도끼를 가로로 찍어 넣었다. 왼쪽, 오른쪽에서 동시에 베어 넣자 두 도끼의 날이 놈의 몸통 중앙에서 만났다.

-크락.

전투가 계속될수록 점점 더 적을 죽이는 내 속도가 빨라졌다.

설사 망치를 쓰지 않더라도, 망치에 관해 매우 잘 알게 된 덕분에 적의 공격 패턴이 눈에 보이기 시작했다.

-크릉, 카랑!

-뻔한 공격이로구나!

수평하게 밀고 들어오는 망치술을 역으로 뒤틀어 흘어 버렸다. 그러자 상대 정예 무사는 경악하는 표정을 지었다.

-대, 대체 어떻게 도끼 마물 따위가!

-망치에 대해선 너만큼이나 잘 알기 때문이지!

서걱!

망치 마물은 끝내 놀란 표정으로 목이 절단되어야만 했다.

-좋다! 계속 밀어붙여라! 겁 없이 둔탁한 망치 뒤에 숨는 저들을 끝까지 처단해라!

-카라라랑!

나 하나 더해진 것이 전장에는 꽤 큰 영향을 끼쳤다. 이제는 도끼 55수 마물과 대등하게 적을 죽이고 있었으니.

내가 하나만 더 죽여도, 급격히 팽팽했던 전세는 기울기 마련이었다. 하나씩 상대하는 게 경향이긴 했지만, 그렇다고 숫자를 맞춰 대련마냥 싸우지도 않았으므로.

결국 숫자나 전세가 밀리기 시작하면, 혼자서 여럿을 상대하는 경우가 많아질 수밖에 없었다.

[학습률 5000% 활성화.]

나는 쌓여가는 시체 더미를 밟고 오르며, 가지고 있는 도끼를 전부 치켜들었다.

남은 마물들만 전부 죽여도 100수에 다다를 수 있겠지.

전쟁에 참여할 땐 허락을 받는 신입이었지만, 전쟁이 끝나는 순간 나는 도끼 연합을 접수할 것이다.

다른 클랜들도 마찬가지.

[퀘스트: 곧 하강할 위층 존재들을 직접 상대해 제거하시오. 보상: 엘리베이터 프로젝트 시작.]

준비가 끝났나 보다.

나는 수없이 많은 손가락에 꽉 힘을 주었다.

터질 듯이 뛰는 내 심장이 나무 가지처럼 온 몸에 힘차게 피를 뿜어 올렸다.

전장의 끝자락이 오히려 더 잔인하다면 잔인했다.

그래도 전사라고, 망치 마물들은 온 몸이 잘려나가면서도 끝까지 발악을 했다. 허나 망치 수가 아무리 많아도 판세가 기울면서 도끼의 수는 배로 많아졌다.

무기를 1대1로 대응시키만 해도 패배하게 됐다.

-카락!

서걱! 텅! 텅텅텅!

곳곳에서 망치 떨어지는 소리가 났다.

우수수 망치가 떨어지고 나면 남은 것은 팔이 모두 잘린 기괴한 모습의 정예 무사뿐이었다.

일방적인 학살은 계속됐다.

쿠드득, 쿠득!

어느새 나는 63수를 넘어서고 있는 상태였다.

기괴할 정도로 **빠르게** 팔의 신경이 추가되고 있었다.

머리가 지끈 거릴 정도로.

몇몇 팔은 그냥 머리카락처럼 덜렁거리게 내버려두고 있다.

아직 수많은 팔 개수가 익숙하지 않아서 방치하는 것이었다.

-카라락!

-크라아악!

망치 마물들 태반이 죽어나가는 바람에, 이제 거의 포로 수준의 적들밖에 남지 않게 됐다. 아이러니하게 그들이 개중엔 가장 강한 망치 마물이기도 했고.

55수 마물은 앞으로 나아가더니 척 도끼를 치켜들었다.

화르륵!

−도끼 클랜의 승리다! 클랜의 맥을 유지하기 위해 후퇴를 허락하겠다. 대신 패배와 치욕의 의미로, 들고 있는 무기는 모두 놓고 갈 것! 녹여서 도끼로 만들 것이다!

−크라아악!

망치 마물들이 분통하다는 듯 고함을 질렀다.

쾅쾅!

그리곤 대지에 화풀이를 하듯이 마구잡이로 망치를 바닥에 내리쳤다. 그럼에도 망치 마물들은 쉽사리 반격하지 못했다.

자존심을 지키려다 정말 정예 무사가 전부 죽을 수도 있었으므로.

그리 되면 꼼짝없이 망치 클랜은 멸문을 맞이하게 되는 것이었다. 최고급 망치술을 이어줄 후계가 없었으니.

−크릉.

결국 자존심 때문에 도망가느냐 마냐의 문제가 아니었다.

−패배를 인정한다! 망치를 버려라!

−크라아악!

깡, 까앙.

묵직한 망치들이 다시 우르르 땅에 떨어졌다.

이번엔 팔이 잘려 떨어진 것이 아니라 자발적으로 버린 것이었다. 보통 원한이 깊지 않은 이상, 클랜 간의 전쟁에서 전멸전은 없었다.

아무리 서로의 무기를 무시해도, 무의 대결 그 자체는 숭배하는 마물들이었으니.

[능력 흡수 완료! 썬더 해머 기술을 터득했습니다.]

나는 망치를 버리는 마물에게 다가가 도끼 손잡이로 툭 녀석을 쳤다. 살려주겠다는 제스쳐였다.

물론 실상은 자연스럽게 능력을 흡수하기 위한 행동이었다. 상대 망치 마물은 인상을 찌푸리며 얼른 내게서 멀어졌다.

-크릉, 카랑! 후퇴한다!

-잠깐!

몇 차례 짧게 고민했다.

이대로 저들을 보내줄까 말까.

끝내는 보내주지 않기로 했다.

아주 좋은 생각이 들었으므로.

망치와 도끼 클랜을 한 번에 접수하는 방법이었다. 물론 당장에는 리스크가 크겠지.

그래도 효율이 뛰어날 것이다.

-뭐야? 너는?

나는 88개의 팔을 가지고 있었다. 그래서 **빽빽한** 구름처럼 그것들에 꽉 힘을 주어봤다.

그러자 급격히 나를 막아섰던 정예 무사의 기세가 찌그러드는 게 느껴졌다. 눈빛도 팍 꺾이는 모습이었다.

–망치 클랜은 들으라. 너희들이 정예 무사인 만큼 도끼 클랜의 변혁에 산 증인이 될 것이다!

–이, 이게 무슨 말이야?

망치 클랜은 후퇴하려다 말고 혼란에 빠졌다.

도끼 클랜 역시 어리둥절한 모습이었다. 유일하게 55수 마물만 내 팔 개수를 세어보고 비장한 표정을 했다. 대장답게 눈치가 빠르네.

–설마!

눈치 챈 또 다른 도끼 마물이 외쳤다.

나는 바닥에서 도끼 수십 개를 집어 들었다.

내 등 뒤로 마치 쇠의 구름이 떠 있는 것처럼 보였다.

한꺼번에 내리치는 것만으로도 무시무시한 천벌이 내려질 터였다.

–양날 도끼 클랜장에게 도전한다! 이제 클랜은 내가 이끌도록 한다! 나보다 강한 마물이 없는데 내가 왜 아래에서 섬겨야 하지?

–카라랑!

–크릉, 카랑! 뭐야! 도끼 클랜의 내부 서열전인가!

전쟁에서 패해 표정이 일그러져 있던 망치 마물들이 급격히 흥분했다. 반면 도끼 마물들은 심경이 복잡한 표정이었다.

–네 놈! 팔 개수가 많기로서니, 갑자기 나타난 신입 주제에 이 무슨 건방이냐!

-도끼 클랜에 도끼술 말고 중요한 게 있던가? 네가 먼저 내게 도전해볼 텐가? 대련 말고 전쟁과 똑같은 실전으로 말이다!

쩌렁쩌렁한 내 외침에 날 막아서던 도끼 마물이 슬그머니 뒤로 빠졌다.

팔 개수 차이만 2배였다. 2개가 아니라.

절대 이길 수 없는 수준이었다.

게다가 난 각성도 하지 않고 있었다.

-카랑! 좋다! 전사로서 도전을 피하는 것도 옳은 길은 아니겠지. 네가 그렇게 도끼에 대단한 존재라면 마땅히 자리를 내어주겠다.

-클랜장에 대한 예의로 팔은 자르지 않으마.

-크릉, 카랑! 건방진 놈!

나는 구름 같은 규모의 도끼들을 치켜들었다.

55수 마물은 매우 복잡하게 꼬인 자세로 도끼들을 미묘하게 치켜들었다.

매우 막아내기 힘든 복합 도끼술을 펼친 것인가 보다.

조금씩 내 팔 개수를 줄여나가겠단 심보겠지.

-대체. 아까 네 놈은 분명 팔 개수가 그리 많지 않았는데!

-오랜 수련 끝에 너희는 생각도 못할 경지에 올랐다!

-그야 말로 괴물이로군. 70수 이상을 본 적이 얼마만인지.

-크릉, 카랑!

55수 마물이 패기 있게 먼저 달려들었다.

복합한 도끼술을 선사해 보고 내 실력을 가늠해보겠다는 것이었다. 그가 날 전쟁 전에 봤을 땐 팔 개수가 채 30개도 되지 않았으니.

콰지지직! 화르륵!

나는 50개의 도끼에 화염을 띄웠다.

반면 다른 나머지 도끼들엔 전류를 띄웠다.

그러자 달려오던 55수 클랜장이 움찔하는 게 눈에 보였다.

-이건 무슨!

-이게 말이나 되는가!

전장에 있던 마물들이 일제히 놀라고 말았다.

내가 화염과 번개를 동시에 사용하는 걸 보고 깜짝 놀란 것이었다.

본래 화염이란 열기를 모으는 도끼가 극에 달해야 가능한 경지고, 전류란 사방으로 내리치는 망치의 충격이 극에 달해야 가능한 경지였다.

헌데 내가 품고 있는 쇠 구름에는 전류와 화염이 동시에 머금어져 있었다.

55수 마물의 눈이 공포에 물드는 게 보였다.

-크라아아악!

그래도 놈은 비명을 지르며 기세 좋게 달려들었다.

-클랜들을 내 발 아래에 둘 것이다!

콰르르르르!

폭풍 같은 쇠 구름을 휘둘러 55수 마물의 도끼들을 한꺼번에 쳐냈다. 55수 마물은 태반의 도끼를 놓치는 것과 동시에, 감전과 화상을 입고 나뒹굴어야 했다.

-크릉.

마물들은 한동안 말이 없었다.

마물 중 최고 실력자 중 하나가 믿기지 않는 공격을 맞고 기절해버렸다. 나는 화려한 개수의 팔을 휘두르며 도끼 클랜에게 외쳤다.

-이제 도끼 클랜은 내가 접수한다! 불만이 있는 자는 지금 당장 도전하라! 아니면 복종의 의미로 받아들이겠다!

역시나 쉽게 나아오는 마물이 없었다.

전쟁에 참여한 도끼 마물 중에는 양날 도끼 클랜 소속이 아닌 마물들도 많았다. 그래서 친선대회에선 아예 도끼 정예 무사가 없던 것이었다.

다른 도끼 클랜장들은 자신이 양날 도끼 클랜장보다 조금 못하거나 조금 낮다고 생각했다.

잘해 봐야 팽팽한 호각을 이루는 정도라 생각했다.

-카라라라랑!

-크릉, 카랑!

그러니 방금 내 불번개를 동반한 일격을 보곤 감히 덤벼들 생각을 못하는 것이었다.

-저것이 초월 도끼인가!

-무시무시하다! 우리 도끼 클랜의 전성기가 오려나 보구나!

-카라라랑!

서서히 정신을 차린 도끼 마물들이 하나 둘씩 환호하기 시작했다. 갑자기 클랜장이 바뀐 건 당황스러웠지만, 결국엔 클랜의 위신이 올라가는 것이 현실적인 결과였다.

나 같은 강자를 같은 편에 둔다는 것은, 이 층 마물들에게 더할 나위 없는 희열이었다.

텅, 텅텅텅!

나는 한순간 손에 들고 있던 도끼들을 전부 놓았다. 그리곤 하나 둘 망치를 집어들기 시작했다.

그에 도끼 마물들은 물론 망치 마물들이 한꺼번에 다시 침묵하게 됐다.

도끼 클랜 소속이, 그것도 클랜장이 다른 종류의 무기를 집는 것은 매우 기괴하고 모독적인 행위였다.

-새로운 클랜장님! 이게 무슨!

-무, 무슨 짓이냐! 망치를 집어들다니! 설마 벌써 녹여서 도끼로 만들려는 것이냐!

그게 그나마 마물들이 생각할 수 있는 경우였다.

내가 망치들을 모아 도끼를 만들 준비를 앞당기는 것이라고.

허나 나는 그들의 상식을 깨는 말을 내뱉었다.

-무가 극에 달하면 무기에 상관없이 강함을 뽐낼 수 있게 된다! 무기에 집착하는 자는 끝내 궁극의 강함을 맛보지 못할지니!

-이게 무슨! 설마! 설마 당신이 새로운 클랜장을 맡는 동시에 망치도 쓰겠다는 겁니까!

철컥! 철컥!

도끼 마물들이 분개하며 도끼를 치켜들었다.

그럼에도 나는 침착하게 그들에게 말했다. 마치 그들은 위협조차 되지 않는다는 자세로.

-이미 나는 도끼에서 최고에 달했다. 그런데 아직 수련이 부족한 너희들이 감히 나와 같은 곳을 보려 하는가? 지켜보아라. 도끼로 강함에 달하면, 다른 무기에도 능할 수 있다는 것을!

-크릉! 카랑!

내 말에 도끼 마물들이 쉽사리 덤벼들지 못하고 이를 갈았다.

과연 그들의 힘은 나에 비해 한없이 부족했다.

그들이 평소 존경하고 떠받드는 클랜장 중 하나가 허무할 만큼 단번에 패배해버렸다.

즉 내가 하는 말에는 힘과 실세가 실려 있는 것이나 마찬가지였다.

스릉.

당황한 채 서 있는 망치 클랜에게 망치를 겨누며 말했다.

-도끼 연합은 내가 접수한 거 같다. 모든 클랜장들이 내게 도전하기를 포기했으니! 망치에 가장 능한 자가 나아오라!

-카라랑! 너무 팔 개수가 많아서 미쳐버렸나 보군! 도끼로 우리보다 강할 수 있다는 것은 인정하나, 감히 망치로 도전한단 말인가!

-가서 팔을 다 부러뜨려 주십시오! 저 정도 실력이면 식사할 때 외엔 자면서까지 도끼를 다뤘을 수준입니다!

-망치로 새로운 도끼 연합장을 죽여주십시오!

-카라라랑!

-진짜 미친 건가. 무슨 속셈이지!

망치 마물들은 희망을 품기 시작했다. 아무리 내가 팔 개수가 많더라도, 결국 망치 대결에선 내가 패배할 거라 생각한 것이었다.

강제로 연합장을 모시게 된 도끼 마물들도 어리둥절한 모습이었다.

응원해야할지 말지도 헷갈리는 정도였다.

-어, 어떡하지?

-내버려둬 봐. 잘난 척 하다가 팔이 부러져 만만해지면 그 때 친다. 설마 그렇게 도끼에 대단한데, 망치까지 뛰어나겠어? 저런 미친 놈은 연합장으로 부적합하다!

-자! 잘난 80수 마물이여! 어디 망치를 들고 덤벼보아라!

캉! 캉!

58수 망치 마물이 시끄럽게 망치끼리 부딪치며 외쳤다.

자세를 보니 저 놈도 평생 갈고 닦아온 조합 망치술을 펼친 것인가 보다.

나는 도끼 클랜장 때와 똑같은 반응을 보여주기로 했다. 직접 보여주면 그 때에서야 마물들이 내 말을 이해할 것이다.

콰지지직! 화르륵!

-뭐야! 마, 망치에도!

이번에도 구름 같이 빽빽한 망치들에 불번개를 머금었다. 망치 클랜장의 기세가 누그러지는 게 확연히 느껴졌다.

-어디 네가 그렇게 숭배하는 망치에 으스러져 봐라!

이번엔 적당히 무력화만 할 생각이 없었다.

완전히 망치 클랜을 압도하기 위해.

-크라아아악!

망치 클랜장이 모든 힘을 쏟아 부어 내게 덤벼들었다. 온몸이 진득한 전류를 머금고 있는 모습이었다.

나 또한 지지 않고 동시에 모든 망치를 사방에서 중앙 방향으로 모았다.

쩌엉! 콰자자작!

화려한 불번개가 터져나갔다. 몸이 한 차례 화끈거리는 게 느껴졌다.

그럼에도 난 밀려나거나 넘어지지 않았다.

-클릭!

반면 망치 클랜장은 충격파에 몸이 다 터져나간 모습이었다. 그 수많던 망치와 팔들이 여기저기 지저분하게 비산된 모습이었다.

-이, 이럴 수가!

-망치에도 우월하단 말인가!

-아, 아수라다! 신화에서만 듣던 아수라야! 어쩐지 불과 번개를 같이 쓴다고 했어!

-아수라님이 등장했다!

마물들이 시끄럽게 호들갑을 떨기 시작했다. 망치 클랜과 도끼 클랜 모두가 환호하기 시작했다.

무기를 초월하는 무사. 그 존재를 이 층에선 아수라라고 부르나 보다.

금기 사항을 딛고, 나는 두 가지 무기를 마스터했다.

이제 남은 클랜과 무기들은 시간문제다.

-도끼 연합과 망치 클랜은 모든 소속원들을 집결시켜라! 아수라가 전쟁을 시작할 것이다!

-카라라랑!

시간이 없다. 빠른 시일 내에 이 층을 재패할 것이다.

어렵진 않겠지.

최고 우두머리만 실력으로 꺾어버리면 되니까.

도끼 연합과 망치 클랜이 전부 모이자 몇 만의 군대가 만들어졌다.

나는 의구심을 가지는 마물들 앞에 섰다.

그리곤 미리 세팅한 대로 망치와 도끼를 각각 반씩 집어 들었다. 그에 2종류의 이질적인 쇠구름이 떠올랐다.

-무슨!

-이게 뭐하는 짓인가! 아무리 팔 개수가 많기로서니!

당연히 몇 만의 마물들이 동요하기 시작했다.

조금만 더 있으면 폭동이 벌어질 판이었다. 그들은 철저히 존경하던 정예 무사들이 이끌어서 이곳에 모인 것이었다.

나는 거의 처음 보는 자들이 태반이었다.

-잘 보아라! 이것이 아수라다!

나는 마물들이 가지고 있는 미신을 활용하기로 했다.

진짜 무의 극에 달해야만 이룰 수 있는 경지인 아수라의 이름을 취하기로 했다. 실제로도 그 비슷한 효과는 낼 수 있었으니.

-도끼와!

화르륵!

-망치로!

콰지지직!

-이 충을 재패할 것이다! 그리고 다른 모든 클랜도 전부 내 아래로 둘 것이다! 곧 다가올 전쟁에 대비하기 위한, 전초 전쟁이 될 것이야!

콰과과과광!

빽빽한 무기를 대지에 내려찍었다.

그러자 불번개와 함께 엷게 대지가 흔들렸다.

-뭐하느냐! 어서 아수라에게 존경을 표해라!

-아수라시다!

-카라라랑!

정예 무사들은 이미 내게 복종을 다짐한 상태였다. 아무리 내키지 않아도, 절대적으로 힘에서 밀렸으니.

-크라라랑! 아수라는 무슨! 그냥 미친놈일 뿐이다! 쳐라!

순간 벼르고 있던 외날 도끼 클랜 정예 무사들이 나를 급습했다. 도저히 2가지 무기를 쥐고 두 가지 클랜을 통솔하는 걸 용납 못하겠나 보다.

내가 도끼를 쥐고 다른 클랜을 재패하길 바랐겠지.

-아수라를 거스르면 죽음뿐이니라!

콰르릉!

나는 달려드는 외날 도끼 정예 무사들을 무시무시한 일격으로 휩쓸었다. 이번엔 숫자가 많아서 한 번에 다 쓸어버리긴 힘들었다.

썰컥! 썰커덕!

허나 약 4번 정도 휘두르자 어느새 내 주변엔 불타는 고

기 조각들만 가득하게 되었다.

미리 각성해 놓기를 잘했다.

−보았느냐! 방금 죽음을 맞은 것은 일개 오합지졸이 아니라, 너희들이 최고라 떠받드는 정예 무사였다! 너희들은 내 군대에서 싸우는 영광을 맞볼 것이다!

−카라라라랑!

−카라랑! 정말 아수라다!

마물들이 그제야 하나가 되어 나를 떠 받들기 시작했다.

결국 그들의 첫째 기준은 힘이었다. 절대적인 힘을 보고 깜짝 놀라 흥분하여 옹호하는 것이었다.

군중의 급변하는 분위기에 휩쓸려, 반심을 품고 있는 자들까지 끝내는 무기를 치켜들었다.

−기존 클랜장들은 장군으로서 날 섬길 것이다! 이곳에서 가장 가까운 클랜이 어디인가!

−바로 검 클랜입니다!

−그럼 곧장 검 클랜을 치도록 한다! 나는 검 클랜장들을 꺾으리라!

−카라라랑!

마물들이 광분에 가까운 고함을 치며 나를 뒤따랐다. 나는 쇠 구름을 품은 채로 검 클랜으로 향했다.

아마 나를 따르는 자들 중, 내 계획을 예측하고 있는 자는 단 하나도 없을 것이다. 설마 내가 검까지 마스터하려는 줄은 모르겠지.

검 클랜의 최정예 무사들은 얼음을 다룬다고 들었다.

그럼 곧, A+급 검술과 얼음 능력은 모두 나의 것이 될 것이다. 종류나 개체를 막론하고 말이다.

쿵쿵쿵쿵.

톤 단위의 무기를 든 마물들이 육중하게 행군해 나갔다. 그 맨 앞에서는 내가 수십 톤의 무기를 들고 행진 중이었다.

시간이 얼마 남지 않았다.

신분상승
가속자

3 장 - 초월

밤 사이 검클랜마저 정복하는 데 성공했다.

역시 검 클랜은 집요하게 형식을 중요시 하는 놈들이었다.

그래서 순서대로 검 클랜의 클랜장들을 하나씩 절단 내야 했다.

그 외에도 연합장 자격을 인정받기 위해서, 모든 종류의 검을 한꺼번에 다루는 무위를 보여야 했고.

그래야 봐야 시간문제이긴 했지만.

끝내 나는 3개의 연합을 통솔하는 연합장이 됐다.

다음 밤에는 나머지도 모두 정리해야지.

과연 아수라라 칭함 받는 내 밤의 몸은, 위층 존재를 상대할 수 있지 않을까 싶을 정도로 강해진 상태였다.

대단한 점은 이제 시작일 뿐이라는 것이지.

이미 지난 밤에 팔 개수가 100개 이상으로 늘어나 있었다.

"크아아악!"

예상대로였다.

이제는 낮이라 팔이 2개밖에 없는데, 100개가 넘는 어깨가 탈골되는 통감이 느껴졌다.

나는 게거품을 물며 바닥에서 몸을 뒤틀어야 했다.

"아악! 커헉억! 어억!"

이번엔 완화시키거나 벗어날 방법조차 없었다.

그저 대놓고 고통을 버텨야 했다.

팔 개수가 여러 개여서 감각이 헷갈리는 정도이길 바랐는데, 이 정도로 강렬하다니.

"후우우!"

30분이 지나서야 고문 같았던 고통이 끝났다.

나는 무의식적으로 폰으로 손을 가져갔다.

"아."

그러다 텅 비어 있는 문자함을 보곤 인상을 찌푸렸다.

멍청한 놈.

내가 내 손과 내 입으로 여진을 보내지 않았는가. 그러면서 왜 고통이 끝나자마자 그녀를 찾으려 한 건가.

그저 버릇이겠지. 그저 습관이겠지.

"젠장."

순간 아주 나쁜 생각이 들었다. 여진이와 헤어지기 전으로 그녀의 기억을 돌려놓을까.

정말 난 이기적인 놈인가 보다.

막상 없으니 또 마음이 허하다.

항상 그녀가 밤에서 고생해서 지친 맘을 달래주던 활력소였는데.

진심으로 사랑하는 지에는 확신이 없어도, 적어도 그녀는 내 삶에 매우 중요한 한 부분이었는데.

"에휴."

한숨을 내쉬며 내 스스로의 뺨을 때렸다.

바보 같은 생각은 잠깐 망상으로 끝내는 게 좋겠지.

스스로를 책망하는 의미로, 다시 한 번 뒤통수에 쇳덩이가 박혀 죽은 남궁철곤을 떠올렸다. 항상 내가 피해야 하는 기준으로 기억 속에 남아 있을 나의 멘토.

띠링.

"어?"

깜짝 놀라 문자함을 열어보았다. 그러다 팍 인상이 찌푸려졌다. 잠깐 바보 같이 여진이기를 기대했는데, 당연히 그렇지 않았다.

내심 더더욱 멍청한 생각을 하고 있었다.

그래도 그녀가 진심이라면, 나도 어색하게나마 재도전해볼 생각이었나. 그녀가 붙잡으면 나는 받아줄 생각이었나.

내가 차 놓고 말이다.

이 얼마나 몰상식한 태도인가.

—아이구, 사장님. 그간 잘 지내셨는지요. 여러모로 도와 주신 덕분에 전쟁이 잘 진행 중입니다. 이제 민간 보호 사업이 의회에서 거론되고 있습니다. 본격적으로 로비가 진행되고 있고요. 한 번 보시죠. 중요하게 보고 드릴 게 있습니다.

이미 문자에는 중요한 내용들이 다 요약돼 있었다.

내가 더 알아야 하는 것이 있나.

이상하다 싶었지만 개의치 않기로 했다. 이젠 둘로 줄어 버린 중년들이 꿍꿍이를 품어 봤자—다.

나는 나갈 채비를 마치고 2중년이 보낸 주소로 향했다.

아니나 다를까 누가 봐도 허르스름한 창고였다. 놈들은 내가 너무 자신만만하여 이런 뻔 한 곳에까지 들어갈 거라 생각한 건가!

그렇다면 맞는 생각이다.

단지 그들이 생각하는 내 힘의 기준과, 내가 실제로 아는 내 힘의 기준이 극심히 다를 뿐이지.

철커덕!

창고에 들어가자 문이 닫히며 바깥에서 잠금 장치가 물렸다.

"뭐야."

나는 덤덤하게 말했다.

텅!

불빛이 켜지며 눈빛이 흐리멍덩한 조폭들이 주르륵 드러 났다. 하나 같이 귀가 징그럽게 괴사돼 있는 모습이었다.

그와 함께 천장에 녹화된 화면이 커졌다.

2중년의 모습이 나오고 있었다.

─어이, 어린 사장 새끼. 안녕하신가?

─한 번 갑질 해봐, 임마. 안 될걸? 우리가 실험을 아주 많이 했거든. 킥킥.

─너 새끼가 약 사장 죽인 거 맞디? 아무리 생각해도 그 렇단 말이야. 우릴 역겨워하던 네 눈빛! 확마 씨발 문디 새 끼가.

─어쩌냐. 이 영상이 네가 보는 마지막 얼굴일 텐데. 참 유감이네.

─남궁철곤 이사님이 죽었다고 들었다. 본부에선 대기하 라고 했지만, 아무리 봐도 약 사장이랑 이사님을 네가 어떻 게 한 거 같아서 말이디.

─재주도 좋아! 약 사장은 그렇다 쳐도, 이사님은 정말 의 외인데. 하긴! 생각해보면 아주 이상한 것도 아냐, 킥킥. 우 리도 사람이니까. 대가리에 총 구멍 나면 뒤지는!

─너도 그렇겠지! 용케 그 아프리카 국가에서 대신 총질 해줄 용병을 찾아냈나 보지?

─교묘한 갑질이라. 그건 우리 전공인데, 그래도 감명 깊 기는 했어! 킥킥. 이사님을 담글 줄이야!

─한 번 그 조폭들한테도 실컷 갑질 해 봐. 단 하나라도

네 말을 듣나 잘 보라고.

쭉 좀비나 다름없는 조폭들을 둘러보았다.

청각 신경 파괴와 온갖 약물에 중독된 상태.

누가 봐도 갑질이 통하지 않게 악랄한 실험을 적용한 자들이었다.

철저히 갑질 능력자를 죽이기 위해 제작된 괴물들.

"으어어어."

"크으으으."

움찔거리며 손에 연장을 쥐고 있는 것이, 2중년이 만든 소모용 살인 기계라는 걸 보여주고 있었다.

-자. 우리가 상사를 어떻게 죽이나 잘 봐봐.

-한국은 우리가 잘 이끌게. 이사님과 네 지분은 아마 우리에게 내려오겠지? 그럼 더 이상 외부 투자도 필요 없어. 우리가 체스판을 쥔다!

-너는 어린 새끼가 너무 나댔어야. 감히 우리 3인방 중 하나를 건드리다니!

-우리가 그렇게 호의를 베풀었는 데도! 그냥 푼 돈 좀 투자해줬으면 좋았잖아! 킥히히히히.

2중년이 끝내는 내가 마약장수 김덕수를 죽인 걸 알아차릴 줄 알았다.

그럼에도 아무런 대응도 하지 않았다.

그럴 필요를 느끼지 못했기에.

턱!

순간 창고 안 조명이 전부 붉게 물들었다.

"크엑!"

"크락!"

그에 좀비화 돼 있던 조폭들이 전부 연장을 치켜들었다. 흐리멍텅한 눈은 한순간 살기를 품게 됐다. 붉은 조명이 신호인가.

남궁철곤이 보여준 룹〈Loop〉과 진석철이 보여준 잠재 메시지의 조합인가 보네.

그럼에도 그 조합된 시너지에는 큰 감흥이 없었다. 그저 고문당하며 개조 당했을 조폭들이 불쌍할 지경이었다.

탓!

내게로 스포트라이트가 겨눠졌다. 원격으로 조종하나 보다. 개조된 조폭들이 한꺼번에 덤벼드는 게 보였다.

평생 나를 죽이기 위해 살아온 듯 한 눈빛이었다. 지독하게 갑질 세뇌를 해놓았나 보네.

"흠."

원격으로 스포트라이트를 조종한다면, CCTV가 있다는 것이다. 아직은 내 실체를 본격적으로 들키면 곤란하다.

기감을 펼쳐 꿈질거리는 천장 구석의 기계들을 찾아냈다. 미세한 회전 움직임을 보이는 것들은 보나마나 숨겨진 CCTV들일 것이다.

초인의 기감을 피할 순 없지.

"금방 편하게 해드리겠습니다."

쐐액! 텅! 텅텅!

바닥에 굴러다니는 나사를 던져 천장의 화면과 CCTV들을 전부 박살냈다.

"쓰!"

타닷!

그리곤 빠르게 날아가 달려드는 조폭들의 목을 재빨리 부러뜨리고 다녔다. 조폭들은 채 연장을 휘두를 기회도 없이 즉사했다.

타닷.

한 번 땅에 착지할 때마다 조폭 열 명 가량이 우수수 무너졌다. 2중년은 제법 꼼꼼히도 준비한 거 같다.

내가 혹시나 경호원을 대동했을 경우를 대비해, 무조건 적으로 개조한 조폭들의 수를 늘린 것이었다.

콰득!

"컥."

곳곳에서 짧은 외마디 비명이 터졌다.

50명가량이 연장을 들고 살기를 품고 있었음에도, 창고 안에는 계속해서 뼈가 부러지는 소리와 외마디 비명만이 자리 잡았다. 흐리멍텅한 조폭들의 시야엔 내 실루엣조차 잡히지 않을 테다.

"후."

10분도 되지 않아 개조 조폭들을 전부 정리했다.

텅!

나는 천장에 올라 가 매달렸다. 이 창고를 빠져나가면 주변 CCTV로 인해, 어떻게든 2중년이 눈치를 챌 것이다.

놈들이 오게 만들어야 한다.

굳이 찾아갈 필요도 없다. 잘 됐다. 마약장수 만큼이나 거슬리던 놈들인데. 나를 자신들의 더러운 사업 수단에 활용한 벌을 줘야겠다.

더불어 나를 죽이려 한 벌도.

어차피 이제 노블립스와는 끝이다.

"와라."

철커더덕!

4시간 정도 대기하자 마침내 창고 문이 열렸다.

"윽! 피 냄새! 청부업자인 나한테도 지독할 정도구먼."

"킥킥, 그 놈 피 냄새 아닐까? 직접 봐야 후련하지. 그래도 어디 얼굴 가죽 정도는 남아 있을겨!"

아니나 다를까 2중년이었다. 당연히 내가 흔적도 없이 난도질당했을 거라 확신했겠지.

탓.

"음?"

나는 곧장 천장에서 그들을 향해 하강해 내려갔다. 거추장스럽게 마지막 대화를 나눌 맘도 없다.

그저 성가신 모기를 제거하듯, 간단히 정리할 테다.

남궁철곤 때보다 훨씬 마음이 덜 불편했다.

나를 죽이려 했기 때문인지, 아니면 처음 봤을 때부터 인간쓰레기라고 생각해서 그런지, 2중년을 제거하는 건 크게 힘들지 않았다.

둘은 날 보더니 눈을 찢어져라 크게 떴다.

그게 그들이 지은 마지막 표정이자 비명이었다.

난 창고에 불을 지르고 멀찍한 곳으로 피해 도예지에게 전화를 걸었다.

-네, 준후 씨.

"일이 꼬여서 노블립스 간부 둘을 추가로 제거했습니다. 동선 말씀드릴 테니 중간에 CCTV 흔적 좀 없애주세요."

잠시 동안 도예지가 말이 없었다.

다소 당황한 것이었다.

-일단 알겠어요. 밤에 잠시 만나도록 하죠.

"알겠습니다."

누가 봐도 달가워하지 않는 반응이었다.

도예지는 물론, 가디언즈의 주요 목표는 노블립스 견제였다. 척살이나 암살은 매우 위험할 경우에만 진행되는 작전이었다.

허나 난 벌써 굵직한 간부 하나, 그저 그런 간부 셋을 제거해버렸다.

도예지와 밀회 장소를 정한 다음, 진석철에게 향했다.

정확한 목적이 있기 보단 일단 그를 만나고 반응을 보고 싶었다. 과연 3중년보다도 훨씬 낮은 서열을 가진 그에게는 노블립스가 뭐라고 지시했는지 궁금해졌다.

먼저 나를 칠 때까지 기다려주는 것은 꽤나 답답한 일이었다.

"진석철 사장에게 안내 해."

"예."

갑질로 손쉽게 진설철의 기지 깊숙한 곳까지 걸어 들어갔다.

철컥.

꽤 단단한 문을 열어젖히자 진석철이 손에 칼을 든 채로 문을 보고 있었다.

"아하 이씨, 뭐야! 우리 준후 사장님 아니십니까! 깜짝 놀랐네. 이해해주십시오. 지금 전쟁 중이라 긴장을 늦출 수가 없습니다. 문 쪽 CCTV로는 얼굴이 자세히 안 보여 서리! 비싼 놈으로 갈든가 해야지. 상대 쪽 보스도 능력자라는 첩보가 있었거든요."

챙그랑.

진석철이 칼을 집어던지며 벌떡 일어나 두 손을 벌렸다. 언제 봐도 수다스러운 중년이었다.

"사장님, 그간의 결례를 용서해주십시오, 헤헤. 미처 인사를 드리지 못했습니다. 아이구."

진석철은 내가 까마득히 어리다는 것도 신경 쓰지 않고 꾸벅 허리를 숙였다.

보아하니 당장에 드러나는 적대감은 없었다.

허나 보이는 것만 믿기에는 그간 너무 험한 일을 많이 당했다.

"제자리에 서세요. 저에 관해 본부에서 들은 게 있습니까?"

"예? 글쎄요. 그냥 전쟁에 관련된 지시가 내려오면 곧바로 따르고, 감히 먼저 연락하지는 말라고 하더군요. 독립적으로 전쟁을 치르라는 의미로 받아들였습니다."

"그렇군요."

보아하니 진석철은 서열이 낮아서 본부에서 제대로 된 지시도 하지 않았나 보다.

일단 당장 내가 처리해야 될 필요는 없어 보였다.

물론 그도 그리 달가운 자는 아니었다. 민생에 피해를 끼치는 조폭 전쟁의 주축 중 하나였으니.

"그렇지."

"예?"

생각해보니 방금 내가 조폭 전쟁의 반을 완전히 무너뜨려버렸다. 목이 날아간 몸은 그대로 무너져 부패하기 마련이었다.

아랫것들이 서로 주인 잃은 부와 권력을 나누어 먹으려고 내부전을 벌이겠지.

"진석철 씨. 제가 베푸는 마지막 호의입니다. 상대 세력의 머리를 쳤어요. 곧 내전이 벌어질 수도 있는데, 그 때 치든지 하시죠. 본부에는 비밀로 하고."

"오!"

진석철이 벗겨진 머리로 다시 90도로 인사를 했다. 참 줏대도 없는 조폭이다.

"감사합니다, 사장님! 안 그래도 전에 도움을 받은 걸 항상 고마워하고 있었는데! 이 은혜를 어떻게 갚아야할지!"

차라리 이 방향이 나은 거 같다.

진석철이 조폭 전쟁을 확 이겨버리면, 적어도 민생에 가는 피해는 급격히 줄어들 것이다.

애초에 그러려고 의도적으로 늘여 놓았던 전쟁이니까.

그리 되면 노블립스가 펼치려던 작전에도 차질이 생길 터였다.

내게는 시간을 벌 수 있는 요소가 되는 셈이지.

"그럼 수고하십시오. 먼저 찾아올 때까진 연락 하지 마시고."

"알겠습니다!"

진석철은 3중년의 존재를 자세히 파악하고 있지 못했다. 점 조직 구조 상 서열이 낮으면 위로나 옆에 관한 정보가 희박했으므로.

그저 멀찍이서 형님동생 하던 사이일 것이다.

전쟁에 접어든 이후론 원수 사이가 됐을 테고.

그는 되레 서열이 낮아서 오늘 목숨을 부지한 것이다.

"그럼 가죠."

진석철의 아지트를 빠져나와 하늘에 대고 한숨을 내뱉었다.

그러고 보니 올림푸스에 가보지 않은 지 꽤 된 거 같다.

간간히 계좌에서 돈만 꺼내 쓰고.

처음에 만난 갑질 능력자가 찰스였지 아마.

2중년까지 제거하고 나니, 현재 내가 노블립스에 느끼는 감정이 찰스를 처음 만났을 때와 사뭇 비슷하다고 생각했다.

차라리 그 때 감정과 생각이 더 적합한 것이었으려나.

숙청해야 한다는 생각.

사회에서 격리시켜야 한다는 생각.

"흠."

본부까지는 건드릴 자신이 없다.

심지어 내가 인공각성을 겪은 초인이라고 해도.

하지만 한국만큼은 어떻게 가능하지 않을까 생각했다. 전준국이나 박효원 같이 나보다 서열이 높은 자들도, 허를 찌른다면 그냥 쉽게 죽어버리는 인간일 뿐이었다.

"한국."

그렇게 애국심이 넘쳐흐르진 않는다.

허나 내가 거슬리는 노블립스를 걷어낼 범위를 고려해 볼 때, 대한민국을 지키는 정도면 적합하지 않을까 생각했다.

숙청.

2중년을 없앰으로써 와해될 악함이 얼마나 클까.

"검사 신동재."

다음으로 생각난 이름은 신동재였다.

예전에 3중년 일을 도와주며 얻었던 가능성 있는 이름이었다.

사법부에 나를 돕는 사람이 있다면 어떨까.

그럼 법과 공권력을 이용해 한국을 정화할 수 있다.

그래, 이제 나는 정화라는 표현마저 쓰고 있다.

내 생각은 다르니까. 노블립스가 말하는 것처럼 그저 악한 개의 목에 목줄을 채워 이끄는 걸론 충분치 않다.

나는 내가 가진 능력들이, 악한 개를 아예 잡아 족칠 정도로 충분하다고 생각한다. 100%는 아니어도 적어도 수면 밑에 숨어 있는 대다수는.

"좋다."

기꺼운 마음이 느껴졌다. 항상 복잡하고 애매하던 맘이 이제 어느 정도 방향을 잡는 기분이었다.

나는 곧장 택시를 타고 서울 특검으로 향했다. 그리곤 특검 소속원에게 은밀하게 갑질을 해 내부로 들어갔다.

갑질을 통하면 아무리 특검 인원이라도 손쉽게 내 말에 따르게 할 수 있었다.

아직 노블립스가 거두어가지 않은 재산에 더해, 가디언즈 본부에서 걸어준 재산까지 등에 업고 있었다. 그 외에도 뫼비우스 숙련도가 많이 올라갔고.

때문에 검찰총장이 아닌 이상, 모두 내가 갑질을 할 수 있는 대상이었다.

"검사님. 손님이 오셨습니다."

"음? 일정 잡은 것 없는데요, 보좌관?"

"아닙니다. 일정이 잡혀 있습니다. 그럼 말씀 나누십시오."

"예? 보좌관!"

"앉으세요."

원래라면 불가능했거나 정말 오랜 시간이 걸렸을 것이다. 하지만 갑질을 통한 덕분에 대놓고 걸어 들어가 신동재 바로 앞까지 앉을 수 있었다.

게다가 신동재마저 사무실 소파에 앉아 있는 모습이었다.

"이게 무슨."

신동재는 당황스러운 지 눈만 끔뻑이고 있었다.

강제로 그를 세뇌해서 내가 원하는 일을 대신하게 만드는 꼭두각시로 만들 수도 있었다.

하지만 내가 그를 찾아온 이유는, 그가 자발적으로 내가 생각하는 일들을 해주길 바라서-였다.

"초면에 무례하게 죄송합니다. 앞으로 제가 설명할 것들에 대해서 신뢰를 주기 위해 먼저 체험시켜 드린 겁니다."

"대체……."

나는 신동재에게 노블립스에 대해 털어놓았다.

만약 그가 협조하지 않으면 기억을 지우면 그만이었다.

"정말입니까? 여전히 믿기지 않는군요."

1시간이나 설명을 듣고도 신동재는 회의적이었다. 그저 내가 하는 말이 우스꽝스런 음모론이라 여겼다.

"이제 일어서지시죠?"

"당연하죠. 아까부터 말로 사람을 부릴 수 있다 뭐다 말을 하시는데, 바쁜 제 시간에."

"앉으세요."

"읍!"

신동재가 다시 자리에 앉으며 화들짝 놀랐다.

그러면서 눈이 커져 허리를 꿈찔 거렸다.

"안 일어서지시죠? 초면에 세뇌한 것과 똑같은 겁니다. 더 보여드릴까요?"

신동재는 물러서지 않았다. 어떻게든 내가 세뇌 능력자라는 걸 믿고 싶어 하지 않는 것이었다.

"믿기지 않습니다. 이런 게 가능하단 게. 이것도 각성 능력의 일부입니까?"

"출처나 속성이 매우 다르죠. 보통 아시는 초인들과는. 오른 손을 들어 자기 머리를 넘겨보십시오."

"이, 이게 대체!"

신동재가 내가 시킨 대로 머리를 쓸어 넘겼다.

그제야 떨리는 눈과 입술로 내게 말했다.

"정말 귀신을 마주하는 기분이군요. 이렇게 맘대로 사람을 조종할 수 있다니! 당신 같은 사람들이 더 있다는 겁니까!"

"그렇습니다. 검사님 보고 그런 사람들을 상대하라는 게 아닙니다. 그런 사람들을 상대하는 건 제 역할이죠."

"그럼 전 대체 왜 찾아온 겁니까?"

이제 신동재는 의구심 대신 경계심을 드러내고 있었다. 내가 좀 갑작스럽기는 했지.

"그들이 부당하게 쌓은 부는 물론, 악랄하게 조직한 세력을 와해시켜 주시기 바랍니다. 저 혼자 손수 움직이는 것보단, 공권력이 제대로, 조직적으로 치는 게 낫겠죠. 전 머리만 칠랍니다."

"허! 그러니까 대신 궂은 일을 도맡아 달라?"

"글쎄요. 본인 실적에도 좋은 거 아닙니까? 보아하니 야망과 정의는 반드시 모순되진 않는다—는 생각을 가지신 분 같던데."

"제 조사를 철저히 하셨나 봅니다."

"예. 괜히 검사님께 온 게 아니죠."

"당신은 어떻게 믿죠, 제가? 저를 이용해 경쟁자를 제거하거나 더 악랄한 짓을 하려는 걸지도 모르는데!"

"글쎄요. 신뢰는 차차 쌓아가는 수밖에 없겠죠. 일단은 제가 먼저 호의를 시작하겠습니다. 이곳으로 가시면 쏠쏠하실 겁니다. 경찰 공조도 동원하시는 게 좋을 거에요.

규모가 크니까."

슥슥.

나는 사무실에 있는 종이에 펜으로 수 십 개의 주소를 적기 시작했다.

저번에 직접 본 3중년의 영업장과, 도예지가 조사해서 알려준 걸 암기한 주소들이었다.

조폭들이 합법적으로 운영하는 술집과는 판이하게 다른 속성의 영업장들이었다.

예컨대 어린 아이들이나 여자들이 알몸으로 마약을 제조하며 포장하는 등의.

적발 그 자체로 게임이 끝날 장소들이었다.

"이 장소들 정리되면 다시 방문하죠."

"당신이 계획하는 대로만 움직이진 않을 겁니다."

"물론이죠. 주체적으로 움직이시죠."

신동재는 끝까지 날 믿지 못했다.

그래도 내가 건네 준 주소들은 철저히 조사해볼 것이다. 빠르게 검거하고 집행해 실적을 올릴 테고.

거기까지만 되어도 내가 의도한 바가 성공할 터였다. 인연을 트기엔 모자람이 없었다.

"그럼 나중에 뵙죠."

"익! 이건 풀어주고 가야죠!"

겉으로 보면 신동재는 멀쩡하게 소파에 앉아있었다. 하지만 실상은 밧줄에 묶인 것처럼 자리에서 꼼짝 못하고 있었다.

"잠시 뒤에 풀릴 겁니다. 정의 구현 좀 해주십시오."

그리 말하고 특검을 빠져나왔다. 신동재가 쓸 만 한 사람인지는 두고 보면 알 것이다.

"후우!"

일단 알게 모르게 노블립스에 여러 가지 차질이 생기게 만들었다. 적어도 한국 기준으로는.

그렇다면 내 시간이 조금 생긴다는 것이었다.

나는 따로 준비한 은신처로 가 도플갱어 마스크를 썼다. 그리곤 공개적으로 틈새를 경매에서 입찰 해 그곳으로 향했다.

내가 구매한 틈새이므로 A급이더라도 솔로 레이드를 돌수 있었다. 도플갱어 마스크 때문에 담당 직원이 틈새 앞에서 있어도 문제없었고.

"정말 혼자 도실 겁니까?"

"예. 절차는 다 통과했습니다. 긴급 허가도 떨어졌고요. A급이니까."

"음. 예. 10시간 내로 미완수 시, 그리고 생존 보고 부재시 자동으로 다시 경매에 올라가거나 긴급 레이드가 배치됩니다. 아시죠?"

"물론입니다."

공무원이 시큰둥하게 진입을 허가했다.

A급 틈새는 역류할 경우 워낙 위험하기에, 설사 경매하더라도 정확한 처리를 위해 공무원이 한 둘씩 붙었다. 정밀

레이더를 들고서.

스르릉.

나는 틈새에 들어서며 짜릿해지는 감각에 미소를 지었
다. 밤의 던전과는 또 다른 쾌감을 전해주는 곳이다.

아무리 강해져도 결국 밤에는 전혀 생소한 마물의 몸을
그릇으로 입는 것이었다.

반면, 틈새에선 온전히 내 몸으로 괴물처럼 날뛸 수가 있
었다.

계속 얼굴을 바꿔가며 A급 던전을 5개나 돌았다. 모두
가디언즈에서 마련해준 가짜 신분과 최고급 장비들을 활용
한 덕분이었다.

그 결과 난 하루도 지나지 않아 S-급 초인에 도달했다.

그야 말로 놀라운 결과였다. 한국은 물론 아시아권으로
따져도 나는 다섯 손가락 안에 꼽는 초인이 된 것이었다.

이젠 인간이 만든 무기나 독으로는 죽을 수 없는 몸이 됐
다. 초인들이 숭상하기까지 한다는 S급 대열에 함께하게
됐으니.

우웅.

정신력까지 강해져 원래 순수한 강화 육체파였음에도 염
력을 사용할 수 있게 됐다.

우그극!

-크아악!

검에 염력을 실어 마스터 데스나이트를 내리치자 놈의 머리가 가루로 흩어져버렸다.

검을 감싸고 있는 염력이 갈기갈기 대상을 찢은 것이었다.

"후! 좋네!"

그간 신분 때문에 성장하지 못해 답답했는데, 이렇게 한 번에 최고 경지에 올라 참으로 기쁘다.

이 정도면 이제 초인 면에서의 사회 서열은 거의 최상급으로 올랐다는 것이다.

설사 재력이나 권력으로 나보다 앞선다 해도, 동시에 대단한 초인이기는 힘들 것이다. 즉 종합 사회 서열은 비슷할 것이라는 것.

"하하하!"

고로 내 사회 서열은 이제 총리나 대통령과 맞먹는다는 뜻이었다. 한 분야에서 국제적인 최상위 소수가 됐으니까.

"버, 벌써 끝인가요?"

"그렇습니다."

"놀랍습니다. 전국에서 안 그래도 단 기간에 A급 틈새가 완료되어서 조사에 들어가라고 하라던데. 한 건 추가네요. 게다가 다 다른 사람이라니."

"그러게 말입니다. 생각보다 실력자들에게 A급 틈새가 어렵진 않나 봅니다."

"그, 그럴 리가! 저희가 매 번 레이드 영상을 조사하는데……."

"아니면 특정 수준 이상의 초인들에게 기이한 변화가 일어났나 보죠."

"오오! 가능성 있는 가설입니다. 협조를 받아 한 번 조사해볼 만하군요."

"아무튼 수고하십시오."

"수고 많으셨습니다. 성함을 잘 못 듣던 분인데, 기억해 두어야겠군요."

이번 공무원도 경악을 금치 못했다.

A급 초인들 다수가 모여도 확신할 수 없는 게 A급 레이드였다. 그런데 솔로 레이드인 것도 모자라, 최단 시간에 공략해버리니 놀랄 만도 했다.

특이 각성 증폭과, 갑질 레이드가 결합되면 그리 어렵지 않은 일이었다.

"후우우."

내 반경의 대기와 자연 지물을 움직이는 게 가능해졌다. 완전히 사람의 범주를 초월한 기분이었다. 그럼에도 밤에 비해서는 실감이 더 나는 편이었다.

뿌리가 원래 내 몸이어서 그런가.

얼굴을 바꾸며 레이드를 돌길 잘했다.

이런 고난이도 레이드를 단 번에 처리해버리면, 당연 관심을 받기 마련이다.

제일 먼저 정부에서, 다음으론 길드에서.

당연히 노블립스 역시 알아차릴 터였다.

그러니 내 비장의 패인 인공 각성을 숨기기 위해서라도, 도플갱어 마스크를 얻을 때까지 레이드를 자제한 건 정말 잘한 일 같다.

"하. 엘리베이터 프로젝트가 대체 뭔지."

난 집으로 향해 샤워를 하고 오랜만에 혼자만의 여유를 즐겼다.

음식을 100만원 어치 가깝게 시켜서 실컷 퍼먹었다. S-급 초인은 배설도 하지 않는다는 걸 깨닫게 되는 계기였다.

음식이 위로 들어가자마자 아예 증발되는 것이 느껴졌으므로.

사아아아아.

S-급 초인은 음식이나 공기가 필요하지 않았다.

이미 자체적으로 막대한 에너지를 품고 있었고, 마나나 마력 코어를 기반으로 살아가야 했다. 누가 가르쳐주지 않아도, 내 반경 수키로 미터를 아우르는 염력으로 인해 자각할 수 있었다.

"흠."

그래서 멀리서라도 틈새 주변을 지나갈 때면 기분이 좋아졌다.

나는 뒤로 드러누웠다. 낮에서 그런 것처럼 이제 밤에서
도 최고의 경지에 오를 차례다.

❖

곧바로 예비 아수라의 몸으로 눈 뜨지 않고, 심연에서 눈
을 떴다. 이런 적은 없었는데.

신분상승하지 않고도 심연으로 소환당한 적은 처음인 거
같다.

-좋아. 아주 잘 하고 있어. 나는 준비가 다 됐다. 하지만
내가 준비한 엘리베이터는 위층 놈들이 쓰는 것과는 아주
달라. 매우 특별한 대신 아주 허약하지.

-아.

어라. 언제나처럼 답답해하고 있는데 어디선가 목소리가
울려 퍼졌다.

매우 이질적이고 동떨어져 있는 목소리였다.

-뭐지?

그런데 이상하게 하는 말은 내가 하는 말이었다.

전혀 내 목소리 같지는 않았는데.

-전에 실패한 뫼비우스 초끈들을 수거해 네 복사체를 만
들어 두었다. 순수하게 심연에서 소통을 하기 위해서지.

-드디어 당신과 대화를 나눌 수 있게 됐군요!

-그러하다, 카몬이여. 반갑다.

-카트라몬. 당신 덕분에 많은 걸 얻었습니다. 이제는 저를 등용해 사용한 이유도 알게 됐구요. 그래서 일단은 계속 가보려 합니다. 대신, 한 가지 궁금한 점이 있습니다.

-무엇인가. 말해보라, 나의 전사여!

-당신은 낮 세계에도 관심이 있는 겁니까, 아니면 단순히 혼력을 끌어오기 위한 용도로만 사용하는 겁니까? 아, 죄송합니다. 중요한 게 하나 더 있는데, 일단 앞에 질문부터 대답해주시죠.

-크하하! 걱정 말거라. 낮 시간 따위는 관심 없어. 오로지 난 나의 방주만을 원한다.

-좋습니다. 또, 버블을 다룬다는 또 다른 마계 출신 군주가 있던데. 아는 자입니까?

-나와 자웅을 겨루던 라이벌이다. 나 외에 유일하게 마계 멸망 이후 목숨과 세력을 유지하고 있는 놈이지. 나는 아주 거대한 방주를 만들어 내 종속들을 대피시켰다.

-반대로 그 자는 버블이란 구조로 분산 배치해서 종속들을 구했나 보군요.

-그래. 방주의 경우는 그 자체가 고장 나면 모든 게 끝나버리니까. 크하하. 그럴 리 없겠지만.

-반면 버블은 분산되어 있어서 관리는 더 까다로워도, 하나가 파괴되어도 다른 것들은 무사하겠군요.

-그러하다, 크흐흐.

잠시 심연에 주홍빛 섬광이 번쩍거렸다.

─곧 특별한 엘리베이터를 내려 보낼 것이다. 하지만 반드시 네가 위층 존재들을 제거한 이후여야 해. 숨겨진 층으로 가는 엘리베이터인데, 아주 조금이라도 피해를 입으면 터져버린다. 매우 불안정하지.

　─아. 그럼 엘리베이터를 타기 전에 어차피 위층 존재들과는 싸워야 하는군요?

　─그렇다. 그 이후엔, 네가 한 가지 해줄 일이 있어. 이번엔 낮에서 실행할 퀘스트다. 너의 성장을 돕기 위한 길잡이 형식이 아닌, 나와 네 세계 둘 다를 위한 일이다!

　뭔가 거창한 퀘스임이 분명했다.

　아까 낮에는 관심이 없다고 해놓고, 그토록 중대한 낮 색채의 퀘스트를 제안하겠다니.

　뭔가 모순됨이 느껴졌다.

　─어느 정도 눈치 채고 있겠지만, 너희 인간들이 각성하게 된 것은 놈의 버블이 서서히 너희 세계를 잠식하고 있기 때문이야.

　─예? 정말 그렇단 말입니까?

　─그래. 너는 단순히 분산 형식이라고 생각하겠지? 하지만 멸망한 세계의 잔재는 절대 홀로 자생할 수 없다. 나만 해도 어찌 보면, 혼력을 끌어와서 너희 세계에 기생하는 방주를 운영 중이지.

　─설마 버블도 그렇다는 겁니까?

　─나처럼 소극적인 기생이 아냐. 버블 동기화가 완료되면

일제히 숨겨졌던 모든 버블이 활성화된다. 너희 말로 따지자면, 생성되자마자 역류한다.

–뭐라고요!

초반에 각성자가 적을 땐 정말 많은 사람들이 죽었었다. 거의 억 단위로 말이다.

모두 버블이 역류했기 때문이었다.

그런데 버블들이 한꺼번에 나타나 역류한다면, 그야말로 인류는 멸망할 수밖에 없을 것이다.

제 아무리 최강자인 초인들이 몇몇 있어도, 한꺼번에 전 세계를 보호할 순 없을 테니.

–그 중요한 걸 왜 이제 말해줍니까!

나는 이질적인 목소리로 카트라몬에게 화를 냈다.

이제껏 나를 키워 온 것이 다 관련이 있는 건가.

–그야 네가 충분히 막을 수 있고, 아직 늦지 않았기 때문이지. 그 놈이 너희 세계를 잠식하면, 내 방주도 위험해져. 내 방주는 인간의 순수한 혼력을 에너지원으로 쓰거든.

–아. 그럼 다행히 이권이 겹치는군요.

–그러하다, 나의 전사 카몬이여! 그러니 걱정 말고, 엘리베이터에 타기 전까지만 전쟁과 전투에 정진하거라. 그러면 모든 게 좋아질 수 있어.

–흠. 알겠습니다.

곧이곧대로 카트라몬의 말을 다 믿진 않았다.

하지만 일단 고려해야할 매우 중대한 정보임에는 틀림없었다.

태평하게 나와 암투 세력 간의 일이라 생각했건만, 카트라몬의 퀘스트는 전 세계의 생존이 걸린 문제였다.

사람들은 그저 틈새를 희귀한 자원을 얻을 수 있는 신비로운 이세계로만 생각했다.

하지만 내 생각은 여왕 거미를 통해, 뒤에서 통솔하는 군주가 있단 걸 알고 나선 달라졌다.

뭔가 이상하다 생각했다.

왜 소비적으로 조금씩만 피해를 입히거나, 틈새를 열어서 시간을 버는 듯 한 태세를 보일까.

-그런 거였군요. 어쩐지.

동기화를 기다리던 것이었다.

대역류를 통해 기생에서 침략으로, 그리고 정복으로 이어가기 위해서.

-그럼 건투를 빈다, 전사여.

-알겠습니다.

다행히 카트라몬이란 존재로 인해 막아볼 기회가 있을지도 모르겠다. 그 둘이 숙적인 게 다행이다.

내가 소극적 기생을 추구하는 군주의 칼이라 한 번 더 다행이고.

예비 아수라로 눈을 뜬 뒤 혼란에 빠졌던 클랜을 재차 정리했다.

분명 떠나기 전 말을 해두긴 했다.

아수라로써 밤낮이 바뀌는 시간 동안 잠시 사라질 수가 있다고. 무의 궁극에 다다르면 초월 명상을 해야 해서 사라질 때가 있다고.

그런 거짓말을 해두었지만 역시 클랜끼리의 분열은 막을 수 없었다.

놈들은 어느새 전쟁 중이었다.

콰르릉! 콰가각! 콰지지직!

전장의 중앙에 서서 105개의 팔을 사방으로 뻗었다.

그리곤 화염과 얼음과 전기를 사방으로 뻗쳤다.

그 때문에 수십의 마물이 뒤엉켜 즉사했다.

하지만 급하게 전쟁을 멈출 방법은 이것뿐이었다.

나는 목소리에 힘을 실어 외쳤다.

-전사들이여! 감히 아수라의 명령을 거역하고 서로 무기를 드는가! 너희들은 내 정복 전쟁을 위한 군사다! 그런데 누가 감히 그 군력을 낭비한단 말인가!

콰르릉! 쾅쾅!

한 번 더 초능 요소들을 뿜어냈다.

-죄, 죄송합니다! 아수라시여!

－죽을죄를 지었나이다!

　－저희가 미처 자제하지 못하고!

　서로 무기를 겨누던 마물들이 공포에 질려 땅바닥에 엎
드렸다. 일제히 살벌하던 전장이 고요해지고 얌전해졌다.

　그리곤 끝없이 바글거리던 팔과 무기들이 모두 땅바닥에
가지런히 정리되었다.

　－자, 자리를 비운 내 잘못도 있으니 일단은 용서하겠다.
전쟁 전에 명상을 해야했어! 분열을 일으킨 자들은 알아서
자숙하고 있도록! 곧바로 정복 전쟁을 시작한다! 다음은 철
퇴 클랜을 친다!

　－카라라랑!

　－크릉, 카랑!

　나는 3가지 무기를 쥔 다음 철퇴 클랜으로 향했다. 다시
통합된 군사는 순순히 나를 따랐다. 무를 숭상하는 마물들
인 탓에.

　당연히 철퇴 클랜은 압도적인 군세 차에도 불구하고 항
복하지 않았다. 끝까지 클랜의 자존심을 지키며 죽어가겠
다는 것이었다.

　－철퇴 105개를 내어 와라.

　－뭐라! 감히 철퇴를 달라고 하다니! 네가 아수라면 다인
줄 아느냐! 무슨 모욕을 하려고!

　역시 철퇴 클랜에도 쩌렁쩌렁하게 소문이 나 있었다. 죽
음의 아수라에 대한 명성이.

허나 나는 저들이 그토록 적대적인 이유를 알고 있다. 철퇴는 내가 거둔 도끼, 검, 망치에 포함되지 않아서일 것이다.

-말을 조심하라! 아수라는 모든 무기를 다루는 자! 순서는 중요하지 않다. 이미 나는 모든 무기에 통달했기 때문이다. 철퇴로 너희들의 충심을 얻겠다!

-허! 저, 정말 철퇴도 다루시는 겁니까?

-직접 보여주마!

철퇴 클랜도 아수라 연합에 포함될 수 있다는 말에, 한껏 철퇴 클랜의 반감이 누그러졌다.

-자 나아오거라!

-영광입니다, 아수라시여!

철퇴 클랜에서 65수 클랜장이 나아왔다.

나는 105개의 철퇴를 쥐고 마구잡이로 화염과 얼음, 그리고 전류를 뿜었다.

-크라랑!

철퇴 클랜장 역시 예상대로 초능을 뿜었다. 바로 독 능력이었다. 허나 내 철퇴에 당해낼 바는 아니었다.

[능력 흡수 완료! A+급 철퇴술을 터득했습니다!]

직접 철퇴 머리를 깨부수어 주어, 놈의 손에 철퇴가 채 10개도 남지 않게 되었다. 보통 철퇴 머리까지 깨는 것은 물리적으로 불가능한 수준이었다.

내겐 아니었지만.

-모, 모시겠나이다! 아수라여!

거의 도장 깨기에 가까운 방식이었다.

그렇게 나는 이 층의 모든 마물들을 제압했다. 남은 세 가지 클랜도 내겐 맥을 추리지 못했다. 그저 고스란히 본래 그 클랜의 무기로 인정을 받았다.

단 하루 만에 까마득히 많은 마물들에게 진정한 아수라로 인정받았다.

최고 실력자만 이기면 되기에 가능한 속도였다.

-카라라랑!

-카라랑!

쿠르르르.

아수라로 인정받은 나와, 전 층의 마물들이 하나의 군대가 되어 위층 존재들을 기다렸다.

카트라몬의 계산대로 한참 기다리자 위층에서 수 십 개의 엘리베이터가 내려오기 시작했다.

-모두 전쟁을 준비하라! 아수라와 함께하면 위층 존재들도 두렵지 않을지니!

-카라라랑!

-크릉, 카라랑!

수 십 개의 엘리베이터가 과격하게 대지에 찍어 박혔다. 그 바람에 마물들 수백이 즉사하고 말았다.

하지만 전 층을 재패한 내 군대에 비하면 아주 미세한 손실이었다.

치이이익!

엘리베이터가 열리고 황금 갑옷을 입은 130층 존재들이 걸어 나왔다. 그 외에도 131층부터 134층을 아우르는 다양한 상위 마물들이 모습을 드러냈다.

"어라?"

130층 마물이 자신을 주시하는 마물들을 보며 머리를 긁적였다.

"이게 어떻게 된 거지? 분명 이곳은 전쟁이 가득한 곳인데. 뭐 이리 평화로워?"

"게다가 우릴 보고 있지 말입니다?"

-어이, 집사들. 이게 어떻게 된 거야? 크르르.

상위 마족들이 130층 마물들에게 으르렁거렸다. 그럼에도 놈들은 제대로 된 대답을 내놓을 수 없었다.

"분명 저희가 개조한 이동식 마력 랜턴은 이곳에 신호를 보냈습니다. 아!"

130층 마물들이 깜짝 놀라며 날 가리켰다.

가장 거대하고 팔이 많은 나는 어디서 봐도 눈에 띄는 거인이었다.

상위 마족들도 나를 보곤 진득한 살기를 드러냈다.

-저 놈인가 보군!

"그렇습니다, 케케!"

내가 해왕 자리에 있지 않을 수도 있다고 여기고 이동식 마력 랜턴을 개발했구나. 카트라몬이 날 포기하지 않을 거라 예상했겠지.

저들의 판단은 올바른 판단이었다. 그게 승리로 이어진 다는 뜻은 아니었지만.

-그런데 대체 이 건방진 것들이 왜 우리를 노려보고 있는 거지?

-서로 싫어한다고 하지 않았나?

-확 잡아먹어 버릴까 보다.

콰우우우웅!

나는 7가지 초능을 동시에 뿜어내며 외쳤다.

-아수라의 전쟁이다! 쳐라!

-카라라랑!

-카라랑!

순간 조용히 대기하던 아수라 군대가, 일제히 수 십 밖에 안 되는 위층 존재들에게 덤벼들기 시작했다.

-뭐, 뭐야!

-달려듭니다! 조심하십시오!

콰웅!

상위 마물들은 제각기의 무시무시한 힘을 드러냈다. 붉은 광선을 발사하기도 하고, 반투명하고 기괴한 언데드를 소환해내기도 했다.

-크라락!

-크락!

그 때문에 매순간 수백의 마물들이 죽어나가기 시작했다.

그럼에도 수십만이란 숫자는 결코 쉽게 볼 규모가 아니었다.

"이 미친 것들이 대체 왜!"

"설마 그 짧은 새에 이 층을 재패한 게 아닐까요!"

"멍청한 놈아! 그게 가능할 거라 생각해!"

-크라아아! 하찮은 것들 주제에!

"크악! 조심!"

끊임없이 마물들이 덮쳐대자 조금씩 위층 존재들이 상처를 입기 시작했다.

나는 몸을 낮게 한 다음 매섭게 위층 존재들을 향해 뛰어가기 시작했다. 마침내 나를 집요하게도 추적했던 실체를 제거할 수 있겠구나!

보아하니 위층 전부가 나를 노린 건 아니었다.

뫼비우스 초끈을 노리는 특정 집단이 있었던 모양이다. 전준국이 핵심이 됐던 모양이지.

-카라라라랑!

나는 모여 있는 위층 존재들에게 강력한 7가지의 초능을 쏘아 보냈다.

콰과광!

역시 일격에 승부를 보긴 힘들었다.

하지만 에너지 폭탄을 집어던지던 130층 존재들은 금세 전멸해버렸다. 그 외에도 상위 마물들 몇이 부상을 입었다.

　－저 놈이다!

　－저 놈이 뫼비우스 초끈을 가진 새끼야!

　－수장부터 족쳐라!

　－이런 미친! 겨우 이 숫자로 층 전부와 전쟁을 벌여야 하다니!

　텅!

　나는 거인 같은 몸을 과격하게 앞으로 굴렸다.

　그리곤 망치 클랜장이 즐겨 쓰는 쇠의 회오리바람을 형성했다. 차이점이라면 내 105개의 손엔 정말 다양한 무기들이 쥐어져 있다는 것이었다.

　각기 다른 색채의 초능을 품고서.

　－피해라!

　－층의 최고 실력자답군! 팔을 전부 잘라주마!

　－키예에에에엑!

　그토록 많은 내 무기에는 단 하나의 상위 마물들도 걸려들지 않았다.

　하지만 그건 그들이 민첩하거나 회피에 능해서가 아니었다.

　쾅쾅! 콰광!

　－빌어먹을! 엘리베이터가!

　－오늘 너희는 아수라 군대에게 죽는다!

-이 건방진 새끼가!

-죽여라! 죽이고 위층으로 피신한다!

상위 마물들은 당황하며 나를 집중 공격하려고 했다. 하지만 매순간 몰려드는 마물들의 집중 포화에, 그조차 쉽지 않았다.

반면 나는 내 군대 사이를 헤집고 다니며 여기저기에서 상위 마물들을 공격했다.

콰웅!

놈들이 쏘아 보내는 원거리 공격은 7가지 초능을 둘러 얼른 쳐냈다.

-크릉!

역시 상위 마물들답게 그 위력이 결코 만만하진 않았다.

클랜장을 한 번에 쓸어버리던 내가 힘들 정도니. 그것도 모든 클랜의 무기 숙련도와 궁극의 초능을 흡수했는데 말이다.

한 번 막아낼 때마다 조금씩 팔 곳곳의 뼈가 부러졌다.

-물러서지 마라! 아수라를 위해 목숨을 바쳐라!

-카라라랑!

아무리 상위 마물들이 학살 수준으로 내 군대를 제거해도, 너무나도 많은 숫자가 남아 있었다.

나는 주욱 전장을 둘러보았다.

상위 마물들의 위치가 서서히 갈리고 있었다.

압도적인 숫자에 정신을 차리지 못하는 것이었다.

아무리 상위 마물이라도 언젠간 지치겠지.

게다가 이곳은 본래 익숙하던 생태계도 아니니. 컨디션 차이가 날 것이다.

-카라라랑! 아수라 군대여! 하나씩 위층 존재들을 포위하라! 서로 떨어지게 만들어!

-분부 받잡겠나이다! 정예 무사들이 가까이 붙어서 견제해라! 공격당하지 않게 조심해! 맞으면 한 방이다!

-방어나 공격에 욕심을 품지 마! 우린 아수라님을 보필하는 군대일 뿐이다!

-카라랑!

나 홀로는, 상위 마물들 셋만 모여도 죽음을 걱정했어야 했을 것이다.

그 정도로 상위 마물들은 강했다. 극에 달한, 아수라를 표방하는 나에게조차도.

하지만 다행히 전 층에서 끌어 모은 마물들이 있었다. 그것도 통합된 군대 단위로.

무를 숭상하는 덕분인지 초월적으로 강한 위층 존재들을 심하게 두려워하지도 않았다. 죽음마저 무덤덤하게 받아들였다.

팅!

-좋다! 계속 몰아넣어!

서걱! 콰지지직!

-크아아악! 건방지게!

서걱! 서걱! 서걱!

구석 쪽으로 반투명한 소환수를 부리는 상위 소환자가 몰렸다. 나는 얼른 몸을 굴려 접근한 다음 온갖 무기로 놈을 난도질했다.

그래도 소환사라 그런지 맷집이 그리 강하지 않았다.

-크하아아악! 이런 탈라쯔리브 같은 굴욕이!

소환사가 자기 층만의 욕설을 내뱉으며 소멸해버렸다.

-크라라랑! 아수라께서 위층 존재를 제거해주셨다!

-역시! 아수라님이야 말로 던전에서 가장 강한 존재시다! 모두 목숨을 바쳐 보필하라!

위층 존재를 제거할 때마다 사기가 올라갔다.

그 때문에 아수라 군대는 더더욱 격렬하게 위층 존재들에게 목숨을 던졌다.

하나만 있을 땐 작은 생채기지만 그것이 쌓이고 쌓이면 심각한 치명상이 되었다. 그것이 상위 마물들이 현재 겪고 있는 어려움이었다.

벌레로 깔봤던 마물들이 죽음을 두려워하지 않고 덤비니, 서서히 위기가 찾아오는 것이었다.

제 아무리 강해봐야 수십으로 수십만을 죽일 수 있는 존재는, 던전 전체를 통틀어도 많지 않았다.

135층 존재들이 1층 마물들을 노리는 경우라면 또 모를까.

엄연히 아수라 군대는 상위 마물들의 육신에 무기를 찍어 박을 수 있는 능력을 가지고 있었다.

–크아아악! 감히! 잡아먹겠다!

–그 전에 네 팔이 모두 잘릴 것이다!

발악하는 상위 마물의 촉수와 두 팔을 모두 절단해냈다.

7가지 초능을 뿜으니 쇠처럼 질기던 놈의 피부도 결국 내장을 드러냈다. 그 뒤로는 꾸준히 난도질을 반복할 뿐이었다.

–크헤에에엑! 여기서 이따위로 죽을 순!

쑤셔 들어오는 수 백 개의 무기에 상위 마물은 채 말을 잇지 못했다.

쿠르르르.

상위 마물들의 전체 수가 다섯으로 줄자, 위에서 또 다시 진동이 풀려 퍼졌다.

쾅! 쾅! 쾅!

곧 이어 내려온 것은 3마리의 135층 존재들이었다. 엘리베이터 없이도 수직 하강으로 내려온 모습이었다.

–크락.

나는 다시 눈앞에 잡음이 끼는 걸 느꼈다.

이제야 다시 만나는구나! 전준국, 그 외에도 치미트런 코트라비츠, 도이트만 하이드리엔.

모두 낮에도 의식을 가지고 있는 갑질 능력자들이었다. 노블립스에서 제법이나 서열이 높겠지. 저들이 바로 선진국들을 쥐락펴락하는 노블립스 장로들일 것이다.

-크라라라락!

저들을 죽여야만 엘리베이터에 탈 수 있다.

쉽지는 않겠지만 해야만 한다.

-크아아아아!

-크라아아!

135층 존재들이 초열 화염을 입에서 뿜어냈다. 그리하자 허무할 만큼 마물들이 가루가 되어 녹아버렸다. 숫자가 거의 1000에 달할 정도였다.

-하찮은 것들이 감히 위층 귀빈들에게 그따위 쇠붙이를 들이밀다니!

-너희들은 창피한 줄 알아라!

-크아아아아!

-키예에엑! 진정한 귀빈들이 오셨다! 이제 이 층이 전멸하는 건 일도 아니겠지!

-전부 죽여라!

135층 존재 셋이 가담한 것만으로도 전세가 역전됐다. 매순간 1000씩 죽어나가니 아수라 군대마저 주춤하게 되었다.

무섭거나 겁에 질려서가 아니라, 다가가는 순간 녹아버리기에 전선 자체가 형성되지 않았다.

-모두 대기하라! 내가 나설 것이다!

-크르르르. 네 놈이구나! 집요하게 우리 보물을 들고 도망 다녔던 놈이!

-그동안 아주 대단했어. 그렇게 요리조리 우리 포위망을 빠져나갈 줄이야! 보나마나 카트라몬 그 놈이 도와준 덕분이겠지.

-아직도 한국에 있나? 크흐흐흐. 후보가 13명으로 좁혀졌어. 이제 네 놈의 낮 몸이 추적당하는 건 시간문제야!

밤 때뿐만이 아니었다.

끝내는 노블립스가 내 낮의 신분에마저 거의 가까워져 온 거 같다. 국가까지 추려냈으니.

여러모로 엘리베이터 프로젝트 같은 혁명적인 계기가 필요한 순간이다. 아니면 어느 순간 내 발목에 족쇄가 채워져, 끝내는 내가 당할 것이다.

-카라랑! 아수라의 힘을 보여주리라!

-크하하하! 팔 개수가 몇 개 건 화염에 녹아버릴 테지!

-크롸아아아!

-크하아아아!

각성한 상태로 135층 존재들에게 덤벼들었다.

놈들이 뿜는 화염을 피해 높이 뛰어올랐다.

헌데 135층 괴물 셋이 턱주가리를 드는 것이 눈에 보였다.

-크락!

화염이 가까워졌을 뿐인데, 몸이 녹아가는 게 느껴졌다.

서로 가까이 있는 팔들의 피부가 녹아 서로 접 붙는 게 보였다. 정말 끔찍한 고통이자 경험이 아닐 수 없었다.

쾅!

그래도 135층 존재들에게 가깝게 착지하는 데 성공했다.

[능력 흡수 성공! 135층 급 초열 화염 발사를 습득했습니다.]

[능력 흡수 성공! 135층 급 재생력을 얻었습니다!]

[능력 흡수 성공! 135층 급 금속 체모 패시브 스킬을 터득했습니다!]

-크라하하! 가까이 오면 뭐가 달라질 줄 알았더냐!

-직접 손톱으로 찢어주마!

-크라아악!

135층 존재들이 한 번의 날개 짓으로 도약해 곧장 내 위로 뛰어내렸다. 그리곤 내 몸을 마구잡이로 발톱과 손톱으로 찢기 시작했다.

나는 비명을 지르는 동시에 놈들에게 화염을 뿜었다.

-크아아아아!

-크렉!

-크라아악!

135층 존재들이 화들짝 놀라 저만치 거리를 벌렸다. 날개를 정말 자유자재로 쓰는 모습이었다. 그러고 보니 비행 능력은 빼앗지 못했네. 원래 고유의 육체 능력인가 보다.

-이게 대체 무슨!

-지금 설마 초열 능력을 사용한 것인가?

-이게 말이나 돼? 무기에 뿜는 가짜 화염과는 차원이

272 신분상승⁶
가속자

다른 수준인데!

135층 존재들은 온 몸이 붉게 달아오른 모습이었다. 초월 화염에 잠깐 노출된 걸론 죽지 않는구나. 내 군대는 1000씩 녹아가는데 말이지.

-크르릌!

나는 피를 뿜고 토하며, 땅을 굴렀다.

그리곤 135층 존재들이 충격에 빠진 잠깐의 찰라, 상처를 입고 대기 중인 상위 마물들에게 초열 화염을 뿜었다.

[학습률 5000%.]

-크아아아아!

-키예아아아악! 귀빈님! 크아아악!

-아아아악!

이 층 마물들은 적을 줌임으로써 강해진다.

수 없이 레벨 업을 한 나는 스윽 자리에서 일어났다.

그리곤 온 몸을 135층 존재들처럼 금속 체모로 덮었다.

능력이 변형된 덕분인지, 187개로 늘어난 팔의 손바닥에는 구멍이 생겼다. 그냥 구멍이 아닌 불 구멍!

-녹여주마!

콰아아아아!

135층 존재들의 것보다 훨씬 거대한 화염이 내 손바닥 전부에서 뿜어져 나왔다.

무지막지한 초월 화염은 그대로 135층 존재들을 덮쳤다.

초열 화염을 뿜으며 점점 135층 마물들에게 가까이 다가갔다. 그토록 무적과 다름없이 강해보였던 괴물들을 마침내 죽일 수 있는 것인가.

-크라라락!

손이 뜨겁게 달아올랐다.

그래도 멈추지 않고 계속 초열 화염을 뿜었다.

저들을 밤에서 죽이는 것이 훨씬 효율적이다.

낮에서 죽이려면 본부 깊숙이 숨어 있는 저들을 찾아, 철저히 부족한 서열을 극복해내야만 한다.

그보단 뫼비우스 초끈의 권능을 이용해 밤중에서 직접 전투로 이기는 게 낫겠지.

벌써 난 승리를 바라보고 있다.

-크르르륵!

-크르르! 이게 대체!

역시 135층 존재들은 호락호락 당하지 않았다.

그들의 금속 체모는 뜨겁게 달아오르면서도 끝내는 녹지 않았다.

그래서 135층 존재들은 힘겹게 버티면서도 죽음은 두려워하지 않았다.

-역으로 밀어라! 달아오른 발톱으로 찢어버려!

-크롸아아아!

135층 괴물들이 천천히 전진하기 시작했다.

그러면서 막강한 화염을 뿜어내는 내게 가까워졌다. 그토록 단단하던 던전의 바닥마저 녹이는 초열 화염이었다.

헌데 멀쩡하다니.

-크랑, 카라랑!

아수라 군대는 이제 차마 접근조차 하지 못했다.

몇 남은 상위 마물들도 공포에 질려 지켜보고 있었고.

나는 홀로 극복해야 한다는 걸 깨달았다.

이대로 시간만 끌어봤자 결국 저들에게 당할 뿐이었다.

-카라라랑!

-이 놈! 다 찢어주마!

135층 마물들이 큼지막한 손톱으로 내 살점을 뜯어내기 시작했다. 나도 지지 않았다.

187개 중 50개의 손을 뻗어 135층 마물들의 금속 체모를 잡아 뜯기 시작했다.

-크라아아악!

-무슨!

힘이 센 덕분에 금속 체모를 뜯어내는 게 가능했다. 물론 그 손이 베이고 찢기긴 했지만 지금 다른 쪽 몸은 더 심하게 부상을 입는 중이었다.

-크라라락.

온 몸에서 피가 뿜어져 나왔다.

그래도 다행히 135층 괴물들 셋의 머리털을 어느 정도 뽑는 게 가능해졌다.

초열 화염은 그 틈을 놓치지 않고 극강의 열기를 괴물들의 머리에 밀어 넣었다.

-크라아아아악!

-이따위 놈에게! 아아악!

135층 마물들의 머릿속이 뜨겁게 달아올랐다.

곧 강골인 놈들의 머리가 안으로부터 녹기 시작했다. 놈들의 눈이 붉게 물들더니 어느새 새카맣게 타들어갔다.

쾅! 쾅!

육중한 135층 마물들의 몸이 순차적으로 무너졌다.

-클러허어억!

다음으로 쓰러진 것은 나였다. 몸에서 폭포수 같은 피가 뿜어져 나오고 있었다.

설사 아수라라고 하더라도 위험할 정도.

나는 초열 화염을 뿜어 손에 들고 있는 무기들을 기괴하게 접붙였다.

치이이익.

도저히 몸을 일으킬 여력이 없었다.

그나마 생각할 수 있는 방법은 이것뿐이었다.

스릉.

아주 기나 긴 무기가 완성됐다. 초열 화염 덕분에 붉게 달아오른 모습이었다.

-크랑!

나는 발악하는 기세로 마지막 힘을 짜 무기를 내질렀다. 그러면서 동시에 각성을 풀었다.

[학습률 5000%.]

이제는 학습과 성장이 아니라, 레벨 업의 완전 회복 효과가 필요하다. 그게 아니면 이겨도 이긴 게 아니게 된다.

어차피 죽을 거라면 조금 늦게 죽는 것밖에 안 된다. 이긴 게 아니다.

서걱!

-커헉! 이 무슨!

몇 십 미터에 달하는 길쭉한 무기가 멀찍이 떨어져 있던 상위 마물을 꿰뚫었다.

무너진 135층 마물들을 넋 놓고 보고 있다가 당한 것이었다. 아지랑이에 가려져 내가 무기를 급하게 변형한 건 못 본 듯 했다.

-크허어어!

우우우웅.

주홍빛 기운을 뿜으며 나는 벌떡 일어났다. 어느새 온 몸이 회복된 모습이었다. 비록 나보다 약하더라도, 위층 존재이기에 내가 얻는 경험치는 엄청났다.

5000%의 효율로 흡수한다면 최소 1 레벨 업을 하는 건 문제도 아니었다.

-아, 아수라님이 승리하셨다!

-전쟁 직후인데도 곧장 회복하셨어!

-역시 전장에서 태어나신 분답다!

-칭송하라! 카라라라랑!

-아수라의 승리다! 위층 존재들을 물리치셨다!

-카라라랑! 남은 귀빈들을 도륙하라!

몇 안 남은 상위 마물들은 힘이 다 떨어진 상태였다.

며칠이고 이 층 마물들이 덤벼든다면 끝내 죽고 말겠지.
이 층은 새로운 국면을 맞이하게 될 것이다.

실제 아수라를 보고 상위 마물을 죽여 본 뒤이니, 무에는
끝이 없을 거라는 신념을 얻게 될 것이다. 실제로 나는 건
너 뛰어 그 수준에 다다른 것이니.

쿠르르르!

이제껏 겪은 진동과는 비교도 되지 않는 흔들림이 감지
됐다.

마치 던전 전체가 흔들리는 것만 같았다.

[퀘스트 완료. 엘리베이터 프로젝트를 가동합니다.]

-크릉, 카랑! 모두 물러서라! 내 주변에서 물러 서거라!
아수라만 치를 수 있는 의식이니라!

내 말에 아수라 군대가 급격히 흩어지기 시작했다. 평범
한 엘리베이터를 내리려는 게 아닌 거 같다.

-카라라랑!

-위층으로 올라가시는 건가!

-꼭대기에 다다를 때까지 전쟁을 계속하시려는 건가봐!

카라랑!

쿠르르르르! 콰앙!

예상대로였다. 하늘에서 녹빛 문양을 띠는 거대한 기둥들이 내리치기 시작했다.

콰앙! 콰앙!

순차적으로 내리친 기둥들은 자성을 띠더니 이내 내 주위를 감싸기 시작했다. 아수라 군대는 감동에 젖어서 채 말을 잇지 못했다.

특수 엘리베이터의 모습마저 내 능력의 일부로 보는 것이었다.

–카라랑.

드디어 그토록 기다려온 중대 계기를 맞이하는구나.

우웅, 웅, 웅!

나를 감싼 기둥들이 세차게 회전하기 시작했다.

그러면서 조금씩 내 거대한 아수라의 몸을 녹빛 입자로 흡수하기 시작했다.

우우우웅!

회전 속도는 점점 빨라졌다. 그러면서 기둥으로 스며드는 내 입자의 수도 기하급수적으로 많아졌다.

–크르릉! 드디어!

이래서 안전이 확보된 상태에서 엘리베이터를 타야한다고 했구나. 만약 회전 중에 기둥들의 회전이 방해를 받으면 내 입자는 심히 훼손되고 말 터였다.

채 엘리베이터를 타지도 못하고 증발됐겠지.

우웅!

끝내 나는 의식을 잠깐 잃었다.

❖

완전히 초토화된 99층. 그 곳의 중앙에는 녹색 문양을 빽빽하게 두른 빼빼 마른 노인이 있었다.

기운을 거의 다 쓴 카트라몬이었다.

육신 자체는 하찮은 수준이었지만, 빽빽한 계산으로 두르고 있는 흑마법들은 가히 위협적이었다.

아수라의 힘으로도 넘보지 못할 정도로.

특수 엘리베이터답게 나는 엘리베이터를 타고 상승하지 않았다.

그저 99층으로 텔레포트를 당했다.

ㅡ당신이 카트라몬입니까!

ㅡ그러하다! 나의 훌륭한 전사여. 이제 다 됐어. 다 됐다고, 크하하하하!

카트라몬이 호쾌하게 웃었다. 그러면서 주욱 99층을 가리켰다.

ㅡ엘리베이터의 연료로 한꺼번에 99층 마물들을 전부 사용했다! 하지만 걱정할 거 없어. 네가 내 숙적을 죽이고 남은 버블에서 다시 인구를 수집해올 수 있으니까.

-버블이 아예 없어지진 않는군요?

-기생이 멈춰서 버블들의 수명이 단기간으로 줄어드는 것뿐이다. 갑자기 터지진 않아. 개별적으로 자생할 수 있게 만든 소형 인공 생태계니까.

-이제 전 어떡하면 됩니까?

몸은 카트라몬보다 훨씬 거대했지만 그를 함부로 대할 수 없었다.

기세만 봐도 그가 훨씬 강력한 거 같았기에.

이제 와서 발톱을 드러내봤자, 나만 헛수고하는 꼴이 되는 것이었다. 일단은 더 지켜보기로 했다.

-어떻게 당신의 숙적을 제거하라는 거지요?

-곧 개기일식이 시작될 것이다! 어떤 의미인지 예측이 가는가, 나의 전사여! 잘 머리를 굴려봐.

-낮과 밤이 겹쳐지는 순간······.

내 말에 카트라몬이 녹빛 번개를 뿜으며 호쾌하게 웃었다.

-크하하하! 바로 그것이다! 아주 좋아! 좀 부족할 거 같았는데 다행히 막판에 S급 초인으로 업그레이드 시켰더군. 낮의 몸을 말야.

-예? 그럼 정말로 융합한다는 겁니까?

-그러하다! 지금 네가 가지고 있는 아수라의 몸 정도면, 충분히 밤의 힘을 응축하고 있어. 135층 마물의 몸이면 더 좋겠지만, 순혈성 말고 누적된 힘으로는 오히려 더 낫지.

-그럼 제 몸은 마물이 되는 겁니까?

-아니! 초인의 몸이 밤 마물의 입자를 흡수해서, 2차 초월 각성을 하는 것에 가깝다. 마계에서 강해진 초인의 경우라고 생각하면 돼.

-상상도 되지 않는군요. 짧게 겪어본 S급도 꿈같은 경지인데.

-크하하하! 내 전사면 그 정도는 되어야지! 최강의 초인이 되어서 나를 보필하는 것이다. 덤으로 네 작은 세계도 구원하고 말이지!

-알겠습니다.

일단은 거부할 이유가 없었다. 인공 각성부터 시작해서 S급 초인까지. 나는 내가 강함의 극치에 달한 줄 알았다.

적어도 낮의 기준에선 그러했다.

그런데 몇 배 강해지는 것도 아니고, 재차 각성하는 정도로 강해질 수 있다니.

같은 초인들도 가지고 놀 수 있는 정도가 될 것이다.

-곧바로 시작하겠다. 100층과 99층 사이에 숨겨진 마이너스 세타 층에서 의식을 거행하겠다. 천장을 부수도록 하자. 그럼 내가 숨겨놓은 포탈이 나올 것이다. 자, 저기를 겨냥해!

일사천리로 상황이 진척되고 있었다.

콰과과광!

카트라몬이 99층 천장에 녹빛 구체를 쏘아보내기 시작했다. 나도 99층에 있는 온갖 기괴한 무기를 집어 들어 마구잡이로 천장을 때리기 시작했다.

쿠드득!

약 5시간 동안 집중공격을 퍼붓자, 마침내 천장이 깨지고 워프 게이트가 드러났다. 참 오묘한 곳에도 숨겨 놓았구나.

-가자! 크하하하! 다시 내 방주를 되찾을 수 있게 됐다! 쓰레기 같은 위층 존재들을 다 죽여 버리리라! 새로 시작할 것이야!

나는 카트라몬과 함께 워프 게이트에 들어섰다.

겉으로 보면 큰 변화가 없었다. 숨을 쉴 때마다 온 몸이 흑백으로 번쩍이는 것을 제외하면.

물론 너무 주파수나 뿜어내는 빛이 빨라서 초인조차 잡아낼 수 없는 변화였다.

당연히 힘에 있어서는 무시무시한 변화가 일어났다. 그냥 많이 강한 정도가 아니었다. 단순함 속에 압축된 초월성.

그래서 겉으로 보면 마법을 부리는 것처럼 보였다.

딱.

손가락을 튕기자 A+급 틈새에 있던 마물들이 전부 증발해 버렸다. 우두머리 괴수를 포함해서 말이다.

나는 탁탁 손을 털었다.

그러자 버블 내 생태계가 전부 흩어지며 내게 빨려 들어왔다. 단순한 파멸이 아닌 블랙홀처럼 아예 흡수해버리는 속성.

그것이 2차 초월자의 힘이었다.

-이 정도면 시험은 적절히 되었고.

이미 내 세계 서열은 오류 표기로 대체돼 있었다. 반드시 1위라기 보단, 밤의 몸과 융합되는 순간 지구의 서열에 포함되지 않는다고 인식되었겠지.

카트라몬은 밤새 성공적으로 시술을 끝마칠 수 있었다.

개기일식이 일어나는 순간, 나는 새로운 세상을 보았다. 시간과 시간 사이에 있는 작은 차원. 그리고 공간과 공간 사이에 있는 큰 차원.

쉽게 설명할 수 없는 초월적인 시야를 가지게 됐다.

사람 하나하나를 볼 때 그 전체 시스템과 우주의 연관성, 그리고 세포 하나하나의 특이 상태들이 전부 머리에 들어왔다.

그럼에도 힘들지 않았다.

이미 지능은 영적 수준에 도달할 정도였다.

-허.

그래도 다행히 사람다움은 조금 남아있었다.

예를 들어 본래 내가 세운, 한국을 노블립스에게서 지켜야겠다는 목표가.

스릉. 통.

박효원의 본거지로 이동해 그의 머리를 증발시켰다. 굳이 귀찮게 갑질을 할 필요도 없었다.

스며들어온 입자에 모든 게 담겨 있었다.

찰나의 감정과 공포.

노블립스와 레드 핸드, 그리고 한국에서 진행되는 모든 비밀 프로젝트에 대한 정보들.

그 사람의 전부를 흡수할 수가 있었다. 영혼만 제외한 모든 것을.

─아.

문득 고차원에서 내가 소멸해 가는 과정이 보였다. 소멸이라기 보단, 치환에 가까웠다. 이런 제한된 차원에 머무를 수 있는 시간이 많이 남아 있지 않았다.

─카트라몬.

내게 이런 걸 알려주진 않았는데.

방주로 인해 나는 최초로 밤과 낮이 융합된 2차 초월자가 되었다. 그도 몰랐을 수 있겠지.

시간을 접었다.

그리곤 그 안에 들어가 명상을 시작했다.

카트라몬과 약속을 지키기 전에, 고민해볼 것이 있다.

항상 부족한 지능에도 늘 거슬렸던 한 가지.

내가 가장 흔하게 썼으며 의식하지 않았던 요소.

왜 내게는 사람들의 서열이 보이며, 세계의 서열이 보이는 걸까? 그동안 많은 도움이 되었지만, 어째서 뫼비우스 초끈은 지구의 서열을 그리 **빽빽**하게 계산했던 걸까.

※

1초를 접으면 100년 동안 명상을 하는 것이 가능했다. 그래서 시간의 틈 사이에서 나는 끊임없이 명상했다.

100년이 흐른 후, 나는 여러 가지를 깨닫게 되었다. 또한 내 몸 안에 투명하게 이식되어 있던 카트라몬의 뇌세포마저 인식하게 되었다.

정말 초월자의 입장에서 봐도 대단할 만큼 교묘하게 이식된 뫼비우스 초끈이었다. 멸망한 마계의 구석에 좌표를 두고 있는 반물질 차원의 요소.

그것이 뫼비우스 초끈이었다.

그 공간의 모순 덕분에 방주의 요소들을 자유자재로 흡수해 쓸 수 있는 것이었다. 학습률이나 각성, 능력 흡수 등, 모두 방주 안의 요소를 조작하여 얻어낸 권능들이었다.

그래서 밤에서만 사용할 수 있는 것이었다.

ㅡ음.

카트라몬은 제한된 차원의 마왕으로서 그 정도까지 계산력을 뻗고 있었던 것이었다.

과연 마계가 멸망하는 중에도 살아남을 만 했다.

허나 그가 간과한 점이 있었다.

그가 예측한 2차 초월자의 능력이 예상 밖을 뛰어넘을 정도로 비범하다는 것이었다.

분명 지금도 나는 감히 카르라몬의 계산력을 따라갈 수 없었다.

하지만 그는 내가 강할 뿐 아니라, 시간을 접어 그 안에 들어갈 수도 있다는 것은 몰랐던 듯 했다. 그냥 산책을 하듯.

고차원에서 소멸해 가는 내 모습을 보고 오히려 서두를 거라 생각했겠지. 세상에 버블이 역류하지 않게 하려고 다급해질 거라 계산했겠지.

모두 맞는 말이었다.

허나 시간을 접을 수 있다면, 잠깐의 시간을 빌어 한정된 시간을 더 밀도 높게 쓸 수 있었다.

초월적인 수준으로 늘이고 늘여서.

-흠.

계속해서 계산한 결과, 카트라몬은 내게 거짓말을 한 것 같다는 결론이 나왔다.

전에 시간이 부족할 때는 그냥 찝찝하기만 했었다.

대체 왜 카트라몬의 뇌세포인 뫼비우스 초끈은 전 세계인의 서열을 계산해내는 걸까. 단순히 내 성장을 돕기 위한 데이터로는 과할 만큼 방대했다.

그래서 끊임없이 고민했다.

마침내 물리 현세의 1초가 지났을 때 알게 됐다.

버블 군주의 속셈과 카트라몬의 궁극적 계획이 많이 다르진 않다고.

지구에 기생할 요량인 것이었다. 방주를 완전히 확장해서 말이다. 내가 현재 가진 정보에서 방주의 상태까진 추측할 수 없었다.

허나 설사 방주가 영구적으로 혼력만 흡수해서 유지가 가능하다 하더라도, 카트라몬이 욕심을 품었을 수 있다.

인간을 노예 삼아 제2의 마계를 구현하려는 계획. 층 단위의 서열 시스템을 아예 행성 단위로 펼쳐 볼 계획. 서열을 좋아하는 카트라몬이 서열의 범위를 확장하려는 것이었다.

1층의 미물보단 인간이 서열의 밑바닥을 까는 것이 더 유리하겠지.

나는 그 까마득한 계획을 실현시키기 위해 잘 제련되고 다듬어진, 매우 유용한 전사이자 도구였을 테고.

아직도 카트라몬의 뫼비우스 초끈을 완전히 분석해내지 못했다.

그래서 1초에서 빠져나와 다시 시간을 접었다.

설사 1초를 100년처럼 쓸 수 있다고 해도, 마구잡이로 이 능력을 남용해선 안 된다.

뫼비우스 초끈은 무작위로 내 신체 상태를 밤의 마계로 보내고, 100년 동안 고민한 나는 분명 다른 종류의 뇌파나 기감을 뽑어낼 것이었으므로.

－마지막 고민이다.

나는 다시금 시간이 접힌 모순 공간 속에서 고민을 마무리했다.

2초 만에 200년의 고민을 끝마쳤다.

내가 지나쳐 간 세월은 무의미할 정도로 짧았지만, 실제로 체감한 생각의 흐름과 고민의 양은 그야말로 엄청나다고 봐도 무방했다.

나는 본래 마법을 알지 못했다.

허나 뫼비우스 초끈이 내 몸에 끼치는 영향을 미세하게 관찰했다. 그 패턴을 관찰함으로써, 아주 기본적인 카트라몬의 흑마법 공식을 깨쳐낼 수 있었다.

컴퓨터가 바이너리 방식의 전기 신호 교환이라면, 카트라몬의 흑마법은 본인 고유의 마력을 16진수로 신호 체계화해서 소통하는 방식이었다.

즉 나는 끝내 내 몸에서 보내지는 신호와, 그 목표 좌표를 찾아낼 수 있게 됐다.

어떻게 없어진 공간에 방주를 고정시켰는지는 알 수 없었다.

하지만 적어도 이제 그를 역추적할 순 있게 됐다.

덤으로 마음만 먹으면 이제 내 몸에서 뫼비우스 초끈을

뜯어낼 수 있게 됐다. 카트라몬은 계산과 예측을 통해, 로켓을 쏘아 올리듯 보이지 않는 개념의 지점에 뫼비우스 초끈을 이식했다.

하지만 나는 그저 눈에 보이듯 손을 뻗어 뜯어내면 그만이었다. 단지 그간은 눈을 뜨는 연습에 많은 시간의 시간을 할애했을 뿐.

-됐나.

카트라몬을 아예 믿을 순 없다는 걸 확인했다.

그로부터 자유로워질 방법도 찾아냈다.

덤으로, 만약을 위해 나를 퇴화시키는 방법도.

나는 다시 시간에서 빠져나왔다.

여전히 내 수명은 2초밖에 줄지 않은 상태였다.

-하아.

초월자라 가능하긴 했지만, 전혀 쉽지는 않았다.

200년 동안 끊임없이 고민을 반복하는 것은 매우 고된 행위였다.

-후우!

우우웅.

내가 한숨을 내쉬자, 200년 간 쌓였던 피로함이 검은 기운이 되어 흘러나왔다. 그것은 물리적 차원에 아주 짧은 순간 점 단위의 블랙홀을 형성했다.

1000번째 소수점까지 내려갈 정도로 짧은 순간이라 문제는 없었지만, 아주 미세하게 물리 구조가 흔들리는 게

인지되기는 했다.

-다음은.

이제 비교적 상황이 간결해졌다.

일단 버블 군주를 살려둘 이유는 없다는 결론이 나왔다. 분명 카트라몬이 말한 대로 버블은 매우 위험한 가능성이 었다.

버블의 존재로 인해 인간 문명이 얻는 초인 요소나 희귀 재료도 무시할 수 없는 부분이었다.

하지만 필수 요소가 아니었고, 역류 할 시 맞이할 위험성이 워낙에 컸다.

사아아아.

나는 A+급 틈새로 진입했다. 카트라몬마저 버블 군주가 숨어 있는 좌표는 계산하거나 예측할 수 없었다.

그래서 내가 직접적으로 단서를 모아야 했다.

딱.

그 과정 자체는 그리 어렵지 않았다.

그저 손가락을 튕겨 우두머리 괴수의 모든 것을 흡수하면 됐다. 구체적인 지식부터 무의식적으로 이끌리는 군주에 대한 연결성까지.

뫼비우스 초끈은 내 생각이나 정확한 감정까지 카트라몬에게 전달하진 못했다. 워낙에 나노 단위로 작은 요소였으므로.

그럼에도 내 신체 요소를 신호화해서 보내기에, 얼마든지 카트라몬이라면 내가 뭔가 데이터를 얻었다는 걸 알아차릴 것이었다.

심경의 변화 역시 유추해낼 수 있을 테였고.

허나 초월자의 몸인지라, 기존의 몸보다 송신 정보를 분석하는 데 배의 시간이 걸리겠지.

분명 융합 시술 때 어느 정도 내 몸에 대한 맵과 체계는 파악했을 것이다. 놈이 누군데.

-아직인가.

이후로도 A급 틈새를 돌며 계속해서 우두머리 괴수를 흡수했다. 그럼에도 눈에 띄게 도움이 되는 수확은 없었다.

탁.

박수를 쳐 버블마저 흩어버리려는데, 순간 버블에 기이한 에너지가 스며드는 걸 감지했다. 그 규모만큼은 상당히 익숙한 크기였다.

거의 카트라몬과 맞먹는 수준.

-멈춰라. 너는 누구인가. 내가 변이시킨 인간 중에서 이토록 강한 존재는 나오지 못할 터인데. 나조차 몸을 사려야 할 정도로군! 변이중의 변이인가?

-굳이 그렇다면 그럴 수 있지. 인간은 학습하는 종족이다. 네가 초인들을 직접 변이시킨 것인가?

-강해지면 강해질수록 나에 대한 종속이 강해진다. 나중에 크나 큰 도움이 될 테지. 내 신인류 군대와 맞설 생각인가?

-허.

이건 나나 카트라몬도 몰랐던 사실이었다.

가장 앞서서 인류를 막을 줄 알았던 초인들이, 역으로 인류에게 칼을 들게 될 것이라는 건.

자연 각성한 초인들은 이를 꿈에도 모르고 있겠지. 특히나 강함의 극치에 달한 A급이나 S급 초인들은 더더욱.

-멍청하게 내게 왜 그걸 말해주는 거지.

-내 계획을 어느 정도 알고 움직이는 거 같아서. 너를 쭉 관찰해왔다. 유일하게 내게 종속되지 않고도 변이된 인간이더군. 다른 하나는 내가 죽이는데 성공했고. 너는 내 마물들을 부리기까지 하더군. 그래서 지켜봤다.

-나와 손을 잡길 원하는 건가?

-그러하다. 네가 생각하는 만큼 나는 네 세계를 심히 해칠 생각이 없어. 도리어…… 많이 바꾸는 것에 가깝지.

-내가 왜 굳이 세상을 바꾸는 것에 동조할 거라 생각하나?

-네 스스로를 돌아 봐. 아직도 인간 종족에게 미련이 남았나? 너는 이제 상위 마족이나 마왕보다도 우월한 존재다. 인정하긴 싫어도, 내가 널 섬겨야할 판이지. 어차피 세상을 쥐어 잡을 생각이라면, 내 도움을 받는 게 낫지 않겠나?

나는 속으로 버블 군주를 비웃었다.

강해지면 무조건 더 약한 존재들을 등한 시 하고 혐오할 것이란 건 마족의 편견이었다. 나를 이해하지 못하기에,

한 번 간을 보려고 손을 내미는 것인 듯 했다.

멍청하게 버블이 증발되는 걸 보는 것보단 나은 판단이겠지. 그 대가로 초인들에 대한 중대한 정보를 미끼로 던진 것이다.

내 구미를 당기게 해야 하니까.

-아니면 설마, 카트라몬이 보낸 것인가.

내가 예상대로 반응하지 않자 군주가 의구심에 가득 차서 물었다.

-카트라몬 역시 내 세상에 기생하려는 건가?

-당연하지! 그 간사한 새끼가 자신의 방주를 얼마나 아끼는지 아는가? 방주를 확장하고 보존하는 가장 좋은 방법은 실제 건강한 세상에 이식하는 것이지! 나는 그나마 인간들을 내 종속, 아니 너와 나의 종속으로 품을 생각이다. 하지만 카트라몬은 인간에 대해 그리 우호적이지 않을걸?

버블 군주가 꽤 오래 고민했고, 지금도 제법 빨리 머리를 굴리고 있다는 게 느껴졌다.

어떻게든 내가 자신을 소멸시키는 걸 막으려 하고 있었다.

용케 카트라몬과의 연계성도 알아냈구나.

-그래서였구나. 애초에 변이도 인간의 방법이었다고 했지? 거기에 더해서 나와는 상관없는 마력을 흡수해서 강해진 거로군. 과연, 인간은 무궁무진한 그릇이로다.

-너를 직접 만나겠다.

-뭐라!

-너는 나를 섬긴다고 했다. 제2의 마계를 형성하기 전에. 그런데 보이지도 않는 곳에 숨어서 나를 섬기겠다는 거냐? 내가 뭘 믿고 너랑 협조하지?

-크하하! 나를 바보로 아는구나!

나는 순간 1초를 접어 그 안에 들어갔다.

1초 후 버블 군주가 의심해도 상관없었다.

그의 감정이 격동하는 순간, 버블에 주입되는 신호가 꽤 강해지는 걸 느꼈다.

저 정도라면, 뫼비우스 초끈이 내 안에서 쏘아 보내는 신호 강도와 비슷할 정도였다.

-음.

이번엔 100년도 필요 없었다.

까마득하긴 해도, 이미 한 번 경형해본 역추적 계산이기에 전보다 성과가 빨랐다.

단 1년 만에 버블 군주의 위치를 추적해낼 수 있었다.

여러 버블을 복잡하게 꼬아놓아서 길을 숨겨놓은 방식이었다.

내가 머무는 버블에 신호를 쏘기 위해서, 기존의 비밀 통로 역할을 하는 버블들이 일제히 활성화 돼 있었다.

시간을 접을 수 없었다면, 일생을 쫓아도 알아낼 수 없는 암호 덩어리 같은 비밀 통로였다. 애초에 보이지 않기에.

카트라몬도 그래서 시도조차 못했구나. 그럼 버블에 나를 미끼로 던져 놓은 것이려나. 버블 군주를 자극하기 위해서?

게다가 버블 사이를 이동할 줄도 알아야 했다.

지금의 나라면 가능하다.

블랙홀처럼 만물을 입자로 흡수하는 건 물론, 나 자체도 분할 입자 상태로 유지할 수 있었으니.

사아아.

—뭐야.

접힌 시간에서 빠져나오자, 버블 군주 역시 이상한 정황을 감지했다.

역시 살아남은 두 마왕답게 카트라몬이나 버블 군주는 눈치나 계산력이 엄청났다.

내가 시간 속에서 고민할 수 없었다면, 그 비상한 머리를 도저히 같은 속도로 따라갈 수 없었을 것이다.

어찌 보면 초인 입장에서의 노력이라고 할 수 있겠네. 시간의 시간 속에서 고민하여 타고난 괴물들을 따라잡는 것이었다.

—너, 너! 설마 물리계를 초월한 것이냐?

—그러니까 살 생각은 하지 마!

—악!

버블 군주가 공포에 질려 황급히 연결을 끊었다. 허나 이미 나는 버블을 타고 이동 중이었다.

몇 초 내로 놈의 본체 앞에 도착할 것이었다.

쾅자자작!

내가 짚고 가는 버블들이 하나씩 급사하는 게 감지됐다. 허나 내가 짚고 넘어가는 속도를 따라올 순 없었다.

버블 폐기 신호가 내 이동 속도보다 느렸으므로.

텅!

버블의 잔재를 떨치며 마침내 암흑 공간 내부로 이동했다.

그곳엔 몸을 웅크리고 있는 버블 마왕이 있었다. 머리가 수 천 개씩 달려 있는 마룡의 형태를 하고 있었다.

ㅡ이런!

수천의 머리가 서서히 고개를 들었다. 모두 용의 머리가 아니라 사람과 비슷한 얼굴을 하고 있었다. 마족답게 악마에 가까운 얼굴이었다. 인면룡.

ㅡ카트라몬, 그 멍청한 것이 널 진정한 괴물로 만들어버렸구나. 나도 몰랐는걸. 인간이 이 정도로 바뀔 수 있는지. 크아아아아!

버블 군주가 발악하듯이 수 천 개의 머리에서 광선을 뿜었다.

스릉.

나는 내 몸의 입자를 흩어 그걸 버블 군주의 등 뒤로 보냈다. 겉으로 보면 한순간 순간 이동한 것처럼 보일 터였다.

틱.

버블 군주가 허무할 만큼 순식간에 증발해버렸다. 그와
함께 나는 그가 가지고 있는 흑마법 지식들을 흡수했다.

됐다. 이 정도면 카트라몬을 상대하기 충분하다.

그 다음 일은, 카트라몬을 제거한 뒤에 정리하리라.

사삭, 사삭!

내 스스로를 매우 빠르게 흩었다 재구성했다. 나노 초 안
에 그 과정을 수 만 번씩 반복했다.

그러자 고성능 추적기나 마찬가지인 뫼비우스 초끈이 순
간 내 좌표를 잃어버렸다.

나는 암흑 속에 뫼비우스 초끈을 버려두고 카트라몬이
위치한 좌표로 이동했다.

끝을 볼 시간이다.

수명이 다해가는 게 느껴졌다.

진정으로 내가 소멸하는 건 아니었다.

단지 제한된 차원에 억지로 붙어 있을 수 있는 시간이 끝
나가는 것이었다. 이게 카트라몬이 의도한 핵심 계산 중 하
나였겠지.

방주의 불순한 세력을 제거하고, 자신은 숨어버리면 나는
꼼짝 없이 고차원으로 추방당한다.

어찌 보면 초월자를 제한하는 가장 큰 족쇄는 바로 시간이었다.

허나 나는 시간을 아주 효율적으로 쓰고 있다.

스으으.

카트라몬이 숨어 있는 99층으로 향했다.

전 층이 전멸한 걸 알아차리고 위층에서 수시로 마물들이 내려왔다.

허나 카트라몬은 99층의 구조 자체를 골렘으로 변이시켜 마물들과 싸우고 있었다. 나를 융합시킨 이상, 더 이상 몸을 웅크릴 필요가 없다는 것이었다.

99층에 또 저런 요소를 숨겨 놨구나.

탁, 탁.

나는 박수를 쳐 위층 마물들을 다 흩어버렸다.

파사삭.

육중하게 벽돌 입자로 흩어졌다 뭉치며 위층 마물들과 싸우던 던전 골렘들도 다 사라졌다.

나는 조용히 카트라몬 앞에 맺혔다.

─설마, 방금 네가 한 것이냐? 게다가 밤의 백도어〈Back Door〉로 내가 불러오지도 않았는데, 네가 직접 오다니. 어헉!

카트라몬이 뫼비우스 초끈의 좌표를 계산해냈다.

그리곤 흠칫 놀라며 뒷걸음질을 쳤다.

나는 분명 그의 앞에 있었지만, 뫼비우스 초끈은 웬 암흑 좌표에 맺혀 있는 상태일 테다.

-버블 군주를 상대하고 있는 것이라고 생각했는데! 설마
그 멍청한 놈과 협상을 한 것이냐!

-아니. 네 말대로 제거했어. 내 세계에 기생하려고 하는
놈이라는데 살려둘 수야 없지.

-그, 그럼 여긴 대체 어떻게 온 거야. 버블 군주라고 해
서 내 방주를 찾아낼 수 있는 건 아닐 텐데.

-버리기 전에 뫼비우스 초끈으로 찾았어. 한 편으론 당
연한 거지만, 단순히 내 성장을 돕기 위한 도구는 아니더
군.

내 말에 카트라몬이 힘없이 웃었다.

그리곤 붉은 안광을 뿜으며 자신을 두르고 있는 **빽빽한**
마법진에 마력을 불어넣었다.

-너무 순진하게 생각하지 말라고. 원래 같았으면 넌 진
즉에 밤이나 낮에서 죽었을 몸이다! 내가 철저히 계산된 길
로 널 유도한 덕분에 살아남은 거야! 그래서 지금처럼 강해
진 것이고!

-그래. 그래서 이제껏 네가 살 수 있게 도와주었지.

-자아, 그럼 이제 위층 존재들을 깡그리 제거해다오.
135층 존재들만 없애도, 나머지는 충분히 내가 거들 수 있
어.

-135층 마물들은 당신의 마력으로도 한꺼번에 상대하기
힘든가 보지? 그래서 지하 감옥에 갇힌 걸 테고.

－물론이다. 시간이 없어. 분열돼 있던 135층 놈들이 서서히 통합되고 있다!

내가 순순히 대꾸해주자 경계하던 카트라몬이 희망을 품었다. 아직도 나를 맘대로 조종할 수 있지 않을까 하는.

허나 나는 그를 떠보는 것뿐이었다.

그토록 내 삶을 바꿔버린 방주의 마왕을 좀 더 농락하고 싶었다.

－어, 어서! 너를 초월자로 만들어준 것은 나이다. 마지막 퀘스트만 수락해주면 돼.

－그럼 내가 얻는 게 뭐지? 어차피 나는 곧 이 차원에서 추방되어, 우주의 먼지나 다름없는 이성을 가지게 된다.

－허! 이제 와서 초월 감성에 빠지지 말거라. 분명 네 세상에 대한 미련이 남아있을 진데? 타락한 노블립스 본부장들을 제거할 기회다!

카트라몬은 혼란에 빠진 듯 했다. 애초에 내가 뫼비우스 초끈을 뜯어낸 것부터가 그의 계산이 틀어졌다는 신호였다.

카트라몬은 초조해할 수밖에 없었다. 중간 계산 과정이 틀어지면, 그 뒤부턴 거의 모든 답이 틀리게 되어버리니.

－맞아. 그 계산은 틀리지 않았어. 그런데, 너를 너무 배제한 것 같더군. 그 미련으로 인해 나는 너로부터 원하는 게 생기게 될 수도 있는데!

나는 천천히 카트라몬에게 가까워졌다. 그에 카트라몬이 더더욱 강렬한 안광을 뿜었다.

-뭐하는 것이냐! 감히 내게 가까워지려 하다니. 너는 불안정한 상태의 초월자다. 거리를 유지하라, 나의 전사여.

-그동안 말야.

나는 척 오른 손을 들었다.

-어쩔 수가 없었어. 정보도 없고 힘도 없는데, 나는 주어진 길을 따를 수밖에 없었다고. 자꾸 네가 계산해준 방향으로 내가 가서 무사했다고 하는데, 사실이긴 해. 그런데 그렇다고 내가 아예 다른 길을 생각 못한 게 아니거든. 방법이 없는 걸 어떡해?

사아아아.

천천히 카트라몬의 마력을 흩어서 흡수하기 시작했다. 나는 마계를 상징하는 밤 요소마저 융합된 육신을 가지고 있었다.

그래서 마력을 흩어서 흡수하는 것에 피해를 입지 않았다.

-무, 무슨 짓이야! 감히 내 마력을! 크아아아!

카트라몬이 화들짝 놀라며 순식간에 수 십 개의 고위 흑마법을 소환해냈다. 그리곤 녹빛으로 번쩍이는 마법들을 내게 쏘아 보냈다.

쿠르르르.

엄습하는 마법에 나는 묵묵히 손을 휘저었다.

파사삭.

굳이 버블 군주에게 흡수한 지식이 아니더라도, 나는 마력을 딛고 초월한 존재였다. 그러기에 마력마저 만물의 일부로 여겨 흩어낼 수 있었다.

말 그대로 살아 있는 블랙홀이었으니. 게다가 낮과 밤, 마계와 현세를 아우르는 블랙홀이었다.

사아아아.

완전히 흩어진 대기를 보고 카트라몬이 경악했다.

-대, 대체!

-이건 계산 못했나봐?

-이건 말도 안 된다. 마력을 흩어낼 정도의 힘을 예측하긴 했으나, 어떻게 이리 능숙하단 말인가? 말도 안 되는 숙련도이니라!

카트라몬이 말라붙은 손가락으로 자신의 머리를 붙들었다.

그도 어느 정도 예측 계산은 했나 보다.

단지, 시간을 접어 명상하는 동안 나는 내 초월한 육체에 많이 익숙해졌다.

그래서 카트라몬이 예상한 것보다 더더욱 빠르고 치명적으로 입자들을 다룰 수 있었다.

내 입자도 그렇고, 카트라몬의 것도 그러하고.

-제기랄! 왜 다 와서 계산을 벗어나는 것이냐! 빌어먹을 인간 같으니! 마계가 멸망하기 전에도, 늘 상 짜증날 정도로 이상한 계기를 벗 삼아 침공을 막아냈지!

–다른 인간들도 많이 괴롭혔나 보구나. 이젠 방주를 이식시켜 노예로 삼으려 하고.

–허. 벌레인 줄 알았는데 제법 머리를 굴렸구나.

–시간이 조금 있었거든.

내 미묘한 말을 이해 못한 카트라몬이, 세차게 자신을 두르고 있는 마법진을 회전시키기 시작했다.

그러면서 자신 있게 외쳤다.

–됐다! 어차피 버블 군주를 제거했으니 충분히 투자한 만큼 결실을 얻었다. 인간을 변이시킬 초인 입자는 이미 샘플을 확보해두었고. 너는 곧 있으면 알아서 사라질 몸. 아무리 네가 입자들을 흩어도 내가 누적한 마력의 절대 값을 산출해본다면, 시간 안에 내 털 끝 하나 건드릴 수 없을 것이다. 너 같은 전사는 다시 만들어내면 돼! 이미 해봤으니. 크흐하하하!

카트라몬은 그제야 안정을 되찾은 듯 했다.

순간적으로 펼쳐낸 계산이 자신의 생존을 보장한다고 결론 내린 것이었다.

그럼에도 난 고개를 저었다.

–그건 특정한 가정을 기반한 계산이 아닌가? 내가 반드시 네가 두른 마법과 마력을 통과해야만 네게 닿을 수 있다는 가정 말야.

–무슨?

–투과란 것도 있거든.

퍼석.

나는 나 스스로를 흩었다. 그리곤 입자가 된 상태로 천천히 카트라몬 주변으로 스며들기 시작했다.

제 아무리 빠르게 마법진과 마력을 회전시킨다 해도, 카트라몬은 진정으로 자신을 감싼 모든 공간을 빽빽하게 매울 수 없었다.

즉 결국 내가 스며들 틈이 있다는 것.

—어디 간 것이냐! 빌어먹을! 뫼비우스 초끈이 없으니 대체 간파할 수가 없구나. 너무 변수가 많아, 너무 변수가 많아! 크아아악!

카트라몬이 다시 불안해하며 손톱으로 자신의 머리를 쥐어뜯었다. 그럼에도 놈은 내 흔적조차 찾아낼 수 없었다.

모든 것이 흑마법 기반인 그에게, 인간도 아닌 초월자를 찾아내는 건 너무나 까마득한 계산 문제였다.

—변수가 부족해! 가정이 틀렸어! 오오, 이런 빌어먹을! 대체 어디 있는 거냐, 나의 변질된 전사여!

사아아악.

마침내 모든 입자를 카트라몬 앞으로 맺히게 했다. 그리곤 마법진과 마력 안에 숨어 있는 놈에게 딱 붙어 나타났다.

—여기.

—크아아악!

카트라몬의 눈과 입이 찢어져라 커지는 게 보였다. 나는 꽤 긴 기간 동안 그가 만든 시스템 안에서 생존해왔다.

그가 강제해서 밤에서 생존해야 했고, 그가 도와준 덕분에 낮에서 갑질을 할 수 있었다.

하지만 차라리, 모든 게 없었어도 나쁘지 않았을 거란 생각이 들었다.

온전히 내 것이 아니었으니.

—제, 제발. 나의 전사여! 내가 머리가 되어 주겠다! 네가 직접 세상을 다루는 팔다리가 되어다오!

턱.

—너는 문제를 풀지 못했다, 카트라몬.

파삭!

허무해하는 카트라몬의 눈을 본 뒤 그를 직접 입자로 흩어버렸다. 그리곤 방주를 운영할 수 있는 방대한 지식을 입자 하나도 놓치지 않고 흡수했다.

—마력을 이렇게 다루는 거로군.

추가로, 나를 감싸고 있는 마법진과 마력을 고스란히 양도 받았다. 입자를 뒤틀어서 마법진과 마력이 나를 카트라몬으로 인식하게 만들었다.

—하. 떠나기 싫다.

카트라몬은 아주 치명적인 부분들에서 오차 혹은 오답을 냈다. 그 때문에 현재 그는 존재하지 않는 것이었다.

끝내 지독하게 이어졌던 카트라몬의 생존은 끝을 맺었다.

하지만 내겐 아직 시간과 기회가 남아있었다.

나는 초월자로 존재하기 싫다. 인간으로 남고 싶다. 굳이 갑질 능력이나 초인의 힘이 없어도 괜찮다.

그간 너무 질려버렸으니.

이제는 다시 일상으로 도주해 평범하게 살고 싶다. 일상적인 스트레스마저 이젠 내게 휴식으로 여겨질 거 같았다.

―아.

내 블랙홀 같은 머릿속에서 빠르게 주홍빛 고리가 생겨나기 시작했다. 어찌 보면 카트라몬의 잔재라고 볼 수 있었다.

그가 살아생전에 남겼던 계산의 흔적들. 나는 그 흔적들을 보고 어느 정도 흉내를 낼 수 있을 거 같았다.

물론 수준이 너무 까마득해서 당장은 힘들었다.

―이젠 누구 눈치를 볼 필요가 없으니.

내가 사라지기 전까지 5초 정도가 남아 있었다.

―충분하다.

나는 시간을 접어 들어갔다.

300년 동안 고민해보고, 나를 초월자에서 좀 더 평범한 존재로 퇴화시키기로 결정했다.

이토록 입자 구성을 갖추는 자유로운 존재임에도, 나는 미련을 버릴 수 없었다. 초월자로 존재하는 것 자체가 너무 외롭고 차가웠다.

300년의 학습을 끝마치고 시간에서 빠져나왔다. 다행히 카트라몬의 모든 것을 흡수한 덕분에 충분히 현실적인 계획을 구상할 수 있었다.

마치 머릿속에 모든 지식과 답안지를 가지고 있는데, 그저 그걸 해석하고 씹어 삼켜 소화하기만 하면 되는 상황이었다.

시간을 접어 숨을 수 있는 초월자에겐 매우 유리한 상황이었다. 정신적으론 300년을 투자할 수 있었으니.

–되어라.

2초가 남아 있었다.

1초 만에 암흑 공식을 완성시켰다.

강제로 내 입자 중 초월 입자라 여겨지는 부분을 마력으로 퇴화시켜 방주에 주입할 것이다.

그리곤 남은 부분을 재구성해, 초월성을 잃기 전에 나를 퇴화된 초인으로 맺히게 할 것이다. 컴퓨터로 따지면 다운그레이드〈Down Grade〉나 마찬가지였다.

쾅!

겉으로 보면 내가 그저 섬광과 폭발을 뿜은 것처럼 보일 테였다. 하지만 던전과 나는 1초 만에 본질적인 변화를 겪었다.

"허어억, 허억! 케헤엑!"

나는 검은 피를 토하며 기절했다.

성공 여부를 가늠해볼 여유조차 없었다.

❖

얼마나 시간이 흘렀는지는 모르겠다.

허나 내가 다시 낮의 현세에 진입했을 때, 세상은 이미 초인과 틈새, 괴수가 사라진 환경에 익숙해져 있었다.

그 정도로 많은 시간이 흘렀다.

"흠."

나는 다시 방주로 돌아갔다. 급격히 낮의 현세가 어색하게 느껴져서.

"이 놈이구나."

강제 퇴화된 나는 오랜 기간 코마 상태에 빠진 듯 했다. 다행히 양도 받은 마법진과 마력이 생명 유지 장치 역할을 해주었다.

-환영합니다, 방주의 주인이시여.

왜 초월자였을 때에도 한순간 흩어버릴 수 없을 만큼 카트라몬의 마법진과 마력이 빽빽했는지 알겠다.

하나의 시스템이었으니까.

이를 통해서 복잡한 방주를 제어하고 통제하는 것이었다.

더불어 낮의 현세에서 혼력을 끌어오고 갑질 능력자들을

임명하는 것이었다. 불순한 세력을 당장 끊어버릴 수 없던 이유는, 혼력이 끊기게 할 수 없기 때문이겠지.

"흠."

흥미롭게도 여전히 나 역시 혼력을 제공하는 파이프 중하나로 인식돼 있었다. 게다가 그 양이 방대해서 혼자만으로도 단기간 동안 방주를 지지할 수 있었다.

트르르륵.

―모든 갑질 능력자들의 뇌를 일반화시킵니다. 동시에 혼력 공급 파이프가 단절됩니다. 제외 대상: 방주의 주인.

마법진을 돌려 모든 갑질 능력을 회수했다. 내 것만 제외하고 말이다.

"이렇게 간단한 것을."

이로써 노블립스는 자동으로 와해되었다. 세상을 주무르던 갑질 능력자들은 이제 돈만 많은 범인이 됐을 테다.

가장 중요하던 영향력을 잃었으니, 진짜 실력자와 지략가들에게 금세 먹혀버리겠지. 섬겼던 이들에게 배신을 당하는 건 물론이고.

"후."

나는 너무나 혼란스러워 며칠이고 생각을 정리했다. 그리곤 방주를 살릴지 말지에 대한 결정을 내렸다.

"내가 자격 있는 자들을 임명한다. 방주는 유지한다."

나는 이제 지구에서 유일한 갑질 능력자이자, 갑질 임명자, 그리고 S급 초인이었다.

마력과 마물마저 다룰 수 있는.

이제 나는 혼자 모든 것을 가지게 됐다.

그렇다면 본래 노블립스가 타협했던 온갖 이상들을, 나는 실제로 실현시킬 수 있지 않을까.

"으음."

맘이 설레기 시작했다.

일단 첫 번째로 시작할 장소를 정했다. 바로 신동재 검사.

한국부터 시작해 전 세계로 뻗어나갈 것이다.

사아아아.

방주의 백도어를 타고 낮에 나타났다. 이젠 꿈을 매개체로 쓰지 않고, 몸 자체가 옮겨 다녔다.

"신동재 검사님에게 안내하세요."

"네."

갑질을 사용해 신동재 검사의 사무실로 찾아갔다. 그리곤 그의 사무실 소파에 척 앉았다.

신동재는 알아서 내 앞으로 앉았다.

표정을 보니 제법 호의적이었다.

부장 검사 명패가 보인다. 나 덕분에 스타 검사가 돼서 꽤 출세한 거 같다.

"오랜만입니다."

"앞으로 저랑 일을 해보도록 하죠. 당신이 상상할 수도 없을 만큼, 큰일을요. 고귀한 입술과 주먹이 협력하는 일이 될 겁니다."

내 말에 신동재가 꿀꺽 침을 삼켰다.

내 머릿속에는 카트라몬의 계산력이 일부 남아있었다.

덕분에 나는 앞으로 수십 년 간 세울 조직 구도를 잠깐만에 구상해볼 수 있었다.

나는 입술을 열었다.

감집을 실어서.

이제부터가 진짜 시작이다.

주찬수는 평생을 노력했다. 세계 1위 명문대학교에 MBA까지 받아, 실리콘벨리에서 창업하여 세계적인 기업을 일구어냈다.

젊은이들의 영웅인 그에게, 세계적 기업을 가지게 된 CEO인 그에게 면접 제안이 하나 왔다.

음모론을 믿지 않았던 주찬수는 흥미를 느꼈다.

그래서 그는 푸른빛이 감도는 봉투를 열어젖혔다. 그곳에는 암호화된 좌표 주소와 함께 이런 문구가 적혀 있었다.

－당신을 노블리스오블리제 소사이어티에 초대합니다.

〈7권에서 계속〉